아무래도 제 몸은
완전무적인 것 같아요

2

Story by Chartsufusa
챠츠후사
illustration by Fuumi
일러스트 후미

박춘상 옮김

"공주님을 위해서라면 난 뭐든지 할게."

자하 에렉실

"아, 메어리……! 메어리 니이이이임."

사피나 카르샤나

Characters

"아름다운 네게 묻은 오물을 내가 꺼이 더러워지지… 내 기꺼이 더러워질 수 있다면…"

레이포스 루크아 달포드

어리석은 행동이나 마찬가지예요… 원래대로 되돌리다니· 그건 이렇게나 귀여운 메어리 님을

마가루카 후툴리카

아주 조용한 공간에
호화로운 탁자가 놓여 있었고
그 탁자를 에워싸듯 놓인 의자에
두 여성이 나란히 앉아 있었다.
한 사람은 어머니뻘로 보이는 성인 여성.
다른 한 사람은
내 또래로 보이는 여성이었다.

아무래도 제 몸은 완전무적인 것 같아요 2

Contents

제1장 학원편 2년차

01 2년차입니다

학원에 입학한 뒤로 이런저런 일들이 많았지만, 나는 심기일전하여 학원 생활 2년차에 돌입했다.

안녕하세요. 메아리 레가리야, 현재 열한 살입니다.

나는 튜테가 내민 새 교복 소매에 팔을 집어넣었다. 오늘부로 소르오스에서 아레이오스로 소속이 바뀌었으므로 그에 맞춰 교복 디자인도 블레이저 타입에서 세일러 타입으로 바꿔봤다. 하얀 바탕에 남색 줄무늬가 들어간 셔츠의 삼각 옷깃에 리본을 달아 강조를 주었고 하의는 셔츠 위로 입게끔 코르셋 타입의 치마로 했다. 나는 소매에 학원과 소속 클래스의 기장(記章)이 제대로 수놓아져 있는지 확인했다.

"응, 사이즈도 딱 맞네."

"예전에 입으셨던 교복이 작아져서 이제는 입으실 수가 없으니까요."

내가 만족스럽게 말하자 튜테는 다음 작업에 들어가면서 맞장구를 쳐주었다. 예전에도 말한 적이 있지만, 이 세계 사람들은 원래 있던 세계 사람들보다 성장 속도가 빠르다. 덕분에 나도 옷 사이즈가 나날이 커져서 참 당황스러웠다. 다른 사람들은 아무런 위화감도 느끼지 못할 테지만, 나는 일본에서 살았던 기억이 있는지라 아이들이 란도셀을 멘 중학생처럼 보여 이따금 묘한 기분이 들 때가 있다.

여담이긴 하지만, 예전에 만든 블레이저 교복은 어머니의 조언에 따라 레가리야 공작령에 있는 옷가게에서 독점 판매하기로 했다. 들리는 이야기로는 신입생을 슬하에 두고 있는 귀족들 사이에서 '이 옷을 입은 이 가문 영애가 성적우수자가 되었다'는 소문이 퍼지면서 운수를 따지는 사람들이 많이들 사 갔다는 모양이다. 덕분에 지금도 클래스 기장을 바꿔주거나 손님들의 입맛에 맞게 수선도 해주는 등 열심히 판매하고 있다.

내가 거울 앞에 놓인 의자에 앉자 튜테가 내 머리를 단정하게 빗질해 주었다.

"심기일전. 학원 생활이 새롭게 시작되네요. 아가씨."

"응. 작년을 거울로 삼아 이번에야말로 꼭 해낼 거야. 엑스트라 캐릭터의 인생을!"

"에, 엑스트라요? 잘은 모르겠지만, 저도 돕도록 할게요."

우리는 올해의 야망을 확인하면서 몸단장을 마친 뒤, 방을 나와 마차를 타고 익숙해진 통학로를 달렸다.

그날, 학원장의 제안을 받아들인 나는 소르오스에서 공부하면서 동시에 마법의 기초 지식을 배우게 되었다. 다행히도 프리드 선생님 앞에서 2계급 마법인 매직 애로우를 보여줬더니 기초 수업의 숫자가 크게 줄어들어, 무난하게 소르오스와 아레이오스의 통합 과정을 끝낼 수가 있었다.

그리고 그와 동시에 나의 기대감도 점점 커다랗게 부풀고 있었다.

　이 세계에서는 누가 마법을 쓰든 같은 마법은 같은 결과가 나온 다고 한다. 다시 말해 마력이 높은 내가 쏜 매직 애로우와 다른 사람들이 쏜 매직 애로우는 똑같은 위력을 가지고 있다. 즉 마법을 사용할 때는 군이 마력을 조절할 필요가 없다는 의미다. 힘을 제어하는 데 무진장 애를 먹었던 나에게는 한 줄기 빛과도 같은 이야기였다.

　더구나 아레이오스는 소르오스처럼 무술대회를 열지 않는다. 마법사들 사이에 경쟁한다는 개념이 없는 탓이다. 같은 마법이라면 누가 사용하든 위력이 같으며, 그만큼 마법 계급에 따른 위력의 차이가 절대적이기 때문에 2계급 마법을 쓰는 마법사를 한 트럭 가져다 놓아도 3계급 마법을 쓰는 마법사는 절대 이길 수가 없다. 즉, 서로 군이 붙어볼 필요 없이 어떤 마법을 구사할 수 있는지 비교만 해봐도 바로 결판이 나는 것이다. 그밖에는 아레이오스에서 마법사를 지망하는 학생이 다른 클래스의 학생보다 숫자가 압도적으로 적다는 이유도 있었다. 괜히 경쟁을 부추겨서 귀중한 인재를 잃을 수는 없는 노릇일 테니.

　여하튼 아레이오스에는 마법 대결을 벌이는 등, 남의 눈에 띄는 이벤트가 없고, 마법은 동급이라면 누가 구사하든 위력이 똑같다. 그야말로 내가 바라는 학원 생활을 보내기에 최고의 장소였다.

　(뭐, 소르오스에서 실패를 한 덕분에 이런 생각을 할 수 있는

거긴 하지만.)

나는 생각에 잠긴 채 차창에 비친 학원 풍경을 멍하니 바라봤다. 머지않아 1년 동안 거의 매일 봐왔던 벽돌로 만든 교문이 보이기 시작했다. 새로운 학원 생활을 앞두고 긴장감이 점점 부풀어갔다.

평소처럼 마차가 정류소에서 멈췄다. 튜테가 열어준 문을 통해 마차에서 내린 나는 심호흡을 하고서 학원 건물을 올려다봤다.

"그나저나 아레이오스의 담화실이 어디였더라?"

그동안 아레이오스의 담화실을 여러 번 오갔을 텐데도 튜테가 곁에 있으면 괜찮겠지 하고 길을 완전히 까먹고 말았다. 스스로 생각하기에도 너무 한심해 몸이 떨렸으나, 그 와중에도 나는 '튜테에게 전부 맡기면 되겠지' 하고 더더욱 한심한 생각을 품었다.

그러자 뒤에 서 있던 튜테가 조용히 앞장을 서기 시작했다. 나는 얌전히 그녀의 뒤를 따라갔다. 광대한 학원 건물에 들어가 복도를 지나고 있으니 맞은편에서 작은 무언가가 이쪽으로 달려왔다.

"메어리 니이이이임!"

"어머, 사피나. 잘 지냈, 윽!"

내가 치맛자락을 펼치며 숙녀답게 인사를 하자 사피나가 아랑곳하지 않고 내 품으로 세차게 달려들었다. 그 바람에 예상치 못한 타격을 받아 그만 말문이 막혀버렸다. 나와 마찬가지로 세일러복을 입은 귀여운 사피나가 내 배에 뺨을 대고서 이리저리 비볐다. 마치 외로움을 많이 타는 강아지 같았다.

"이런, 사피나 씨. 레이디답지 못해요."

내가 흐뭇한 마음으로 사피나의 갈색 머리를 쓰다듬고 있으니 나와 똑같은 교복을 입은 마기루카가 어이없다는 얼굴로 다가왔다.

"⋯⋯크, 크다⋯⋯!"

"예?"

곁으로 다가온 마기루카의 언덕을 보니 입에서 절로 푸념이 새어 나왔다. 나는 내 가슴을 힐끔 내려다봤다. 요즘 들어 제법 풍만해진 것 같아 자신감을 품고 있었는데, 자존심에 무언가가 콱 박힌 듯한 기분이 들었다. 경솔했다. 이런 디자인의 교복을 입으면 특정 부위를 강조하는 효과가 있는지도 모르겠다.

"하아~. 앗, 메어리 님, 잘 지내셨나요?"

한바탕 나의 기운을 빨아들여 보충한 사피나가 충격을 받고 힘이 빠진 나에게서 떨어져 새삼스럽게 인사했다. 활짝 웃으면서.

(진짜 귀엽네. 젠장.)

그녀의 귀여운 몸짓에 무심코 끌어안고 싶어졌지만, 그 충동을 가까스로 이겨냈다. 참고로 사피나의 언덕은 다소곳했다.

"오늘부터 메어리 님은 아레이오스로 가시는 거죠? 쓸쓸해요."

풀이 죽은 사피나의 머리를 쓰다듬으면서 나는 소르오스 학생들 앞에서 편입 이야기를 꺼냈던 때를 떠올렸다.

참고로 내가 이야기를 끝마쳤을 때는 다들 '뭐, 그렇겠지' 하는 표정을 짓고 있었다.

"그게 최선일지도 모르겠군."

"역시 한계였겠죠."

"그렇게 해야 오래 살 수 있다면."

제각기 그런 말을 내뱉으며 멋대로 납득했다.

그중 가장 큰 충격을 받고 슬퍼한 사람은 사피나였는데, 그녀도 다른 사람들과 무언가 대화를 나눈 끝에 마지못해 고개를 끄덕였다. 대체 무슨 대화를 나눴길래…….

"아쉽긴 하네. 결국 메어리 님이 이기고서 아레이오스로 내뺀 셈이니."

뒤통수에 깍지를 끼고 있는 자하가 숙연한 분위기에 찬물을 끼얹으면서 다가왔다. 나는 웃으면서 그의 정강이를 가볍게 걷어차 입을 다물게 했다.

"영영 못 만나는 것도 아니잖아. 이렇게 언제든지 만날 수 있고. 다들 한가할 때 또 모이면 되잖아?"

나는 근처에서 몸을 웅크리고 있는 자하를 애써 못 본 척하며 사피나를 다독였다.

"그럼요. 거기에 소르오스도 2학년부터는 마법을 배우니 같은 수업을 듣게 될 수도 있잖아요?"

마기루카가 한심하다는 얼굴로 자하를 힐끔 본 뒤에 사피나를 위로하듯 그렇게 말했다.

"아, 저, 수업을 들으러 가볼게요."

사피나는 웃으면서 인사를 한 뒤에 그대로 발걸음을 돌려 소르오스 담화실로 달려갔다. 나와 마기루카는 흐뭇한 표정으로 그녀의 뒷모습을 바라보았다.

"근데 넌 안 가?"

"갈 거야! 근데 요즘에 너희들 말이야, 날 너무 막 대하는 거 아냐?"

내가 말을 걸자 이제야 고통이 가셨는지 자하가 울먹이며 항의했다.

"알았으니까, 어서 가서 사피나를 이상한 벌레들로부터 확실하게 지켜줘."

나는 자하를 손짓으로 쫓아내면서 외로움을 잘 타고 소심한 사피나의 호위로 임명했다.

"오! 어쩐지 기사 같은데. 좋아, 맡겨둬."

금세 기분이 좋아진 자하는 사피나가 달려간 쪽으로 달려갔다.

"메어리 님, 저희도 아레이오스 담화실로 가죠."

"그래……."

내가 사이좋은 두 친구를 보내고서 울적한 기분에 젖어 있으니 마기루카가 배려하듯 말을 걸어주었다. 나는 고개를 끄덕이고는 마음을 다잡고서 앞으로 걸어 나갔다.

02 묘안이네요

아레이오스에서의 생활은 놀랄 만큼 평화로웠다.

첫날부터 투기장에서 선배와 대련을 벌이지도 않았고, 들고 있던 무기를 놓치는 추태도 보이지 않았다. 나는 이 생활이 만족스러웠다.

물론 도중에 편입해왔으니 처음에는 조금 이목을 끌기도 했지만, 수업 시간에 무난하게 마법을 시연하자 소르오스 시절의 소문도 점점 가라앉았다. 이제는 사람들이 나를 평범하다고 생각하고 있을 거다.

(멋져, 그야말로 내가 바랐던 생활이야!)

오늘도 나는 아레이오스 담화실에서 튜테가 끓여준 홍차를 마시면서 마음속으로 우쭐거렸다.

아레이오스 담화실도 다른 클래스의 담화실과 별반 다를 게 없었다. 널찍한 공간에 많은 칸막이가 있고, 칸마다 소박한 나무 탁자와 의자, 소파가 놓여 있었다. 나는 그중에서도 가장 구석에 있는 햇볕이 잘 드는 곳에 곧잘 앉았다. 마기루카가 알려준 곳이다. 둥근 탁자를 에워싸듯 놓인 네 개의 의자에는 오늘도 나와 마기루카가 앉아 있었다.

"내일은 어떤 마법을 실습하기로 했더라?"

"화염 계열이요."

내가 홍차를 한 모금 들이킨 뒤 향기를 즐기며 묻자 마기루카도 홍차를 즐기면서 대답해주었다.

"화염이라, 그거 기대되네."

자칫 방심했다가는 헤벌쭉거릴 것 같아서 나는 애써 진지한 표정을 지었다.

(어쩔 수 없잖아. 판타지에서나 나오던 그 마법을 이곳에서는 마음껏 부릴 수가 있는걸. 기쁨이 솟구쳐서 웃음이 절로 나올 지경이라고.)

나는 마음속으로 변명하면서 요즘 한창 연습 중인 공격 마법을 떠올렸다.

한마디로 말해서 아주 재밌는 수업이었다.

전생(前生)에서는 공상 속에서만 가능했던 마법이, 이곳에서는 팔만 뻗으면 현실이 된다. 마음이 설레는 게 당연했다. 더욱이 구사할 수 있는 마법의 종류가 나날이 늘어나고 있으니, 도통 웃음이 그치질 않았다.

"그나저나 역시 메어리 님은 대단하군요. 아레이오스 학생들이 1년여에 걸쳐 익힌 마법을 벌써 절반이나 배우시다니. 선생님을 비롯한 선배, 신입생과 동급생까지 놀라지 않는 사람이 없어요."

"어? 진짜? 그러면 좀 곤란한데."

"예? 곤란하다니요?"

"아, 아무것도 아냐. 그냥 하는 얘기야."

무심코 입 밖으로 말이 튀어나오자 마기루카가 의아해하며 물었다. 나는 웃으면서 얼버무렸다.

작년에 즐거움을 주체하지 못하고 저질렀던 실수를 또 되풀이할 뻔했다. 나는 앞으로 자중하자며 마음속으로 다짐했다. 실은 더 많은 마법을 익혀서 써보고 싶지만…….

"메어리 님!"

내가 마음속으로 자중이라는 단어를 여러 번 되뇌며 마음속에 새기고 있을 때 담화실 입구에서 이쪽으로 달려오는 사피나의 목소리가 들렸다. 그 순간 되뇌던 그 단어가 순식간에 흩어졌다.

고개를 돌리자 해맑은 사피나와 미소를 머금은 자하가 이쪽으로 걸어오는 게 보였다. 그 덕분에 아레이오스 학생들의 시선이 이쪽으로 모였다.

(뭐, 그럴 만도 하지. 아레이오스 담화실에 지금 한창 유명한 소르오스의 사피나와 자하가 찾아왔으니까.)

두 사람은 1학년부터 마법을 썼다는 소문이 퍼지면서 소르오스뿐 아니라 아레이오스에서도 꽤 유명해져 있었다. 거기에 마기루카는 유명한 가문 출신에다가 작년에 특출한 성적을 거둔 우등생이니, 이들이 모여 있으면 학생들의 시선이 쏠리는 것도 당연한 이야기였다. 그리고 매번 이렇게 모일 때마다 다른 사람들의 시선이 신경 쓰여 마음 편히 있지 못하는 게 내가 지금 직면한 문제였다.

"어디 괜찮은 곳이 없으려나."

"뭐가요?"

내가 중얼거리자 옆자리에 앉은 사피나가 고개를 갸웃거리며 물었다.

"저기, 우리 말이야. 좀 눈에 띄는 것 같지 않아? 다른 사람들의 시선이 자꾸 신경 쓰여. 우리끼리 모여서 차분하게 이야기를 나눌 만한 곳이 어디 없을까?"

"아, 저도 다른 클래스 사람들의 시선이 신경 쓰여서 묘하게 긴장되던 참이에요."

내 말에 사피나가 고개를 끄덕이며 맞장구쳤다.

"그럼 선생님께 신청해서 방을 하나 빌리는 게 어떨까요?"

"어? 그게 가능해?!"

나와 사피나의 이야기를 들은 마기루카가 아주 당연하다는 얼굴로 놀랄 만한 제안을 했다.

그리고 내가 놀라 큰 소리를 낸 탓에 사람들의 시선이 또 이쪽을 향했다. 나는 겸연쩍은 표정으로 그 시선들을 애써 외면했다.

"보다시피 이 학원은 쓸데없이 넓거든요. 아마 안 쓰는 방도 얼마든지 있겠죠. 물론 왜 빌리는지 설명을 해야 하고, 이유가 타당하더라도 최소 다섯 명은 있어야 하지만요."

(그렇구나. 연구회나 동아리 활동이 목적이라고 말하면 방을 빌릴 수 있으려나?)

"나랑 사피나, 자하 씨와 마기루카…… 앗, 튜테도 있으니 딱 다섯 명이야!”

“아쉽지만 학생이 아닌 사람은 대상 외예요.”

마기루카의 설명을 듣고 어떻게든 5명을 맞추려고 했으나 곧바로 각하되었다. 나는 실망한 나머지 어깨를 축 늘어뜨렸다.

“그냥 왕자님께 부탁하면 되는 거 아냐?”

지금까지 잠자코 듣고 있던 자하가 아무렇지 않게 터무니없는 발언을 했다. 나와 마기루카, 사피나의 표정이 순식간에 얼어붙었다.

“근데 이용 목적은 뭐라고 할 거야? 설마 홍차를 마시면서 수다를 떨고 싶다는 이유로 방을 빌려달라고 할 건 아니지?”

세 사람의 속내를 전혀 알아차리지 못한 눈치 없는 녀석의 입은 멈출 줄을 몰랐다.

“그렇게 말하면 허락해줄 리가 없잖아요? 뭔가 그럴싸한 이유를 대지 않으면…….”

“그럼 이렇게 하자. 레이포스 님까지 해서 세 클래스 학생들이 모여 정보를 교환할 장소가 필요하다고 하는 거야.”

“그럴듯하네요. 소르오스, 아레이오스, 라라이오스, 세 클래스 학생들이 한곳에 모여서 뭔가를 했다는 이야기는 들어 본 적이 없으니, 괜찮을 것 같아요.”

마기루카가 손뼉을 짝 치며 동의했다.

“좋았어. 정해졌으니 바로 움직이자.”

나는 자리에서 천천히 일어선 뒤 어디로 가야 하는지도 모른 채 무작정 담화실 출입구로 걸어 나갔다.

"그런데 누가 전하께 말씀을 드릴 건가요?"

내 뒤를 따라 일어선 사피나가 가장 근본적인 문제를 깨닫고서 창백해진 얼굴로 불쑥 중얼거렸다.

나는 발걸음을 뚝 멈췄다.

"그야 물론 마기——."

"물론 먼저 말을 꺼낸 메어리 님이 책임을 지고 전하를 설득하시겠죠. 그렇죠, 메어리 님?"

내가 책임을 떠밀기 전에 마기루카가 선수를 쳤다. 그녀는 서둘러 준비를 마치고서 자리에서 일어섰다.

"그럼 저는 선생님에게 어떻게 신청을 해야 하는지 절차를 물어보러 갈 테니 잘 부탁드려요."

마기루카는 말을 끝마치자마자 급하게 나가버렸다. 너무나도 빈틈없는 행동에 나는 마기루카의 뒷모습을 멍하니 쳐다보다가 한동안 탁자에 손을 댄 채 아연실색했다.

"뭐해? 왕자님한테 가는 거 아니었어?"

그리고 압박감 따윈 전혀 느끼지 못하는 자하가 당연하다는 듯이 담화실 출입구로 걸어가며 어서 오라고 재촉했다. 나는 한숨을 크게 내뱉고 각오를 굳혔다. 기합을 넣은 뒤 고개를 들었다.

(이건 안식의 장소를 얻기 위해서야, 메어리!)

대단히 불순한 이유로 왕자님을 끌어들이게 되어 몹시 민망했으나 왕자님이라면 틀림없이 웃으면서 승낙해주리라. 나는 희

미한 기대감을 품고 가기 싫다며 고개를 마구 가로젓는 사피나
의 팔을 잡아끌면서 담화실을 걸어 나왔다.

"응, 그래."

담화실을 빠져나와 몇 분 뒤.

결의와 불안으로 가득한 눈으로 보고 있자니 왕자님이 시원하
게 웃으면서 선선히 승낙해주었다.

"나도 다른 클래스 학생들과 의견을 교환할 수 있는 자리가
없을까 하고 생각하던 차였어. 라라이오스 학생들은 잘 모르는
마법이나 무술 같은 건 스스로 조사하기보다는 직접 배우고 있
는 사람들에게 묻는 게 더 좋을 테니까. 우등생인 너희를 시작
으로 점차 다양한 사람들이 모일 걸 생각하면 참 매력적인 이야
기야. 역시 메어리 양, 보는 시야가 넓을 뿐만 아니라 행동도 빠
르군. 정말로 감탄했어."

"······그, 그렇지······ 않습니다. 레이포스 님."

왕자님이 진심으로 감탄하며 전혀 생각하지 않은 칭찬을 늘어
놓는 바람에 나는 식은땀을 흘리면서도 애써 웃으면서 대답할 수
밖에 없었다. 곧 여기저기에서 놀라거나 감탄하는 목소리가 들
려왔지만 지금 나에게는 그 목소리들을 부정할 여유가 없었다.

(아아아, 부디 내가 모르는 데서 쓸데없이 평판이 오르지 않

기를!)

나는 애써 웃으면서 마음속으로 신께 간청했다.

"그렇게 되면 많은 사람이 모일 테니 강당 같은 널찍한 공간이 필요하겠군."

"아, 아뇨. 처음이니 저기…… 작은 공간이면 족하다고 생각합니다."

어쩐지 내 의도와 크게 달라질 것 같은 기분이 들은 나는 조심스럽게 왕자님의 생각을 수정하려고 시도했다.

"그렇군. 그럼 곧바로 움직이지. 마기루카가 어떻게 신청을 하는지 알아보고 있다고?"

내 심정 따윈 아랑곳하지 않고 왕자님이 의연한 태도로 행동을 개시했다. 자하가 그 뒤를 따랐다. 나는 두 사람의 뒷모습을 바라보면서 깊은 한숨을 내뱉었다. 그러고는 혼절하지 않도록 시종 내 몸에 필사적으로 매달려 있던 사피나의 머리를 잘 버텨냈다고 치하하듯 쓰다듬어주었다.

03 나옵니다

"빈방이 없다고?"

왕자님과 함께 마기루카와 복도에서 합류했을 때였다.

"예. 원래는 구교사를 빌릴 수 있었는데, 그것도 지금은 금지되어 있대요."

"구교사? 그런 건물이 있었구나."

나는 복도 창문에 비친 바깥 풍경을 쳐다보며 구교사를 찾기 시작했지만, 아무래도 이곳에서는 보이지 않는 듯했다. 교문에서 중앙로를 지나 시계탑을 중심으로 사방에 신교사가 세워져 있고, 신교사를 에워싸듯 다목적 시설, 투기장, 훈련소, 실험소, 운동장 등이 배치되어 있다. 아무래도 구교사는 그 안에 섞여 있는 듯했다.

"구교사를 이용할 수 없다고? 건물이 낡아서인가?"

"아뇨, 그런 건 아닙니다만, 그……."

왕자님이 묻자 마기루카가 말하기를 주저했다. 나는 어쩐지 불길한 예감이 들어서 이대로 포기하는 게 좋지 않을까, 하고 생각하기 시작했다.

"나온다고 합니다."

"뭐가?"

마기루카가 조심스러운 얼굴로 말하자 나는 무심코 되물었다.

"유령이요."

마기루카가 말하자 왕자님과 자하가 침을 꿀꺽 삼켰다. 사피나는 히익, 하고 비명을 지르며 내 몸에 달라붙었다. 그리고 나는 기대감에 눈빛을 반짝였다.

"거짓말, 진짜?! 보고 싶어!"

""""뭐어?!""""

내가 기뻐하자 주변 사람들이 하나같이 놀란 표정을 짓고 있었다.

"어라? 메어리 님은 유령이 무섭지 않나요?"

마기루카는 내가 겁이 많다고 생각하고 있었는지, 놀란 얼굴로 나를 쳐다보고 있었다. 나는 반짝이는 눈동자로 그녀를 쳐다보며 고개를 끄덕였다.

"유령이라잖아! 나는 아직 한 번도 본 적이 없단 말이야. 꼭 보고 싶어!"

나는 혼자 신이 나서 말했다. 왜냐면 유령이잖아, 유령. 전생에서는 특수한 사람만이 볼 수가 있었다는 그것! 존재조차도 불명확해서 공포의 대상이긴 하지만, 이곳 판타지 세계에서는 아마도 언데드 몬스터일 것이다. 누구든지 볼 수가 있고, 쓰러뜨릴 수도 있다. 동물과 마찬가지로 존재하는 게 당연한 몬스터이니 무서울 리가 없었다.

"그, 그나저나 유령 때문에 구교사 사용이 금지되었다는 말도 어쩐지 석연치가 않군."

들뜬 나를 보고 놀란 왕자님도 정신을 차리고서 이야기를 진행했다.

"확실히 그렇군요. 유령 따윈 선생님들이 퇴치하면 될 일인데요."

이 세계에는 신성 마법이라는 게 있으니 베테랑 마법사 선생님이라면 재까닥 퇴치할 수 있을 터였다. 그런데도 어째서 왕자님 말처럼 출입만 막고서 방치하고 있는 걸까? 나는 의문이 들어서 왕자님의 말에 동감을 표했다.

"어떻게 할래? 보러 갈래?"

어쩐지 호기심이 어린 얼굴로 자하가 말했다. 나도 기대감이 높아져 고개를 연신 끄덕였다. 물론 사피나와 튜테는 창백해진 얼굴로 내 몸에 매달린 채 고개를 연신 가로저었다.

"으~음, 구교사를 어떻게 하지 않으면 빈방을 확보할 수 없으니 한 번 보러 가는 것도 괜찮지 않을까?"

신이 난 나와 자하를 흐뭇하게 바라보던 왕자님이 진지한 표정을 지으며 찬성했다. 그래서 반대하는 두 사람 사이에 낀 채 나는 구교사로 가게 되었다.

우리는 주로 쓰는 건물과 꽤 멀리 떨어져 있어 인적이 드문, 아니, 인적이 아예 없는 구교사에 도착했다. 언덕을 오르니 모

던한 느낌이 드는, 2층짜리 벽돌 건물이 보이기 시작했다.

건물 주변은 생각보다 넓게 트여 있었고, 나무들이 주변을 에 워싸듯 서 있었으며 햇볕도 잘 들었다. 소란스러운 학원에서 격 리된 듯한 조용한 곳이었다.

(좋네! 꼭 여기서 시간을 보내고 싶어.)

기대감이 가득한 나와 달리 사피나와 튜네는 마치 무서운 거 라도 본 것 같은 표정을 짓고 있었다. 왕자님과 마기루카는 조 금 긴장했고, 자하는 예상보다 넓어서 놀랐는지 오오~ 하고 감 탄하고 있었다.

건물 가운데에 설치된 커다란 목조 쌍여닫이문 앞까지 도착한 우리는 다시 한번 건물을 둘러보고자 멈춰 섰다. 폐허 같다는 느낌은 전혀 느껴지지 않았다. 누군가가 청소를 해둔 것 같은 말끔한 느낌이 음침한 분위기를 누그러뜨리고 있었다. 뭐, 하필 이면 저녁에 이곳을 찾은 우리도 우리지만.

"봐, 봤으니까 이제 돌아가죠. 메어리 님."

사피나가 내 옷을 잡아당기고는 주변을 두리번거리며 말했다.

"오? 열렸다."

그러나 무정하게도 자하는 문을 열고서 무단으로 들어갔다.

"이상하네요. 출입 금지인 것 치고는 관리가 허술해요. 할아 버지…… 크흠, 학원장께서는 무슨 생각이신지."

자하에 이어서 마기루카도 문에 다가갔다. 건물에 아무런 조 치가 되어 있지 않아서 위화감이 들었다.

"유령을 봤다는 얘기도 거짓말 아냐?"

다소 실망하여 긴장이 풀린 자하가 조금 열었던 문을 닫으려고 했다.

"히이익!"

바로 그때 가장 뒤에서 대기하던 튜테가 비명을 질렀다. 우리는 무심코 뒤를 돌아봤다.

"왜, 왜 그래? 튜테?"

"바, 방금, 저기 누가……."

튜테가 떨리는 손으로 건물 구석 쪽에 있는 방을 가리켰다.

우리가 서 있는 위치에서는 그 방 안쪽이 잘 보이지 않지만, 멀찍이 떨어져 있던 튜테에게는 보였던 모양이다.

"이, 이만 돌아가죠, 메어리 님!"

"가자, 유령, 유령♪"

나와 사피나와 동시에 말했다. 나는 질색하는 사피나의 팔을 잡고서 자하에게 문을 열어달라고 부탁한 뒤 그대로 안으로 들어갔다.

내부는 어두컴컴했다. 정적이 안을 지배하고 있었다. 으스스한 분위기가 감돌기 시작하자 나도 조금 긴장이 되었다. 무심코 호신용으로 가지고 온 전설의 검(웃음)에 손을 댔다.

건물 중앙에는 1층과 2층을 아우르는 확 트인 현관이 있었다. 현관에서부터 십자로 뻗어 나가는 매끄러운 포석들이 저녁노을을 희미하게 반사하고 있었다. 천장은 바깥에서 봐도 알 수 있듯이 높았다. 중앙 현관 천장에는 커다란 창문이 있어서 불을 밝히지 않아도 제법 빛이 새어들고 있었다.

"제법 넓고, 방도 그럭저럭 많은 것 같네."

내가 주변을 둘러보며 가운데로 걸어가자 사피나와 튜테가 내 뒤에 찰싹 달라붙은 채 따라왔다.

"튜테가 뭔가를 봤다는 방이 어디야?"

"예?! 가는 건가요? 아가씨."

"모처럼 여기까지 왔는데 유령은 보고 가야지 않겠어? 게다가 만약 언데드 몬스터가 나온다 해도 이렇게나 사람이 많으니 어렵지 않게 쓰러뜨릴 수 있을 거 아냐?"

겁을 먹은 튜테에게 용기를 북돋아 주기 위해서 내가 대수롭지 않다는 듯 말하자 다들 할 말을 잃었다.

"메어리 양, 유령과 언데드 몬스터는 별개야. 네가 말한 언데드란 스켈레톤이나 좀비 같은 실체가 있는 녀석들이고, 유령처럼 실체가 없는 것들은 몬스터가 아니야. 우리 실력으로는 유령을 쓰러뜨리기는커녕 만지지도 못할 걸."

왕자님이 미안한 표정으로 말하자 나는 RPG에서 자주 등장하는 언데드 몬스터처럼 유령을 보거나, 만지거나, 쓰러뜨릴 수 있을 거라는 생각이 착각이었음을 비로소 깨달았다.

다시 말해 유령은 이 세계에서도 만질 수 없는 존재였다. 더욱이 모두의 눈에 보이고, 또한 사람에게 직접 해를 끼칠 수도 있다는 점에서 전생의 유령보다 더 고약한 존재였다.

(이래서 다들 무서워했던 거구나! 야단났네, 나도 무서워지기 시작했잖아!)

새삼스럽게 몸이 떨리기 시작했지만 때는 이미 늦었다.

그때, 모두의 얼굴이 점점 더 창백해지기 시작했다. 그들의 시선은 내가 아닌 더 뒤쪽을 바라보고 있었다. 조심스럽게 뒤를 돌아보니 복도 끝, 햇볕이 들지 않는 어두컴컴한 모퉁이 부근에서 뿌옇고 하얀 실루엣의 무언가가 이쪽을 보고 있었다. 그 존재의 주위가 어쩐지 싸늘하게 얼어붙은 것처럼 느껴졌다.

(이 세계의 유령은 해가 완전히 지지 않았는데도 나오는 거냐 야아아! 싫어어어어!!! 몬스터가 아니라면 저건 대체 뭐야! 무서워, 너무 무서워!!!)

그리고 그것은 사라지고 나타나기를 반복하며 착실하게 우리 쪽으로 다가왔다. 패닉에 빠진 나는 자포자기하여 허리에 찬 전설의 검(웃음)을 뽑았다.

"어서 덤벼라, 이 몬스터어어어어!"

"그러니까 아가씨, 저건 몬스터가 아니라고요! 어서 도망치죠!"

튜테가 제자리에서 얼어붙은 나를 뒤에서 잡아당겼다. 근데 미안, 솔직히 다리가 굳어버려서 꼼짝도 할 수가 없어!

"모두 눈을 감아!"

바로 그때 우리 뒤에서 누군가가 달려 나오더니 유령 앞을 막아섰다. 그러고는 지팡이를 높이 들었다.

"라이트!"

그녀가 힘차게 외치자 그에 호응하듯 지팡이 끝에서 빛이 뿜어져 나왔고, 유령은 빛을 피하려는 듯 발걸음을 돌려 재빨리 달아났다.

우리는 그 모습을 보며 한동안 멍하니 서 있었다.

그러자 그 여성이 몸을 휙 돌려 깊이 뒤집어쓴 후드를 벗고 웃음을 내보였다.

"여러분, 괜찮습니까?"

"크, 클래스 마스터?"

그녀의 얼굴을 보자마자 마기루카가 말했다. 아무래도 이 사람이 아이레오스의 클래스 마스터인가 보다.

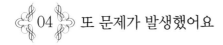 또 문제가 발생했어요

유령과 맞닥뜨린 지 수십 분 후.

우리는 신교사와 구교사 사이에 있는 오픈 카페에 있었다.

탁자를 에워싸듯 나, 사피나, 튜테, 마기루카, 자하, 왕자님이 앉아 아레이오스의 클래스 마스터를 바라보고 있었다.

"인사가 늦었습니다. 안녕하세요. 전 아레이오스의 클래스 마스터를 맡고 있는 '앨리스 올딜'이라고 해요."

앨리스 선배가 깊숙이 뒤집어쓴 후드를 벗으며 고개를 숙이자 쭉 뻗은 아름다운 금발이 어깨에서 찰랑거렸다. 온화한 그 얼굴에 걸린 동그란 안경이 눈에 띄었다. 그녀는 양쪽 렌즈 속에서 반짝이는 파란색 눈동자로 이쪽을 부드럽게 쳐다봤다. 뭔가 느긋한 분위기가 감돌고 있는 사람이지만, 아까 홀로 유령을 물리친 데다가 클래스 마스터까지 맡고 있으니 상당한 실력자임은 틀림없었다.

하지만 그보다 중요한 건 나도 모르게 자꾸만 아래로 눈길이 간다는 점이었다. 품이 넉넉한 로브로도 감출 수 없는 커다란 언덕이라니!

(대체 뭐지……? 아레이오스에 소속된 여자들은 모두 풍만해지나? 그렇다면 나도?)

어쩐지 석연치 않았지만, 나는 자기 가슴을 힐끔 보고서 화제를 되돌렸다.

"어어, 처음 뵙겠습니다. 전……."

"앗, 자기소개는 됐어요. 여러분들이 누군지는 이미 알고 있습니다. 후훗, 여러분들은 유명하니까요. 그렇죠? 하얀 희군."

내가 이름을 밝히려고 하자 앨리스 선배가 나를 보며 의미심장하게 웃었다.

"그나저나 유령이 정말로 있었을 줄이야. 아니, 오히려 그 유령을 쫓아낸 게 더 놀랍군."

"전하 앞에서 감히 주제넘은 짓을 하였습니다. 죄송합니다."

왕자님이 감탄하며 수십 분 전에 겪었던 일을 회상하자 앨리스 선배가 공손히 고개를 숙였다.

"아니, 덕분에 살았어. 그나저나 그건 무슨 마법이었지? 신성마법인가?"

"아뇨, 전하. 그건 신성 마법이 아닙니다. 마법으로 그저 빛을 냈을 뿐입니다. 하지만 유령은 마법으로 만든 빛을 싫어해서 쫓아내는 데 아주 안성맞춤이죠."

탁자를 사이에 두고 왕자님과 마주 보고 앉아 있는 앨리스 선배가 간략하게 설명을 해주었다. 나는 그 설명을 들으면서 감탄하여 고개를 끄덕였다.

"다시 말해서 그것만으로는 퇴치할 수 없다는 건가요?"

"예, 안타깝게도."

마기루카도 대화에 끼어들었다.

"유령 한 마리쯤은 선생님이 어떻게든 처리할 수 있지 않을까요?"

"안타깝게도 현재 학원에는 신성 마법을 구사할 줄 아는 선생님이 안 계세요."

내가 소박한 질문을 던지자 앨리스 선배는 놀라운 사실을 말했다.

"예? 그런가요? 신성 마법을 구사할 줄 아는 사람이 그만큼 희귀한 건가?"

"아뇨, 신성 마법은 주로 교회 사람들이 사용해서 그렇지 사람이 없는 건 아닙니다. 다만 예전에 딱 한 번 교회에서 선생님을 파견한 적이 있었는데, 학교 안에서 그 선생님과 얽힌 어떤 사건이 벌어져, 그걸 계기로 일절 협조를 끊었다고 합니다. 이미 20년도 더 된 이야기라 정말 그런지는 알 방법이 없습니다만, 그 이후로 교회에서는 선생님을 파견하지 않았습니다. 그래서 지금은 학교에서 신성 마법을 배울 기회가 거의 없죠. 다행히도 유령들은 그 구교사 밖으로 나가질 않는 모양인지라 최근에는 제가 정기적으로 순찰하며 누군가가 호기심으로 안에 들어가지 않는지 확인하고 있습니다. 그래서 아직은 커다란 사건으로 발전하지 않았습니다만……."

나는 당혹스러워하는 선배를 똑바로 바라보지 못한 채 고개를 돌렸다.

(죄송합니다, 선배. 호기심 때문에 들어간 사람이 바로 여기

있습니다.)

나는 마음속으로 그녀에게 사죄했다.

"앨리스 선배는 유령을 잘 알죠? 격퇴법도 아시는 것 같은데. 혹시 교회에서……."

"아뇨, 전 교회와는 무관합니다. 유령이라고 해야 할까, 그저 언데드를 전문으로 공부하고 있어서 남들보다 조금 정통한 것뿐이지요."

(저렇게 얌전하게 생긴 선배가 언데드 전문가라니……. 그건 그것대로 놀랍네.)

내가 질문하자 앨리스 선배가 쑥스러워하며 대답했다. 그 외모와 분위기로 보아 영락없이 털이 복슬복슬한 동물을 좋아할 거라고 지레짐작했던 나는 다시금 마음속으로 그녀에게 사죄했다.

"그래서 결국 유령 사건은 어떻게 진행되고 있는 겁니까?"

지금껏 잠자코 있던 자하가 서투른 존댓말로 앨리스 선배에게 물었다. 그녀는 그쪽을 보고 조금 곤혹스러운 표정을 지었다.

"그랜드 마스터께서 현 상태를 유지하라고 지시하셨습니다. 아마도 학원 측에서 교회와 마찰을 일으키지 않을 전직 교회 출신자 중에서 신성 마법을 구사할 줄 아는 사람을 찾고 있는 것 같은데, 난항을 겪고 있는 것 같아요. 그래서 당분간 구교사는 출입이 금지될 것 같습니다."

(신성 마법이라……. 살짝만 알려주면 나도 쓸 수 있을지도 모

르는데. 어디 알려줄 만한 사람이 없으려나? 뭐, 날 가르쳐줄 수 있는 그 사람이 나서면 해결될 일이지만.)

나는 당면한 문제를 꽉꽉꽉 해결할 수 있는 방책을 생각해봤다. 그러나 쉽게 풀릴 문제가 아니라는 걸 알고는 한숨을 내쉬었다.

(아니, 잠깐만. 난 누군가한테 배워서 4계급 마법을 구사한 게 아니잖아. 맞아, 백은의 기사라면…….)

나는 거기에까지 생각이 미쳤다. 그러나 일단은 가만히 이야기를 들은 뒤에 앨리스 선배와 헤어졌다. 마지막에 선배가 구교사에는 얼씬도 하지 말라고 신신당부를 하긴 했지만…….

앨리스 선배와 헤어진 뒤 우리는 신교사를 향해 터벅터벅 걸었다.

"사건이 해결되지 않는 한 구교사는 사용할 수 없겠네요. 전학원장께 가서 현재 상황이 어떤지 파악하고 오겠어요."

마기루카는 포기할 수 없다는 얼굴로 고개를 들고는 시계탑에 가겠다고 말했다.

"나도 가지. 사태가 어떻게 돌아가고 있는지 자세히 알고 싶어. 더욱이 앨리스 양이 언급했던 교회와 연관된 그 사건도 좀 궁금하고."

마기루카를 따라 왕자님도 따로 행동하기로 했다. 남겨진 사람은 나와 튜테, 자하와 사피나. '장난꾸러기 트리오'(?)만 남게 되었다.

"메어리 님, 어떻게 할까요?

두 사람을 보낸 뒤에 사피나가 곤혹스러운 얼굴로 내 눈치를 살폈다.

"으음……. 백은의 기사님은 신성 마법을 쓸 줄 알았을까?"

느닷없이 튀어나온 '백은의 기사' 이야기에 모두 어리둥절한 표정을 지었다.

"글쎄요……? 백은의 기사님은 4계급 마법이라면 거의 다 쓸 수 있었다고 하니, 아마 신성 마법도 몇 가지 쓰지 않았을까요?"

유일하게 내 의도를 알아차린 튜테가 뒤에서 말해주었다.

"그래? 그럼 그 이야기를 계속해보자. 뭔가 힌트가 될 만한 게 있을지도 모르고."

나는 튜테를 보고 진의를 숨긴 채 그 이야기를 억지로 이어나갔다. 무슨 이야기인지 이해하지 못한 두 사람은 점점 당혹스러워했다.

"그, 그럼 도서실에 가실래요? 백은의 기사님 이야기도 몇몇 있을 것 같으니."

생각하기를 포기했는지 사피나가 석연치 않은 얼굴로 황당하기 짝이 없는 내 이야기에 호응해주었다. 자하도 고개를 끄덕였다.

"그럼 가자, 도서실에."

(그리고 이딴 사건을 파바박 해결한 뒤에 그 나이스한 공간에서 유유자적한 생활을 엔조이하는 거야.)

흥분한 나는 선두에 서서 걸어갔다.

"아가씨, 도서실은 그쪽이 아닙니다."

"…………."

뒤에서 튜테가 송구스러워하며 말하자 나는 귀까지 새빨개진 채 발걸음을 돌렸다. 그러고는 튜테가 가리킨 방향으로 빠르게 발걸음을 옮겼다.

그 뒤.

지금 우리는 속닥거리는 사람들의 시선을 한 몸에 받은 채 아레이오스 담화실 구석에 앉아 있었다.

(우와…… 눈에 띈다, 눈에 띄어. 무지 눈에 띄어.)

나는 내심 불안에 떨며 대화에 끼려고 했다.

소르오스 학생이 둘이나 있는 것도 특이한데, 라라이오스 소속인 왕자님마저도 이곳에 있으니 신경 쓰지 말라고 말하는 편이 더 이상했다.

(아아, 빨리 타인의 시선을 신경 쓰지 않고 편안하게 지낼 수 있는 공간을 갖고 싶어라.)

넋이 나가버린 한 사람을 빼고서 보고회라고 해야 할까, 대화를 시작했다.

학원장이 들려준 이야기는 앨리스 선배가 했던 이야기와 거의 똑같았다. 학원은 신성 마법을 쓸 수 있는 사람을 찾는 중이었다. 왕자님이 학원장에게 교회가 협조를 끊은 계기가 된 그 사건을 자세히 알려달라고 했으나 학원장은 자기도 자세한 내용은 모른다고 했다. 알아낸 건 당시 선생님과 학생 사이에서 벌어졌던 사건이라는 것뿐이었다.

"그런데 교회가 파견한 선생과 사건을 일으킨 사람이 당시 입학한 지 얼마 안 된 신입생인 페르디드 레가리야······. 다시 말해 메어리 양의 아버님이라고 하더군."

왕자님이 어렵게 그 말을 꺼내자 모두 어이없다는 표정으로 내 얼굴을 쳐다보았다.

(아버지······ 대체 무슨 짓을 저지르셨던 건가요?)

🎵 05 🎵 억측이 난무하고 있습니다

나는 자택 식당에서 부모님과 함께 저녁을 즐기고 있었다. 그러나 내 머릿속은 오늘 담화실에서 들었던 이야기로 가득했다.

왕자님의 이야기에 따르면 교회에서 파견한 선생님과 소동을 일으킨 장본인이 바로 아버지였다. 그 소동이 원인이 되어 교회가 협조를 끊은 게 아닌가 싶었다. 그러나 수십 년 전 일이니 슬슬 관계를 수복해도 되지 않을까? 왕자님도 그 부분을 지적했다는데, 학원장이 떨떠름한 표정이라고 해야 할까…… 무언가 숨기고 있는 듯한 표정을 지었다고 한다.

마기루카는 교회 측에서 비협조적으로 나온다기보다는 학원이 무언가를 경계하는 것 같은 느낌이었다고 했다. 학원 측에서 요청하지 않으니 교회 측에서도 굳이 선생님을 파견하지 않는 상황이라고도 해석할 수가 있다는 것이다.

그리고 당시에 무슨 일이 있었는지 아는 사람은 당사자들과 학원장뿐이라고도 했다. 그러나 정작 그 학원장이 말을 하지 않으니 이젠 바로 눈앞에서 저녁을 다 먹고 차를 즐기고 있는 아버지, 페르디드에게 물어볼 수밖에 없었다.

"아버님, 잠시 여쭙고 싶은 게 있는데요."

"음? 뭐지? 메어리."

내가 긴장한 얼굴로 말을 걸자 아버지는 기뻐하며 듣고 있던 잔을 받침에 내려두었다.

"학원에서 소문을 들었는데요. 아버님이 입학했던 당시에 저기…… 그게, 으음, 교회에서 파견한 선생님이랑…… 소동을 벌이셨다고……."

나는 두근거리는 마음으로 떠듬떠듬 물었다.

어쩌면 건들면 안 되는 이야기일지도 모른다. 여차했다간 아버지가 또다시 격노하여 학원으로 쳐들어갈 수도 있다.

"내가 입학했을 당시? 선생과 소동? 으음?"

오래돼서 떠오르질 않는지 아버지는 턱에 손을 댄 채 천장을 바라보며 골똘히 생각에 빠지셨다. 그리고는 한참을 "으음……" 하고 신음하시더니 이윽고 무언가 떠올랐는지 손뼉을 치셨다.

"아아! 내가 선생을 엉망진창 흠씬 패줬던 사건을 말하는 건가!"

(대체 무슨 짓을 저지른 거예요, 아버님!)

아버지는 과거가 떠올라서 기쁜지 더욱 환하게 웃으면서 위험천만한 발언을 했다. 나는 마음속으로 아버지에게 딴죽을 걸었다.

"대, 대체 왜 그런 짓을……?"

"음, 글쎄? 당시에 학원 뒤…… 구교사라고 해야 메어리가 알아들으려나? 여하튼 거기서 낮잠을 잘 만한 좋은 곳을 발견해서 곤히 자고 있었는데 구교사에서 소란을 떠는 녀석이 있어서 물리적으로 입을 다물게 해줬단다. 그런데 나중에 알고 봤더니 그

녀석이 선생이었다……. 뭐, 그런 이야기였던 것 같은데?"

(진짜, 대체 무슨 짓을 저지른 거예요, 아버님!!)

믿을 수 없는 옛이야기를 듣고 나는 놀라움을 넘어 경악하며 마음속으로 딴죽을 걸었다.

(하지만 아버님의 말씀이 사실이라면 학원장이 왜 교회를 경계해야만 하지? 엉망진창으로 깨진 선생님을 보고 교회가 경계했다면 모를까.)

옛 시절이 떠올라서 기분이 좋아졌는지 아버지가 옛 무용담을 늘어놓고 있었다. 그러나 자주 들었던 이야기라서 나는 흘려들으며 생각에 잠겼다.

(뭐, 이 건을 굳이 해결하지 않더라도 내가 도서실에서 찾아낸 백은의 기사의 이야기에 나오는 신성 마법을 구사한다면 유령을 바로 퇴치할 수 있을 거야. 다행히도 이야기 속에 등장하는 마법은 2계급 마법이니 쓰더라도 딱히 문제는 없겠지.)

나는 지난번에 넷이서 도서실에 갔던 일을 떠올렸다.

도서실에 들어서자 화려하고 널찍한 실내에 책장이 빼곡하게 늘어서 있는 모습이 눈에 들어왔다. 책장에는 온갖 책들이 꽂혀 있었는데, 그나마도 책장이 모자라서 일부는 그냥 산더미처럼 쌓여있기도 했다.

책을 조잡하게 보관한 걸 보니 도서실은 관리가 제대로 되고 있지 않은 듯했다. 어디에 무슨 책이 있는지 아는 사람이 거의 없다는 사실에 경악하면서 넷이서 분담하여 백은의 기사의 이

야기를 찾았다. 결국 몇 시간이나 걸려 도서관을 돌아다닌 끝에
몇 권을 찾아낼 수 있었다. 나는 도와준 사람들에게 고마움을
표한 뒤 곧바로 책들을 훑어봤다.

다행히도 찾아낸 책 중에 유령을 정화하는 기사의 활약이 담
긴 책이 딱 한 권 있었다. 더욱이 내가 게임에서 쓰던 마법과 표
현도 흡사했다. 이 정도라면 나도 쓸 수 있을 것 같았다. 목적을
달성한 우리는 그대로 도서실을 뒤로했다.

(그나저나 어쩌지? 모두한테 아버님의 과거를 들려주는 편이
나을까? 아니, 이건 우리 가문의 수치이니 말하지 않는 편이 낫
겠지. 어쩌다가 선생님을 다치게 했다는 식으로 얘기해두자.)

그렇게 판단한 나는 아버지의 말을 적당한 지점에서 끊은 뒤
에 방으로 돌아갔다.

내가 말을 끊자 아버지는 아주 서글픈 표정을 지었다.

그 뒤.

나는 아버지의 이야기를 잘 포장하여 모두가 모인 앞에서 들
려주었다.

참고로 현재 아레이오스 담화실에 모여 있는데, 다른 사람들
의 시선이 무척이나 신경 쓰였다.

"음…… 레가리야 경이 이유도 없이 주먹을 휘둘렀을 리는 없
겠지. 아마 그때 무슨 일이 있었을 거야."

"그렇겠죠. 혹시 이번의 유령 소동과 어떤 관계가 있을지도

몰라요."

나는 기가 막혀서 아버지의 이야기를 듣고 아무 대꾸도 할 수가 없었는데, 왕자님과 마기루카는 진지한 표정으로 의견을 내놓았다.

(내 주변 사람들은 오해가 잦은가 봐. 아버님도 꽤 장난꾸러기인데.)

아버지가 들려줬던 옛 무용담을 돌이켜보면 하찮은 이유로 싸움을 벌인 적도 많았다. 물론 딸로서 창피한 이야기이므로 덮어버렸지만.

"나도 왕궁에서 그 당시 소문을 조사해봤는데, 당시에도 지금처럼 학원 안에서 유령 소동이 벌어졌다고 하더군."

"예? 정말인가요?"

왕자님의 이야기를 듣고 나는 무심코 목소리를 높였다. 다른 사람들이 일제히 나에게 쏠렸고, 나는 황급히 두 손으로 입을 막고서 고개를 숙였다.

"역시 최근에 벌어진 유령 소동과 무언가 관련이 있는 걸까요?"

"두 사건을 한데 묶기에는 너무 정보가 없다만, 여하튼 무슨 일이 있었던 것만은 분명하겠지."

마기루카가 질문하자 왕자님이 신중한 얼굴로 대답했다.

(어쩐지 이야기가 성가신 방향으로 흘러가는 것 같네. 내가 신성 마법으로 유령을 정리하겠다고 말해서 빨리 끝내는 편이 나을까?)

모두가 진지한 얼굴로 대화를 나누는 도중에 말을 꺼내려니 찬물을 끼얹는 것 같아 참 미안했다. 여하튼 신성 마법에 관한 이야기를 꺼내려고 했을 때, 누군가가 뒤에서 말을 걸었다.

　"다들 이렇게 모여 있는 걸 보니 또 구교사 건에 관해 이야기를 나누는 건가요?"

　그쪽으로 시선을 돌리니 로브를 뒤집어쓴 앨리스 선배가 공손하게 인사를 했다.

　"유령 소동 건으로 모였다면 저도 동료로 끼워주시면 안 될까요? 저도 사태를 해결하고자 정보가 필요하던 차였거든요."

　앨리스 선배가 온화하게 웃으며 부탁하자 나는 거절할 수가 없었다. 왕자님을 보니 고개를 끄덕여주었다. 그래서 튜테에게 앨리스 선배가 앉을 자리를 마련해달라고 부탁했다.

　"최근에 알게 된 건데, 구교사에는 광역 결계가 걸려 있었습니다. 하지만 제가 추측하기로는 최근이 아니라 상당히 오래전에 친 결계인 것 같아요."

　자리에 앉은 앨리스 선배에게 지금까지 알아낸 정보를 들려줬더니 그녀도 정보를 제공해주었다.

　"혹시 유령을 가둬놓는 결계인가요?"

　마기루카가 흥미로워하며 물었다.

　"아뇨, 정확히는 언데드를 가둬놓는 결계입니다. 어쩌면 유령이 그에 이끌려서 구교사에 출몰하게 된 걸지도 모르죠."

　"그렇다면 그 결계를 파괴하면 유령이 구교사에서 사라지지 않을까요?"

"저도 그렇게 생각하고 그 결계의 근원을 찾고자 구교사 내부를 수색해봤지만 찾질 못했습니다. 그토록 광범위한 결계이니 의식을 치른 흔적을 금세 찾아낼 수 있을 줄 알았는데⋯⋯."

두 사람의 대화가 끊기더니 순간 침묵이 이어졌다.

"저기⋯⋯, 좀 궁금한 게 있습니다만⋯⋯."

지금까지 한마디도 없던 사피나가 조심스럽게 입을 열었다.

그녀는 왕자님을 바라보고 있었다.

자신의 의견을 밝혀도 좋은지 묻고 있음을 깨달은 왕자님이 웃으며 고개를 끄덕였다. 그동안 사피나는 왕자님에게 실언할까 두려워 대화에 끼는 것을 피하는 모양이었다.

(슬슬 이 분위기에 적응한 것 같아 다행이긴 한데. 뭐, 시간이 지나면 어떻게든 될 테니 초조해하지 말고 지켜보도록 할까.)

"애당초 왜 그런 결계가 구교사에 있는 건가요?"

"그건 언데드를 가둬놓는 결계이니 언데드를⋯⋯."

사피나의 물음에 나는 당연하다는 얼굴로 대답하다가 그게 뭘 의미하는지를 깨달았다. 그러고는 얼굴이 창백해졌다.

"다시 말해 그 구교사에 언데드 몬스터가 도사리고 있다는 거야?"

자하가 나를 대신하여 거리낌 없이 말했다. 귀를 세우고 있던 주변 사람들 사이에서 동요가 일었다. 나는 황급히 자하의 입을 막으려고 했으나, 이미 그는 탁자에 쓰러져 부들부들 경련하고 있었다. 눈을 돌리니 근처에 앉아 있는 마기루카가 싸늘한 시선으로 그를 째려보고 있었다.

(마기루카, 행동이 참 빠르구나.)

"확증도 없이 이야기 해봐야 소용없을 테니, 일단 구교사에 가서 그 결계의 근원을 찾아내는 데 집중하는 편이 나을 것 같군."

왕자님이 외부에 들리지 않도록 목소리를 낮추어 의견을 밝히자 우리는 모두 조용히 고개를 끄덕였다. 참고로 사피나와 튜테는 창백한 얼굴로 왕자님의 의견을 차마 거부하지 못한 채 굳어만 있었다.

06 발견했습니다

다시 찾은 구교사에는 석양이 비치고 있었다. 고요한 분위기가 건물 안에 감도는 공포를 더욱 부추기고 있는 듯했다.

우리는 두 패로 나뉘어 주의 깊게 교사 안을 수색하기로 했다. 한쪽은 자하, 마기루카, 왕자님, 또 한쪽은 나, 사피나, 튜테였다. 내가 두 사람과 동행하게 된 이유는 단순했다. 두 사람이 나에게서 떨어지려고 하지 않아서였다.

앨리스 선배는 왕자님의 안전을 확보하기 위해서 동행하기로 했다. 우리는 1층을, 왕자님 일행은 2층을 수색하기로 했다.

(라이트 마법도 배웠고, 또 여차하면 신성 마법도 있으니 괜찮아. 하나도 무서울 거 없어.)

나는 사망 플래그를 세우면서 구교사 안으로 들어갔다. 내부는 여전히 고요했다. 어쩐지 썰렁한 공간이었다.

해가 지고 있어서 실내는 어두컴컴했다. 내 머릿속에서 공포가 멋대로 부풀어갔다. 조금씩 불안이 밀려들었다.

(으으, 심야에 왔다면 완전히 정신을 놓을 거야.)

나는 조금이라도 날이 환할 때 온 걸 다행으로 여기며 복도를 나아갔다.

(의식을 치를 때 쓸법한 수상한 물건은 보이지가 않네. 역시 복도가 아니라 방 안으로 들어가야겠어.)

그리고는 근처에 있던 문을 별다른 생각 없이 열고서 안을 들여다보자 천장에서 떨어진 새하얀 얼굴과 눈(?)이 마주쳤다.

묘하게 뿌예서 그런지 얼굴 너머가 투과되어 보였다. 새카맣게 푹 파인 눈동자가 뒤집힌 채로 이쪽을 쳐다보며 후오오오오, 하고 숨소리인지 뭔지 모를 소리를 코앞에서 뿜어댔다.

"우냐아아아아아아!"

뒤늦게 유령이라는 걸 깨달은 나는 이상한 소리를 지르며 엄청난 기세로 펄쩍 물러났다.

"아가씨!"

"메어리 님!"

내 비명에 놀란 두 사람이 내 시선을 따라 자연스럽게 방 안으로 시선을 옮겼다. 그리고는 두 사람 모두 창백한 얼굴로 나에게 달라붙었다.

"라, 라라라라, 라이트으으으으으!"

나는 검집에서 검을 뽑아 로드 대신에 휘두르며 빛의 마법을 사용했다.

검 끝에서 마법의 빛이 빛나자 유령이 오오오오, 하고 이상한 신음을 내지르며 어딘가로 달아났다.

"깜, 깜짝 놀랐네."

무심코 숨을 참고 있던 나는 푸하앗, 하고 한숨을 크게 내뱉었다. 그리고 흠칫흠칫 유령이 떠나간 걸 확인 한 나는 다시 안도의 한숨을 내뱉으며 뒷벽에 기댔다.

파키잉!

내가 그 벽에 기댄 순간 무언가가 깨지는 소리가 났다. 아니, 정확하게 말하자면 내 공격 마법 무효화 스킬이 발동한 느낌이 들었다. 그와 동시에 몸을 지탱하던 벽이 사라지면서 나는 그대로 뒤로 넘어지고 말았다.

"어? 까아아아악!"

"메어리 님!"

비명을 지르면서 어둠 속으로 떨어지려던 순간 누군가가 허공을 휘젓던 내 손을 잡아챘다. 덕분에 바닥에 충돌은 피했으나 그 안심도 잠시였다.

"으으…… 죄송해요! 한 손으로는 더 이상 버틸 수가……! 이제 틀렸어요!"

손을 잡아준 사피나가 연약한 소리를 내뱉으며 도리어 내 쪽으로 끌려오기 시작했다.

"아가씨! 사피나 님!"

튜테가 황급히 넘어지려던 사피나의 팔을 잡았다.

"무거워!"

""무겁다고 하지 마(하지 말아주세요)!""

튜테가 무례하기 그지없는 말을 하는 바람에 나와 사피나는 반사적으로 반론했다. 그 바람에 튜테가 무심코 힘을 빼버렸고, 결국 우리 세 사람은 사이좋게 어둠 속으로 떨어졌다.

계단에서 미끄러진 나는 두 사람의 몸을 감싸면서 슬머시 눈을 떴다.

계단은 경사가 그리 급하지 않았다. 어둡기는 했지만, 한 치 앞도 안 보이는 수준은 아니었다. 나는 상황을 파악하고자 머리를 빠르게 돌렸다.

(이건…… 비밀문인가? 게다가 환영과 인식방해 마법까지 걸려 있었네. 지금까지 누구도 감지하지 못했으니 꽤 수준이 높은 마법일지도 몰라. 그럼 이 마법을 무효 스킬이 공격 마법이라 판단해서 내가 건드린 순간에 효력이 일시적으로 사라진 건가? 음, 여기까지 굴러왔으니 벽을 대신하던 장벽 마법도 함께 분쇄됐다고 보는 게 맞겠구나.)

대강 상황을 파악했을 때, 좁은 계단 아래에 쓰러진 내 몸 위에서 두 사람이 꼼지락거리기 시작했다.

"메, 메어리 님, 괜찮으세요?"

"괜찮아, 괜찮아. 난 괜찮아."

물리 공격 무효화 스킬 덕분에 나는 생채기 하나 나지 않았다. 튜테는 내 말을 듣고는 안도하며 일어섰다. 나는 일어나 사피나를 잡아 일으켜 세웠다.

"그나저나 튜테, 아까 도저히 흘려들을 수 없는 무례한 말을 한 것 같은데?"

소녀로서 용납할 수 없는 소리를 듣고 발끈한 나는 도끼눈으로 튜테를 째려봤다. 그녀는 식은땀을 흘리면서 시선을 회피하듯 고개를 돌렸다.

"아가씨, 이, 이건 대체 뭘까요? 비밀문일까요? 앗, 전, 다른 분들을 모셔올게요!"

튜테가 재빨리 계단을 올라갔다. 그녀의 뒷모습을 바라보고 있으니 사피나가 불안해하며 주변을 살펴보기 시작했다.

"……여긴 대체 뭘까요? 지하실로 이어지는 계단인 것 같은데."

"다른 사람들이 오기 전까지는 더 내려가지 말자. 자, 어서 돌아가자, 돌아가."

긁어 부스럼을 만들 수 있으니 나는 안쪽에 있는 문을 애써 못 본 척하며 사피나의 등을 떠밀며 위로 되돌아갔다.

"이런 곳에 비밀 계단이……. 전혀 몰랐어요."

튜테가 2층에 갔던 팀을 이쪽으로 데리고 왔다. 자초지종을 들려주자 앨리스 선배가 신기해하며 벽을 쳐다보았다. 지금은 마법의 효력이 부활했는지 벽밖에 보이지 않았다.

"용케도 발견했네. 역시 메어리 님이야."

"정말로 용케도 찾아냈네요. 어떻게 찾아낸 건가요? 지금까지 그 누구도 알아차리지 못했는데."

"으~음, 저기…… 우연이에요, 우연. 전혀 그럴 생각이 없었습니다. 그냥 어쩌다 보니, 호호홋."

자하와 앨리스 선배가 감탄하며 묻자 나는 애써 웃음을 지으며 우연을 강조하며 얼버무렸다.

내 입에서 명확한 대답을 들을 수 없다는 걸 알았는지 자하는 더는 추궁하지 않았다. 대신에 눈앞에 있는 벽에 손을 뻗어보았다. 그러자 그의 손가락이 벽 안으로 스르륵 들어갔다. 아니, 그렇게 보일 뿐이지만.

(장벽 마법은 완전히 분쇄된 모양이네. 뭐, 괜히 말했다가는 귀찮아질 테니 그냥 놔두자.)

"구교사 도면이 있었다면 금방 알았을 텐데. 오랫동안 개축과 보수를 거듭한 끝에 방치된 바람에 뭐가 어디에 있는지 아무도 파악하지 못했던 모양이군요."

마기루카가 분한 듯 말하자 왕자님이 마기루카의 어깨를 다독여주었다.

"그런데 이제부터 어쩔 거지? 선생님을 부를까?"

자하가 손을 다시 꺼내며 말했다.

"저는 지하실로 내려가겠습니다. 결계 건에 대비도 해놓았고, 또 그랜드 마스터한테 너무 의지하면 클래스 마스터로서 면목이 서질 않으니까요."

앨리스 선배가 가죽 주머니를 고쳐 매고서 벽 앞에 섰다.

"그나저나 이런 장치를 누가 만들 걸까요?"

긴장감이 감도는 와중에 사피나가 맹점을 찌르자 모두의 발걸음이 멈추었다.

"대충 만든 게 아닌 걸 봐서는 원래부터 구교사에 있던 설비인 것 같군. 다만 이 계단을 이런 식으로 숨긴 사람이 누구냐인데……."

왕자님이 말끝을 흐렸다. 사피나는 왕자님이 대답할 줄은 몰랐는지 황급히 고개를 숙였다. 그러자 왕자님도 살짝 곤혹스러워하며 웃었다.

"이토록 고도의 마법 설비를 학생이 설치할 수 있을 리가 없습니다. 혹 선생님이……?"

마기루카도 말하는 도중에 억지스럽단 생각이 들었는지 말끝을 흐렸다.

"그러고 보니 교회에서 선생님을 파견했다고 했었던가? 메어리 님의 이야기에 따르면 레가리야 경께서 이 구교사 안에서 선생님과 다퉜다고 했었지? 혹시 그것과 관련이 있는 건가?"

자하가 머릿속에 떠오른 생각을 말하자 왕자님과 마기루카가 놀란 얼굴로 그를 쳐다봤다.

(평소에는 아무 생각 없이 살아가는 사람이 꼭 중요한 순간에 의미심장한 말을 하더라.)

자하가 당황하며 주변 사람을 둘러보자 나는 어이없다는 눈으로 그를 쳐다봤다.

"아, 저도 당시에 이 구교사를 관리했던 선생님 중에 교회에서 파견한 선생님이 있었다는 얘기를 들은 적이 있어요."

앨리스 선배도 무언가가 떠올랐는지 잇달아 폭탄을 투하했다.

"여하튼 전 아래로 먼저 내려가서 확인하겠습니다. 무슨 일이 있을지 모르니 여러분은 여기서 기다려주세요."

앨리스 선배는 가방을 다시 메고서 계단 아래로 내려가기 시작했다.

(묘하게 뭔가 서두르는 것 같은데, 기분 탓인가?)

앨리스 선배를 보니 그런 생각이 들었다. 그러나 클래스 마스터라는 책무가 그녀를 다급하게 만들었다고 멋대로 해석하고서 생각하기를 멈추었다.

이런저런 사이에 앨리스 선배가 벽 앞에 선 뒤에 주변을 살피기 시작했다. 몇 분 뒤에 무언가를 발견했는지 작은 목소리로 주문을 읊었다. 그러자 벽이 스윽~, 하고 사라지더니 지하로 이어지는 입구가 모습을 드러냈다.

"위치만 알면 해제는 간단하죠."

앨리스 선배는 주저하지 않고 계단을 내려갔다.

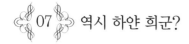

07 역시 하얀 희군?

"어떻게 할까요? 저희도 갈까요?"

앨리스 선배가 홀로 지하로 내려간 지 몇 분 뒤 마기루카가 걱정스러운 얼굴로 말했다.

"가봤자 아무 도움도 안 될 거야."

"아뇨, 저기, 후학을 위해서 견학을 좀 하고 싶어서."

내가 말리자 마기루카가 지적 호기심을 채우고 싶다고 고백했다.

"음, 여기까지 와서 남한테 죄다 맡기는 건 좀 아닌 것 같군. 일단 무언가 도움이 될지도 모르니 가볼까?"

아무래도 왕자님은 내려갈 생각인 듯했다.

나는 영 내키지 않았지만, 왕자님의 말을 거부할 수는 없는지라, 적당히 맞장구를 치고서 아래로 내려가기로 했다.

만약을 대비해 튜테에게는 이곳에 남으라고 했다. 위험한 일이 벌어졌을 때 선생님을 부르러 가야 하니까.

자하를 선두로 마기루카, 왕자님, 사피나, 그리고 마지막으로 내가 차례대로 돌계단을 내려갔다. 잠시 뒤에 어두컴컴한 공간 속에서 문이 보이기 시작했다.

"어라? 안 열리네?"

앞장을 선 자하가 문 앞에 서서 문을 밀고 당기면서 그렇게 말했다.

"문이 잠겨 있나? 그런데 왜?"

마기루카도 자하의 옆으로 다가가 쇠로 된 손잡이를 쳐다봤다. 우리도 덩달아 들여다봤다.

사락사락……

그때 누군가가 뒤에서 머리카락을 가지고 노는 듯한 감촉이 느껴졌다.

"튜테, 뭐야. 내 머리카락 좀 내버려 둘래?"

나는 문에서 눈을 떼지 않고 뒤에 있는 그녀에게 말했다. 그러나 내 목소리에 반응한 사람은 사피나였다. 그녀가 어리둥절한 표정으로 나를 쳐다봤다.

"응? 사피나 왜 그래?"

그러나 사피나는 아무 말도 하지 않고 뒤를 돌아본 채 굳어있었다. 그리고 또다시 누군가가 내 머리카락을 만지는 느낌이 들었다.

"좀, 튜테. 적당히 해. 넌 선생님을 부르러 가라고 했……잖아?"

그리고 나는 그때야 이상하다는 걸 깨달았다.

(가만, 튜테는 선생님을 부르러 가서 없잖아? 그럼 내 뒤에 있는 사람은 대체……?)

나는 조심스럽게 뒤를 돌아봤다. 그러자 최악의 상상이 현실이 되었다. 내 뒤에 어느샌가 유령이 나타나 머리카락을 향해 손을 뻗으려 하고 있었다.

"우캬아아아아아아악!"

나는 비명을 지르고서 앞으로 뛰쳐나갔다. 내 목소리에 놀란 사람들이 펄쩍 물러나며 길을 터주었다. 행운이라고 해야 할지, 불운이라고 해야 할지, 나는 잠긴 문 앞에서 끙끙거리고 있던 자하의 등에 부딪히고 말았다.

내가 문에 손을 댄 순간, 아까처럼 무효화 스킬이 발동하더니 나무문이 쑥 빠져버렸다. 나는 자하와 함께 문 안쪽으로 쓰러졌다.

"무…… 무거워…….."

"뭐라고욧!"

찌부러진 개구리처럼 내 아래에 깔린 자하가 신음을 흘렸다. 나는 발끈하여 째려봤다.

"거짓말입니다, 아주 가볍습니다."

내가 살기를 담아 화를 내자 자하는 나를 보지도 않고 무슨 영문인지 존댓말로 정정했다. 나는 마음이 풀어져 몸 위에서 비켜주었다.

문 안쪽은 돌로 된 지하실이었다. 예상보다 천장도 높고 널찍한 공간이었다.

지하실에는 문 옆에 난 벽을 따라 계단이 아래로 쭉 이어져 있었다. 지하실 문 앞에서 지하실을 한눈에 볼 수 있었는데, 방 가운데 바닥에는 대폭발이라도 있었는지 정체 모를 수상한 흔적과 복잡한 마법진이 큼지막하게 그려져 있었다. 그리고 그 주위에 서 있던 앨리스 선배가 놀란 얼굴로 이쪽을 쳐다보고 있었다.

"문을 잠그고 장벽 마법까지 썼는데, 무슨 수로 벌써……. 설마 이럴 줄 알고 미리 준비한 건가요?"

"예?"

앨리스 선배가 계단을 내려가는 나에게 물었다. 그러나 나는 무슨 말인지 몰라 반사적으로 되물었다.

"후후훗, 그렇습니까? 교묘히 속여 넘겼다고 생각했는데, 역시 하얀 희군은 당해낼 수가 없군요."

앨리스 선배가 자조적인 웃음을 지으며 어깨를 들먹였다. 아무래도 내 말을 멋대로 대답이라고 해석한 모양이다.

"대체 언제부터 눈치챈 겁니까?"

"예? 언제부터라뇨? 애초에……."

(애초에 선배가 무슨 말을 하는지 잘 모르겠는데요?)

내가 멍한 얼굴로 대답하자 앨리스 선배는 충격을 받은 듯한 얼굴로 한걸음 물러났다.

"처음부터라니…… 역시 하얀 희군의 소문이 사실이었던 모양이군요."

그러고는 그녀는 홀로 무언가를 납득하고 말았다. 이런저런 사이에 다른 사람들이 내려왔다. 모두 사태를 파악하지 못한 채 의아한 얼굴로 나와 앨리스 선배를 번갈아 보고 있다.

"하지만 이미 늦었어요! 의식의 최종단계를 이미 끝냈습니다.

이것으로 나의 비원(悲願)이 달성됐어요!"

조금 전까지 침울해하던 앨리스 선배가 갑자기 자신만만하게 가슴을 활짝 펴며 드높게 선언했다.

(그러니까 대체 무슨 소린지 전혀 모르겠는데요.)

"무슨 일이지? 메어리 양."

앨리스 선배의 상태가 이상하다는 걸 눈치챈 왕자님이 나에게 슬며시 물었다.

"본인한테 물어보는 편이 좋을 것 같은데요."

나도 영문을 알 수가 없어서 혼자 들떠있는 앨리스 선배에게 물어보는 편이 나을 거라고 왕자님에게 진언했다.

"어머? 내게 설명할 기회를 주다니 여유만만이군요. 아니면 이것도 다 예상했던 겁니까?"

내 말이 들렸는지 이쪽을 쳐다보는 앨리스 선배의 안경 렌즈가 수상하게 번쩍였다. 물론 나는 여전히 상황을 이해하지 못했으므로 그저 보고만 있었다.

"그럼 보여주죠! 소환 마법을!"

로브를 휘날리며 뒤로 홱 돈 앨리스 선배가 은은하게 빛나는 마법진 앞에서 두 팔을 펼치고서 대단히 위험한 발언을 한 것 같은 기분이 들었다.

(어? 저건 언데드를 가두기 위한 마법진 아니었나? 그러고 보니 이곳에는 언데드 따윈 없었는데. 어, 뭐지?)

상황을 파악하지 못한 채 우리는 앨리스 선배의 행동을 멍하니 지켜볼 수밖에 없었다.

"초급 언데드 소환 마법, 발동! 서몬, 언데드 워리어!"

앨리스 선배가 힘차게 외치자 중앙에 그려진 마법진이 찬란하게 빛나기 시작했다. 그러더니 곧 안에서 무언가가 스륵스륵 기어 나오기 시작했다.

그리고 모두가 말을 잃었다.

군데군데가 부서진 낡은 갑옷을 두른 채 썩은 몸뚱이를 질질 끌던 무언가가 2m 넘는 거구를 힘겹게 일으켰다.

"후오오오오오!"

마법진에서 기어 나온 괴물이 턱이 빠진 게 아닐까 싶을 만큼 입을 쩍 벌리고서 괴성을 질렀다. 입 주위에서 살덩이가 문드러져 있어 더러운 이빨이 훤히 보였다.

인간의 모습을 한, 썩은 내를 풍기는 전사가 날이 빠진 검과 금이 간 방패를 들고서 마법진 가운데에 섰다. 뻥 뚫린 눈구멍 안으로 눈 대신 붉게 빛나는 무언가가 이쪽을 응시하고 있었다.

"어, 언데드를 소환하다니!"

가장 먼저 사태를 파악한 마기루카가 초조한 얼굴로 왕자님의 앞으로 나섰다. 그와 동시에 자하도 왕자님의 앞으로 나섰다. 참고로 조금 전까지 왕자님이 내 옆에서 말을 걸었으므로 나와 왕자님은 자연스럽게 두 사람의 보호를 받는 위치에 섰다.

"으으윽! 해냈어요! 해냈습니다, 할아버님! 드디어 비원을 달성했습니다!"

긴장하는 우리를 아랑곳하지 않고 앨리스 선배는 진심으로 기뻐하며 외쳤다.

"앨리스 선배! 지금 당신이 무슨 짓을 저질렀는지 압니까!"

"예, 알고말고요. 마기루카 씨."

"여긴 언데드를 소환하기 위한 의식장이었나? 넌 여기에 이게 있다는 걸 알고 있었던 모양이군."

"그렇습니다, 전하."

앨리스 선배는 마기루카의 말에 여유로운 웃음으로, 왕자님이 말에 숙녀처럼 예를 표하며 대답했다. 표정을 보아하니 그녀는 몹시도 기쁜 모양이었지만 사태가 너무나도 갑작스러웠던지라 나는 전혀 이해하지 못하고 있었다. 일단은 정리를 해보기로 했다.

(으음, 다시 말해서 여긴 언데드를 봉인한 곳이 아니라 언데드를 소환하는 장소였다는 거야? 으음……, 잠깐만. 애당초 왜 이런 소환 시설이 학교에 있는 거지?)

이제 뭐가 뭔지 잘 모르겠다. 나는 생각하는 것을 포기하고 싶어졌다.

(그러고 보니 앨리스 선배, 아까 무슨 비원을 달성했다는 소리를 하던데. 그리고…….)

"할아버님……."

내가 생각하고 있던 것을 툭 내뱉자 앨리스 선배가 바로 반응했다.

"정답입니다, 역시 하얀 희군. 당신은 정말로 뭐든지 다 꿰뚫어 보는 모양이군요. 그래요, 이곳의 위치를 내게 알려주고, 또한 이곳을 만든 사람은 바로 제 할아버님! 교회에서 파견한 교사라고 말하면 여러분도 아시겠죠?"

그 사실을 전혀 몰랐는데도 앨리스 선배는 혼자서 술술 자백했다. 나는 내심 놀라긴 했지만, 모두가 지켜보는 앞에서 한심한 꼴을 보이고 싶지 않아 애써 냉정한 척 굴었다.

(응, 허세를 좀 부려야지.)

그리하여 내가 갈피를 못 잡는 동안에도 사태는 점점 진행되었다.

⊰⊱ 08 ⊰⊱ 한 건 해결?

"당신, 그 소동을 일으켰던 교사의 후손이었나요?"

"소동이라니, 듣기 거북하군요. 할아버님은 소동을 벌일 생각이 없었습니다. 그저 오로지 이상을 위해서 활동하셨을 뿐이지요."

앨리스 선배가 놀랄 만한 말을 하자 마기루카가 목소리를 높였다. 그리고 앨리스 선배가 다시 쌀쌀맞게 대꾸했다.

"이상? 이 의식이?"

"예. 하지만 이건 이상을 이루기 위한 수단에 불과합니다, 전하."

왕자님이 마법진 가운데에 서 있는 언데드를 노려보며 묻자 앨리스 선배가 여유롭게 웃었다. 그러고는 로브를 휘날리며 두 팔을 높이 쳐들었다.

"이건 전부 이상을 이루기 위해서! 그래요, 언데드들에게 둘러싸여 꺄꺄우후후, 하기 위해서랍니다!"

"'''………….'''"

흥분이 최고조에 달했는지 앨리스 선배가 지하실이 떠나가도록 큰소리로 이상을 밝히기 시작했다. 그리고 그 말에 긴장했던 우리의 마음이 한순간에 얼어붙었다.

"지금 뭐라고 말했나요?"

가장 먼저 정신을 차린 마기루카가 믿기지 않는다는 얼굴로 물었다.

"우후후훗, 할아버님, 아니, 지금 나의 비원은 언데드에게 둘러싸여 꺄꺄우후후하는 퇴폐적인 생활을 하는 겁니다!"

앨리스 선배가 콧김을 내뿜으며 다시 한번 선언했다. 으음, 이럴 때는 대체 뭐라고 대꾸해야 하는 거지?

(아…… 그리고 보면 처음 만났을 때 언데드를 연구 중이라 했지. 설마 저렇게 괴기스러운 존재와 함께 살길 바라다니…….)

"언데드를 시종으로 부리는 것이 할아버님의 야망이었습니다. 하지만 교회에 소속된 몸이기에 슬프게도 언데드를 정화해야만 하는 처지였죠. 하물며 교회 안에서 언데드를 소환하는 의식을 치르는 건 언어도단. 그래서 할아버님은 학원에 근무하면서 이상적인 공간을 만들려고 하셨습니다."

흥분을 감추지 못하는 앨리스 선배가 아무도 듣지 않는 이야기를 술술 내뱉었다.

"우선 대규모 마법술식을 전개하기 위한 넓은 공간과 인원을 확보하기 위해서 목적을 위장하여 오컬트, 언데드 애호가와 반사회적인 사상을 지닌 학생, 종말론자 등을 모았습니다. 언제부턴가 주변에서 우리를 컬트 집단이라고 부르기 시작했지만, 할아버지는 개의치 않고 야망을 위해 움직이셨지요.)

(가짜 목적을 내세워서 컬트 집단을 만들었다고? 그러면 안 되지 않나? 그래서 학원이 경계했던 건가? 이상한 종교 단체가

나오면 곤란하니까.)

"그리고 결국 할아버님은 의식을 완성하기 직전까지 이르렀습니다. 숙원의 달성이 다가와 흥분과 환희에 몸을 떨었건만, 그 남자가 할아버님의 앞을 가로막았지요."

앨리스 선배는 나를 째려보며 손가락으로 가리켰다.

"페리디드 레가리야! 그가 나타나서 계획이 어그러졌어요! 어찌나 절묘한 타이밍에 방해를 했는지! 소란을 듣고 선생님이 달려오는 바람에 허겁지겁 의식장소를 감추셔야만 했죠. 지금 생각해보면 신입생이라는 신분을 이용해 학원장이 보낸 자객이었을 지도 모르겠군요."

(아뇨, 아뇨, 그냥 우연히 낮잠을 자고 있었는데 시끄러워서 흠씬 때려줬을 뿐이에요, 선배. 아마 달려온 선생님도 그저 수업을 땡땡이친 아버님을 찾으러 온 게 아닐까요?)

앨리스 선배가 잘못된 추측을 하자 나는 마음속으로 진상을 중얼거리며 한숨을 내쉬었다.

"그리고 아니나 다를까, 레가리야 가문 사람이 또다시 이번 건에 얽히게 됐습니다. 난 할아버님의 과거를 반면교사 삼아 동료인 척 당신들과 동행하기로 했죠. 덕분에 여러분들의 동향을 감시할 수 있었고, 이 의식장도 찾아낼 수가 있었습니다."

그녀의 말을 들으니 장대한 것 같기도 하고, 안 그런 것 같기도 하고……. 애당초 최종 목적이 너무 하찮아서 우리는 아무런 감흥이 없었다. 그러나 앨리스 선배의 흥분은 멈출 줄 몰랐다.

"즉 구교사에 유령들이 출몰한 이유는 그 마법진 때문인 거 군요?"

"예, 이 마법술식에 담긴 대량의 마력과 언데드의 냄새에 이끌린 거겠죠. 더욱이 이 술식은 할아버님의 혈통만이 사용할 수 있습니다. 할아버님이 이 학원을 떠나고, 내가 이 구교사를 찾기 전까지는 아무 일도 없었지만, 내가 나타나자 마법진이 기동하기 시작했죠. 유령들이 구교사에 출몰하는 걸 본 난, 이 구교사 어딘가에 의식장이 있음을 확신했습니다."

앨리스 선배가 마기루카의 질문에 대답했다.

"이런 데서 언데드를 소환했다가는 자칫 바깥으로 나가 학생들이 위험해질 수도 있을 텐데? 그런 생각은 안 해봤나?"

왕자님이 확신에 차서 말하자 앨리스 선배는 "예?" 하고 놀란 표정을 지었다.

"이토록 사랑스러운 존재가 학생들을 위험하게 할 리가 없잖습니까?"

휘이이이이잉!

앨리스 선배는 황홀한 얼굴로 마법진 안으로 들어가 언데드 워리어를 만지려고 했다. 그러자 언데드 워리어는 방패를 힘껏 휘둘러 그녀를 벽으로 날려버렸다. 우리는 그저 말없이 그 광경을 보고만 있었다. 땅바닥에 철퍼덕 떨어진 뒤에 한동안 꿈틀거리던 그 물체는 이윽고 상반신을 벌떡 일으켰다.

"아이~참♪ 부끄럼쟁이구나?"

(……글렀어, 저 선배는…….)

방패에 얻어맞아 은테 안경에 금이 갔는데도 앨리스 선배는 여전히 황홀한 눈으로 언데드를 바라보고 있었다.

"후오오오오오!"

산사람이 접근하자 언데드 워리어가 괴성을 내질렀다. 이제 완전히 깨어났는지 장승처럼 서 있었던 언데드가 전투태세를 취하기 시작했다.

"온다! 어떻게 하지? 도망칠까?"

자하가 검을 뽑아 앞으로 나서면서 물었다. 모두 긴장하기 시작했다.

"저게 밖으로 나가면 위험해. 선생님이 올 때까지 여기서 최대한 붙잡아둘 수 없을까?"

왕자님이 긴장한 얼굴로 말하자 자하와 마기루카는 어렵다는 표정을 지으며 입을 다물었다.

유령이 아니니 물리나 마법 공격이 통하기는 하겠지만 저걸 상대로 이길 자신이 없는 거겠지.

"제가 어떻게든 할게요. 모두 저 녀석을 제자리에 붙잡아줘. 레이포스 님은 물러나세요."

그러자 다들 놀라기보다는 어쩐지 안도하는 표정을 지었다.

(나 참, 다들 나한테 뭘 기대하고 있는 거람?)

내가 고개를 갸웃거리자 앞에 있는 거구가 이쪽으로 쿵쿵 걸어오며 검을 높이 쳐들었다.

"자하 씨! 어서 방어를!"

"알겠어!"

내 말에 호응하듯 자하가 앞으로 나와 자세를 취했다. 이 신성 마법은 좌표고정형이라서 상대가 움직이면 잘 먹히지 않는다.

"마기루카, 방어와 강화 마법을."

"맡겨줘요."

거리를 좁힌 거구가 녹슨 검을 휘둘렀다. 방어와 신체 강화 마법이 걸린 자하가 검으로 그 공격을 받아냈다.

커다란 충격음과 함께 실내에 긴장감이 흘렀다.

"사피나! 다리를.".

"아, 옙!"

설마 공격을 받아낼 줄은 생각하지 못했나? 아니면 머리가 잘 돌아가지 않나? 여하튼 언데드는 자하와 검과 검을 맞댄 채 힘 겨루기만 하고 있었다. 나는 사피나에게 제자리에 멈춘 언데드의 다리를 노리라고 지시했다.

"발도, 연격!"

스스로에게 가속 마법을 건 사피나가 겁을 먹으면서도 단숨에 거리를 좁혀 같은 지점에 두 번의 발도 공격을 연달아 가했다. 언데드의 썩은 한쪽 다리가 허벅지에서부터 잘려나갔다.

새삼스럽게 깨달은 건데, 2학년이 된 두 사람은 진검을 들고 있었다.

한쪽 다리를 잃은 언데드가 그대로 옆으로 쓰러졌다. 다 함께 있으니 마음이 아주 든든하다. 나도 약간 초조하긴 했지만, 그것뿐이었다. 뭐, 거의 방관자나 마찬가지니까.

"2계급 신성 마법!"

나는 뒤로 물러나는 자하, 사피나와 교대하듯 앞으로 나섰다. 지하실에 나의 목소리가 울려 퍼졌다.

"그대, 이 빛에 휩싸여 재가 되어라!"

참고로 이 말은 내가 지어낸 것이 아니다. 이야기 속에서 백은의 기사가 했던 대사를 그대로 읊었을 뿐이다. 지난번에도 이야기 속 대사를 읊으면서 마법을 발동시켰기에 이번에도 말하지 않으면 발동되지 않을까 걱정이 들어서 그런 거지, 다시 한번 말하지만 내 본의가 아니다.

"턴 언데드!"

나는 힘차게 외치면서 언데드를 향해 팔을 뻗었다. 그러자 언데드 주위에서 빛의 마법진이 나타나더니 땅바닥에서 빛이 뿜어져 나왔다.

"그와아아아아아앗!"

그 빛을 뒤집어쓴 언데드가 비명 같은 괴성을 질렀다.

"끝이다."

나는 앞으로 뻗은 팔을 내리며 나직이 말했다.

속으로 기절하고 싶을 만큼 벌벌 떨었던 내 앞에서 빛에 휩싸인 언데드가 모래처럼 무너지며 사라져갔다.

이윽고 빛의 기둥이 사라졌고, 바닥에는 언데드의 흔적조차 남아 있지 않았다. 오로지 정적만이 흐르고 있을 뿐이었다.

"아아아…… 내 줄리안느가아아아."

그 기괴한 존재에게 귀여운 이름까지 붙여준 앨리스 선배가 어깨를 축 늘어뜨린 채 고개를 숙였다.

"괴, 굉장해!"

자하의 입에서 새어 나온 감탄사가 공연히 크게 들렸다.

"시, 신성 마법을……!"

뒤이어 마기루카가 감탄하며 말했다.

"대단해요! 역시 메어리 님!"

그리고 마지막으로 사피나가 두 사람의 말을 지우듯이 크게 외치며 나에게 달려들었다.

"딱히 대단할 것도 없어. 2계급 마법이니까."

나는 사피나를 몸에서 떼어내면서 쓸데없는 오해가 생기지 않도록 말해두었다.

"그럴 리가 없잖아요, 메어리 님! 당연히 대단한 일이죠!"

"응?"

내가 겸손을 떨자 마기루카가 큰소리로 이의를 제기했다.

"신성 마법이 얼마나 어려운데요! 2계급 마법조차 오랫동안 수련을 해야만 겨우 다룰 수 있다고 할 정도라고요! 그런데 이토록 짧은 기간에, 더군다나 독학으로!"

마기루카가 추켜세우자 내 얼굴에서 핏기가 싹 가시는 게 느껴졌다.

(어라? 혹시 나 또 저·질·렀·나?)

계급까지는 고려했는데, 습득 시간까지는 미처 염두에 두지 못했다.

이런 상황은 상정해두지 못했던 터라 애써 냉정을 유지했던 마음이 흐트러졌다. 식은땀이 뚝뚝 떨어지기 시작했다.

(아니, 괜찮아. 지금 이곳에는 우리밖에 없어. 비밀로 해달라고 부탁하면 이상한 오해는…….)

"아…… 아가씨……."

명안을 떠올린 바로 그때, 내 뒤에서 선생님들을 부르러 갔던 메이드의 목소리가 들려왔다. 나는 힘겹게 고개를 돌렸다. 지하실 입구, 내가 부순 문 앞에 어색하게 입꼬리를 올린 튜테와 마치 만화 속에서나 볼 법한 경악한 표정을 지은 그랜드 마스터를 비롯한 선생님들이 서 있었다.

(끝났다아아아아아아!)

마음속에서 나의 절규가 되울렸다.

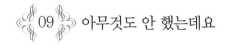 09 아무것도 안 했는데요

언데드 사건으로부터 며칠이 지났다.

사건 직후 구교사에 있던 그 마법진은 곧바로 해체되었고, 이렇게 유령 소동은 종지부를 찍었다.

참고로 사건 당사자인 앨리스 선배는 근신 처분을 받았다. 클래스 마스터 자리도 박탈당해 현재는 마기루카가 대리로 클래스 마스터를 맡고 있다. 물론 아레이오스 학생들은 아무도 이의를 제기하지 않았다. 모두 평소처럼 학원 생활을 보내고 있었다.

그리고 나로 말할 것 같으면…….

"그때 메어리 님이 앞으로 나섰습니다. 언데드를 막아서는 메어리 님은 그야말로 늠름하고도 귀여운 모습이었지요."

"""꺄아아아악!"""

조용한 구교사 2층 담화실. 황홀경에 빠진 사피나가 설명을 할 때마다 하얀 탁자를 에워싸고 앉아 있는 영애들이 꺅꺅거렸다. 나는 들리지 않는다는 양 헛웃음을 지으며 튜테가 따라준 홍차를 마셨다.

(하하핫…… 이제 슬슬 그만 좀…….)

이번이 대체 몇 번째인지 모를 만큼 사피나는 언데드 사건을 열심히 이야기하고 다녔다.

그녀가 평소답지 않게 수다쟁이가 된 것은 다 이유가 있었다.

73

그때 내가 그녀가 심취해 있는 백은의 기사처럼 행동해버린 탓이었다.

"그리고 메어리 님이 백은의 기사님처럼 이렇게 드높이 말씀하셨습니다. 그대, 그 빛에 휩싸여 재가 되어라!"

"""꺄아아아아아!"""

그때 사피나가 내 몸짓을 흉내 냈다. 또다시 영애들이 꺅꺅거렸다.

(하하핫…… 이제 제발 그만 좀…….)

"그리고 사라져가는 언데드를 조용히 지켜보면서 말했어요. 백은의 기사님이 꼭 하는 그 대사를……."

"""꺄아아아아아!"""

그 광경을 떠올리고 있는지 이제는 사피나와 영애들이 다 함께 천장을 보며 황홀경에 빠져 있었다.

"멋져요, 역시 메어리 님! 소르오스에 있을 때는 대회에서 훌륭하게 우승을 거머쥐시고, 아레이오스에 편입한 뒤에는 짧은 기간 안에 대부분의 마법을 다 습득하시다니!"

"게다가 그 어렵다는 신성 마법도 짧은 기간 안에, 더욱이 독학으로 습득하시다니. 학원 최고의 천재마법사라는 소문이 돌 만도 해요!"

"백은의 기사가 재림한 것처럼 자연스럽게 행동하다니! 하얀 희군, 아니, 백은의 희군이라고 부르는 편이 낫지 않을까요?"

영애들이 흥분하며 나에게 찬사를 보냈다. 나는 억지로 웃으면서 모호하게 대꾸했다.

(망했어……! 진짜 망했어! 선생님들이 아무 이야기도 하지 않길래 방심하고 있었어! 설마 바로 옆에 이야기를 퍼뜨리는 존재가 있었다니!!!)

사피나는 이곳뿐만이 아니라 소르오스 학생에게도 널리 수다를 떨었다. 더욱이 마기루카마저도 흥분하며 내 활약담을 나불대고 돌아다녔다. 이제는 어쩔 도리가 없었다.

(그러고 보니 마기루카도 백은의 기사의 팬이었지.)

나는 깊은 한숨을 내쉬고서 그대로 오후 햇살이 드는 창문을 달관한 듯한, 혹은 체념한 듯한 표정으로 쳐다봤다.

바로 그때 휴식 시간이 끝났음을 알리는 종이 울렸다. 영애들이 아쉬워하며 작별 인사를 나누고서 떠나갔다. 나는 웃으면서 그들을 보냈다. 담화실 안에 나와 사피나만이 남게 되자 나는 다시금 한숨을 깊이 내쉬었다.

(소문은 길어봤자 75일이라는 말이 있으니 곧 가라앉겠지, 아마도. 그때까지 참자, 참아. 그때까지는 눈에 띄지 않도록 얌전하게 지내자.)

애석하지만 이미 하루 이틀 일이 아니라서 나는 마음을 다잡고서 스스로 북돋웠다. 그러고는 언데드 사건에서 승리를 거두어 얻어낸 공간을 둘러보았다.

구교사 사건이 해결된 뒤에 왕자님이 관리 체제가 허술하다고 지적하며 개선을 요구했다. 그래서 현재 이 구교사의 절반을 학생들이 직접 관리하게 되었다. 클래스 마스터들끼리 협의한 끝에 왕자님이 관리책임자를 맡게 되었다. 현재 옆방에서는 왕자님과 마기루카, 그리고 자하와 클래스 마스터들이 구교사를 이용할 수 있는 사용자의 범위와 이용 목적 등을 조정하는 중이다. 이 방과 모두가 모여 있는 방은 문 하나로 이어져 있다. 저쪽은 대응실이고, 이쪽은 휴게실 같은 느낌이라고 해야 할까.

(이제 아무것도 안 할 거야. 난 수업을 마친 뒤에 여기서 친구들과 느긋하게 차와 과자를 먹으면서 학원 생활을 만끽할 거야. 노이벤트, 굿라이프! 사건 따윈 노땡큐야.)

나는 속으로 스스로에게 떼를 썼다.

"문제가 발생했어요."

옆방에서 돌아온 마기루카가 나른한 표정으로 대뜸 그렇게 말했다. 나는 방금 맹세한 결의가 무너지는 소리가 들리는 듯했다.

"무슨 일인데?"

그다지 묻고 싶지 않았지만, 친구가 곤혹스러워하고 있으니 안 물어볼 수가 없었다. 바라건대, 부디 이상한 사건이 아니기를.

"앞으로 구교사를 이용하려면 사용신청서를 제출하라고 했더니 폐쇄 전에 구교사를 이용했던 학생들이 신청서를 또 제출할 수 없다고 거부하고 나섰어요."

"관리가 너무 허술했던 탓에, 누가 어떤 식으로 이용해왔는지 파악할 수가 없어서 이번 일을 계기로 다시 관리 체계를 세우려고 했는데 잘 안 풀릴 것 같군."

마기루카가 어깨를 축 늘어뜨리며 의자에 앉자 왕자님이 곤혹스러운 얼굴로 방에 들어왔다.

"사실상 학원 시스템을 바꾸는 일이니까 충돌이 없을 순 없겠죠. 대화로 해결되면 좋을 텐데요."

나는 남의 일처럼 말하면서 홍차를 마셨다.

"그렇지. 어떻게든 해볼게."

웃으면서 당차게 말하는 왕자님을 보니 어쩐지 나도 뭐라도 해야 하나? 라는 마음이 들었다.

(안 돼, 안 돼. 이제는 얌전하게 지내야 해. 냉정해라, 냉정해.)

나는 왕자님에게서 시선을 돌린 뒤 탁자에 엎어져 있는 마기루카를 쳐다봤다. 그녀를 보니 또 힘이 되어주고 싶다는 생각이 들었다. 시선을 어디에 둬야 좋을지 모르겠다.

이튿날.

사태가 급변했다.

이의를 제기했던 학생들이 무리를 지어 구교사를 점거하고는 농성하는 사태가 벌어진 것이다.

(젠장! 내 휴식 장소가!)

구교사 입구에 바리게이트를 친 무리를 쳐다보면서 나는 마음속으로 절규했다.

"우리 모임은 오랜 기간을 거쳐 선배들이 쌓아 올린 것이다! 그런데 우리가 어째서 또 신청서를 제출해야만 한단 말인가! 왜 심사를 받아야만 하냔 말이다! 이건 우리와 선배들을 모욕하는 짓이다——!"

"옳소, 옳소! 우리는 단호하게 반대한다!"

(정말로 얼토당토않은 논리네. 그냥 한 번 더 절차를 밟으면 될 일인데 대체 왜 이러는 거야? 그럴 시간에 그냥 신청서를 제출하면 되잖아.)

나는 뺨에 손을 대며 한숨을 내뱉었다. 어쩐지 요즘에 한숨이 많이 느는 것 같은 기분이 든다. 현장에서는 마기루카를 비롯한 클래스 마스터들이 설득을 시도하고 있었다. 그러나 접점을 찾기란 불가능해 보였다. 상대가 오로지 반대만을 외치고 있으니 당연했다.

"역시 내가 나서는 게……."

"레이포스 님께서는 저런 자들과 얽히실 필요 없어요. 저건 테러입니다, 테러. 테러에 굴해서는 안 됩니다."

그들의 일방적인 자세를 보고 있자니 나는 짜증이 솟았다. 속이 부글부글 끓기 시작했다.

"이건 우리뿐만 아니라 학원의 모든 학생의 뜻이다! 우리는 절대 굴하지 않는다. 단호하게 싸울 것이다!"

"옳소! 옳소!"

"학생의 자유를 짓밟고 권력에 굴한 자들이여. 물이라도 뒤집어쓰고 반성해라! 워터!"

"꺄악!"

우쭐해진 상대측 학생 하나가 마기루카에게 물 마법을 발동했다. 공격 마법은 아니고, 그저 상대를 흠뻑 젖게 하는 마법이다. 마기루카는 그 마법을 가까스로 피했지만, 균형을 잃고 엉덩방아를 찧었다.

상대측이 그 모습을 보고 꼴사납다느니, 한심하다고 조롱하며 웃기 시작했을 때, 내 분노가 정점에 달했다.

논쟁이라면 모를까, 다치지 않았다고 해도 마법을 써서 친구를 조롱거리로 만들다니. 그들의 치졸한 행위에 나는 인내심이 뚝 끊어졌다.

"메어리 양?"

내 변화를 눈치챘는지 왕자님이 걱정스러운 눈으로 이쪽을 쳐다봤다.

"레이포스 님은 여기서 기다려주세요. 저 테러리스트들을 당장 제거하겠습니다."

나는 나직이 말한 뒤 근처에 있던 자하와 사피나를 쳐다봤다.

"두 사람 모두 가죠. 튜테는 레이포스 님 곁에서 대기하고."

"예, 아가씨. 조심하시길."

"아, 응……. 근데 뭘 하려고?"

"메어리 님, 무서워요."

내 뒤에 대기하고 있던 튜테가 고개를 깊이 숙였다. 그와는 반대로 내 기백에 눌린 두 사람 쭈뼛쭈뼛 따라오자 나는 억지웃음을 지었다.

"무력행사야♪"

그리하여 무단 점거 세력과 관리자의 무력충돌이 시작——

——될 뻔했으나……

"그러니까 우선은 대화를!"

마기루카는 관자놀이에 핏줄을 세우면서도 애써 웃으면서 이 소란을 잠재우고자 애쓰고 있었다. 어른스럽게 대응하는 그녀를 지나 내가 가장 앞으로 나서자 그토록 시끄러웠던 녀석들이 순간 입을 다물었다.

"당신들, 딱 한 번만 말할게. 이런 웃기지도 않은 행위는 당장 중지하고 구교사에서 나가."

내가 쌀쌀맞게 말하자 주위에서 "아, 하얀 희군이다", "저 사람이 백은의 기사의 후예일지도 모른다면서?", "언데드 몬스터를 한 방에 잠재운 천재마법사를 적으로 돌려도 괜찮을까?" 같은 말들을 하며 속닥거렸다.

(어쩐지 소문이 과장된 것 같은데! 누가 후예야! 레가리야가는 백은의 기사와 아무런 관계가 없다고!)

무심코 마음속으로 항변하고 말았다.

"따, 따르지 않으면 어떻게…… 할 겁니까?"

아까 보여주던 기세는 어디로 갔는지 점거 세력의 리더가 존 댓말까지 써가며 조심스럽게 물었다. 나는 다시 활짝 웃으면서 말해주었다.

"무력행사야♪"

"""죄송했습니다아아아아!"""

내가 말을 하자마자 농성범들이 큰소리를 지르며 허둥지둥 움직이기 시작했다.

(이봐요, 왜 그렇게 겁을 먹어요? 소녀 앞에서 너무하잖아.)

허둥지둥 바리게이트를 철거하는 학생들 앞에서 내가 어색하게 웃으며 부들부들 떨고 있자 주위에서 "역시 하얀 희군", "왕자님의 심복다워", "쟤를 적으로 돌려서 좋을 거 하나 없어" 같은 말들을 했다. 그러나 충격을 받아 상심한 소녀의 귀에는 아무것도 들리지 않았다.

그리하여 학생들의 구교사 무단 점거 사건은 어이없이 막을 내렸다. 그리고 그와 동시에 나와 관련된 소문도 놀라울 만큼 더욱 부풀어갔다.

✵ 10 ✵ 뭔가 이상해요

구교사 이용문제가 해결되고 시스템이 원활하게 돌아가기 시작한 오늘, 나는 조용한 담화실에서 느긋하게 시간을 보내고 있었다.

"아아, 멋져라, 유유자적한 생활♪ 수업을 마치고 차를 마시니 마음이 따뜻해지네~♪"

"그러네요~♪"

나와 사피나는 탁자에 앉아 그녀가 가져온 새 홍차를 튜테에게 끓여달라고 부탁한 뒤 즐기고 있었다.

똑똑

문을 가볍게 두드리는 소리가 들리자 튜테가 문으로 스스슥 이동하여 대응했다.

"아가씨, 신청서를 제출하려고 오셨어요."

"……그래, 들여보내."

나는 잔을 탁자에 내려둔 뒤 의자에 앉은 채 방문을 허락했다. 튜테가 문을 열자 소르오스 소속 남학생이 긴장한 얼굴로 꼿꼿이 서 있었다.

"시, 실례합니다!"

남학생은 같은 쪽 팔과 다리를 동시에 어색하게 놀리며 방 안으로 들어와 그대로 내가 있는 탁자까지 걸어왔다.

"시시, 신청서입니다. 잘 부탁드립니다!"

"예, 잘 살펴보도록 하겠습니다."

나는 남학생이 덜덜 떨리는 두 손으로 내민 신청서를 받았다.

(하아, 왜 이렇게 됐지?)

나는 며칠 전 일을 회상했다.

학생들이 제출한 신청서를 훑어보던 왕자님과 마기루카가 녹초가 되어 방으로 들어온 것이 시작이었다.

"문제가 또 발생했어요."

"이번에는 뭔데?"

내가 있는 탁자에 앉아 축 늘어진 마기루카가 아무 말 없이 여러 장의 종이를 펄럭거렸다. 나는 그 종이를 받아서 훑어본 뒤 무심코 미간을 찡그렸다.

"글씨가 이게 뭐야?"

거의 휘갈긴 것 같은 잡스러운 글자들이 종이에 빼곡하게 적혀 있었다. 더욱이 문장도 생각이 나는 대로 그냥 적었다고 해야 할까, 결국 무슨 말을 하고 싶은 건지 도통 알 수가 없었다.

"이게 뭔가요?"

대답할 기력조차 없는 마기루카를 제쳐놓고 쓴웃음을 지으며 자리에 앉은 왕자님에게 물었다.

"일단은 신청서이긴 한데."

"이게 신청서라고요?"

나는 다시금 글씨가 휘갈겨져 있는 문서를 봤다.

(응, 전혀 읽을 수 없고, 문맥도 모르겠어.)

다른 종이를 훑어보니 이번에는 내용이 너무 간략해서 이 역시 무슨 말을 하고 싶은 건지 알 수가 없었다. 애당초 신청하고자 하는 내용조차 적지 않은 문서도 있었다. 여하튼 통일성이 없이 엉망진창이었다. 관리자가 알고 싶은 정보가 전혀 적혀 있지 않은 처참한 신청서였다.

전생 때 병원 신세를 지는 동안에 진단서나 문진표 같은 서류를 익히 봐왔던 터라 나는 이 신청서들을 무심코 찢어버릴 뻔했다.

"설마, 신청서 양식이 없는 건가요? 하나 같이 자유분방한데요?"

"양식이란 단어가 무슨 의미인지는 잘 모르겠지만, 어떻게 하라는 규정은 없더군. 이런 세세한 부분도 관리가 되어 있지 않았다니. 그래서 선생들이 손을 놓고 있었던 건가."

헛웃음을 짓는 왕자님과 엎어져 있는 마기루카를 번갈아 보고 나는 이마에 손을 댄 채 생각에 잠겼다.

"이쪽이 알고 싶은 정보만 기재하도록 신청서 형식을 통일할 것을 제안합니다."

"음, 근데 그걸 어떻게 하면 좋을지⋯⋯."

내가 튜테에게 종이와 펜을 가져오라고 말하자 그녀는 곧바로 내 앞에 그것들을 내려뒀다.

나는 종이 가장 위에 신청서라는 제목을 적은 뒤 대표자명과 모임 이름, 내용란 등을 구획한 뒤 왕자님에게 보였다.

"이렇게 우리가 지정한 내용을 채우지 않은 신청서는 받지 않겠다고 하면 어떨까요?"

(전생 때는 당연히 서류 양식이 있었는데, 설마 이곳에서는 당연하지 않다니. 나도 놀랐지 뭐야.)

지금까지 서류 작성을 부모님이나 튜테에게 완전히 맡겨두었기에 나는 서류 양식이 없다는 걸 알지 못했다. 왕자님과 어느새 부활한 마기루카가 내가 작성한 신청서 초안을 들여다봤다.

"오, 이거 좋군. 이거면 관리하기 쉽고, 우리도 심사하기 편하겠어. 내가 고민하던 걸 이토록 구체적으로 해결하다니, 역시 메어리 양이야."

"전하의 말씀이 맞습니다. 바로 이 초안대로 신청서를 다시 쓰게 하도록 하죠. 이 형식에 맞추지 않은 신청서는 받지 않겠다고 통보하고요."

표정이 밝아진 두 사람이 곧바로 행동에 나섰다. 앉은 지 얼마 지나지 않았는데 다시 자리에서 일어나 옆방으로 돌아갔다.

(친구한테 도움이 되어 다행이네. 잘 됐다, 잘 됐어.)

두 사람을 도울 수 있어서 마음이 흐뭇해진 나는 다시 유유자적한 시간을 보냈다.

　──그랬어야 했는데, 이튿날부터 무슨 영문인지 내 앞으로 신청서를 보여주러 오는 학생들이 속출하기 시작했다.

　아무래도 이 서류의 초안을 작성한 사람이 나라는 사실이 이미 왕자님을 통해 널리 알려진 모양이다. 뭐, 이미 예상했기에 그리 놀랄 일은 아니었다. 아마도 왕자님의 심기를 거스르지 않도록 누락이나 실수한 부분이 있는지 나에게 확인을 받고자 오는 거겠지.

　그건 좋다. 그러나 이렇게까지 했는데도 신청서를 쓰지 못하거나, 쓰지 않는 사람들이 있다는 사실에 놀라움을 감출 수가 없었다. 특히 두뇌마저도 근육으로 된 소르오스 학생들이 심각했다. 다시 작성하라고 여러 번 돌려보냈는데도 결국에는 신청서 하나 제대로 쓰지 못하고 떼를 쓰기 시작하자 내 인내심이 끊어질 뻔했다.

　아니, 거짓말입니다. 툭 끊어졌습니다.

　최대한 얽히지 않으려고 애를 쓰긴 했지만, 신청서 양식을 정하자고 제안한 사람은 바로 나다. 이렇게 심각한 신청서를 왕자님에게 보였다가는 왠지 나까지 무능한 사람으로 취급을 받을 것 같았다. 레가리야 공작 영애의 자존심이 그것을 용납하지 않았다. 나는 사피나와 자하를 끌어들인 뒤 학생들에게 시키는 대로 신청서를 제대로 작성하지 않으면 무력행사를 하겠다고 으름장을 놓았다. 그러고는 직접 감수를 해주면서 신청서를 제대로 쓰도록 했다. 그런 다음에 제대로 작성된 서류를 왕자님에게 몇 번쯤 제출했다.

(앗, 혹시 그게 원인인가?)

나는 지금도 긴장한 나머지 움찔거리는 남학생을 힐끔 쳐다봤다.

"으음……."

"뭐, 뭐, 뭔가 잘못된 부분이라도 있습니까?!"

내가 말을 흘리자 남학생이 화들짝 놀라면서 떨리는 목소리로 물었다.

"여기 말인데요. 기재가 되어 있지 않아서."

"죄송합니다아아아아! 처벌만은 제바아아아아알!"

(처벌이라니……. 서류를 제대로 작성시키려고 무력행사를 하겠다고 으름장을 놓은 건데, 그런 식으로 소문이 나다니…….)

"겨우 하나 빼먹은 것 가지고 호들갑 떨지 말아요. 제대로 쓰면 되니까 그렇게 긴장할 필요 없어요."

나는 그의 긴장을 풀어주고자 고개를 살짝 기울인 채 영업용 웃음을 지었다.

"아가씨, 얼음장 같은 미소를 지으면 오히려 역효과가 나지 않을까 싶은데요."

내 뒤에 대기하고 있던 튜테가 귓속말로 무례한 말을 하자 어색하게 올린 입꼬리가 바들바들 떨렸다.

"바, 바바바로, 고치겠습니닷! 실례했습니다아아아아!"

남학생은 내가 내민 서류를 마치 상장처럼 공손하게 받은 뒤에 후다닥 나가버렸다. 나는 어색하게 웃으며 그의 뒷모습을 쳐다봤다.

(이상해…… 뭔가 이상해. 학교에서의 내 위치가 뭔가 이상해진 것 같아.)

"메어리 님은 완전히 배후의 지배자구만."

창문 근처에서 햇볕을 쬐며 이 장면을 남의 일처럼 지켜보던 자하가 무례하고도 오해를 불러일으킬 수 있는 감상평을 말했다. 나는 자하를 향해 그 얼음장 같은 미소를 지었다.

"예? 뭐라고요?"

"아무것도 아닙니다. 죄송합니다."

내 어두운 기백에 짓눌린 자하가 존댓말로 사과했다.

"멋져요, 역시 메어리 님. 지배자의 뒤를 언제까지고 따르겠습니다."

나와 자하의 대화를 황홀한 표정으로 지켜보는 사피나는 모른 척했다.

그러는 사이에 시간이 흘렀다. 곧 3학년이 되겠구나, 라는 실감이 들 즈음에 내 주변에서 터무니없는 일이 벌어지고 있는 것 같다는 느낌이 들었다.

"저, 내년부터 정식으로 아레이오스의 클래스 마스터를 맡게 됐어요."

평소처럼 담화실에서 차를 마시고 있을 때 마기루카가 불현듯 떠오른 것처럼 말했다.

"어머, 그거 기쁜 일이네. 축하해."

나는 그녀의 말을 듣고 덤덤히 축하해 주었다. 그도 그럴 것이 언데드 사건 이래 아레이오스의 클래스 마스터는 공석이었고, 대신 그녀가 지금껏 대리를 맡아왔다. 이 학원에서는 3학년부터 클래스 마스터를 맡을 자격이 주어지므로 이전부터 어쩐지 그렇게 되지 않을까 생각하고 있었다.

"나도 라라이오스의 클래스 마스터에 취임하게 됐어."

"어머, 축하드려요. 레이포스 님."

이 역시 별로 놀라지 않았다. 나는 덤덤하게 왕자님에게 축하를 보냈다. 왕자님 역시 라라이오스 안에서 평가가 높고, 또한 클래스 마스터가 되더라도 이상하지 않을 실적을 쌓았다. 최근에는 특히 세 클래스 사이의 가교 역할도 맡고 있다. 클래스 사이의 문제나 학교 시스템에 자주 관여할 정도다. 미력이나마 전생 때의 기억을 이용하여 학원 체제 개선에 조언을 드린 적도 있었다.

(음? 잠깐만. 그렇다면 내년부터 내 주위에 클래스 마스터가 둘이나 있다는 건가?)

어쩐지 파란이 벌어질 것만 같은 예감이 들었다. 나는 억지로 그 생각을 떨쳐냈다.

"앗, 그럼 나도, 나도♪"

자하가 손을 들며 기뻐했다.

"어머, 그래? 축하——에에에에엥?!"

이 말을 듣고는 역시나 축하 인사를 도중에 끊을 만큼 놀랐다. 저도 모르게 큰소리를 내고 말았다. 왕자님이 앞에 있다는 걸 깨닫고는 황급히 손으로 입을 막았다.

"어? 자하 씨, 어? 나도? 어? 설마 클래스 마스터? 어?"

정신을 차리고 보니 생각이 정리되질 않아 횡설수설하고 있었다.

"맞아, 맞아, 나, 내년부터 소르오스의 클래스 마스터."

그래도 내가 하고 싶은 말이 전해졌는지 자하가 의기양양하게 가슴을 활짝 폈다. 그 모습을 보고 현기증이 나서 제자리에 털썩 주저앉은 나는 고개를 푹 숙였다.

(저, 저 남자가 클래스 마스터라니. 소르오스 학생들이 참 위험천만한 짓을 했네……. 다들 클래스를 붕괴시키고 싶은 건가? 사피나가 훨씬 낫잖아?)

"으음, 그…… 소르오스의 클래스 마스터는 대대로 무술이 가장 뛰어난 사람이 맡는다는 관습이 있어서……."

내가 고개를 숙인 채 투덜거리자 사피나가 속내를 눈치챘는지 대답해주었다.

(그렇구나. 바보이긴 하지만, 무술만큼은 당해낼 사람이 없으니까~.)

나는 납득이 되어 고개를 들었다. 그러고는 미적지근한 눈으로 그를 쳐다봤다.

"다시 말해서 내년부터는 이곳에 각 클래스 마스터들이 한자리에 모인다는 뜻이군. 내년부터는 개혁과 문제 해결에 더욱 박차를 가할 수 있을 것 같아."

왕자님이 파란이 예상되는 발언을 하자 나는 비로소 최악의 상황이 벌어졌음을 알아차릴 수 있었다.

(클래스를 통솔하는 모든 마스터가 이곳에 집결하다니…… 그랬다간 여긴 더 이상 단순한 담화실이 아냐! 그…… 맞아! 학생회 같은 곳이지! 아아! 나의 안식처가! 나의 유유자적한 공간이이이이!!!)

의욕을 보이는 친구들에게 찬물을 끼얹고 싶지 않아서 나는 오로지 웃고만 있었다. 그러나 마음은 편하지 않았다. 식은땀을 뚝뚝 흘리고 있었다.

(신님, 부디 아무 일 없이 하루하루가 조용히 지나가기를. 무슨 일이 벌어지더라도 되도록 제가 모르는 곳에서 해결됐으면 좋겠습니다.)

그리하여 나는 3년차를 맞이하게 되었다.

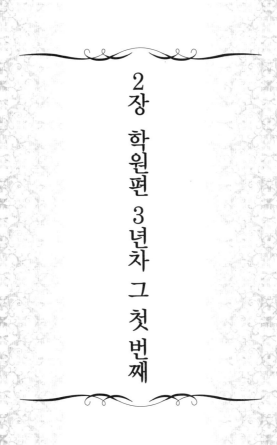

2장 학원편 3년차 그 첫 번째

 01 3년차입니다

학원 생활도 3년차에 돌입했습니다.

안녕하세요. 메아리 레가리야, 현재 열두 살입니다.

3학년이 되니 여러모로 익숙해져서 여러 절차를 무난하게 밟을 수 있었다. 나는 올해도 아레이오스에 들어가 마법 공부에 힘쓰게 되었다.

"응, 사이즈도 딱 맞네."

나는 거울 앞에서 몸을 반 바퀴 돌리며 착용감을 확인했다. 2학년 때와 디자인은 똑같지만, 사이즈가 바뀌면서 분위기도 조금 달라졌다.

내 몸도 소녀에서 여성으로 변하기 시작했다. 나올 곳은 나오고, 들어갈 곳은 들어간 체형에 가까워졌다.

전생 때는 병약했기에 몸에 살집이 없었다. 그 점이 아쉬웠는데 지금은 방방 뛸 때마다 봉긋 솟은 가슴이 흔들렸다. 그런 내 모습을 볼 때마다 절로 흐뭇한 웃음이 지어졌다.

올해는 왕자님과 자하를 위해서 남성용 교복을 디자인해주었다. 지금 내가 입고 있는 여성용 교복과 디자인이 거의 똑같다. 나와 사피나, 마기루카가 같은 디자인의 교복을 입고 있는 모습을 본 왕자님이 모두의 의상을 통일시키는 게 어떻겠냐고 제안한 것이 발단이었다.

왕족의 의상을 디자인하면서 속이 쓰릴 만큼 압박감이 들었지만 어떻게든 완성했다. 왕자님이 전속 복식점에 발주를 했으니 자하와 왕자님도 곧 받아볼 수 있겠지.

"아가씨, 시간입니다."

뒤에 대기하고 있던 튜테가 말하자 나는 고개를 끄덕이고서 현관으로 향했다.

"자, 이제 3학년이야. 올해야말로 평온무사하게 지낼 거야."

"그랬으면 좋겠네요~."

내가 결의를 새롭게 다지고서 의기양양하게 마차에 오르자 튜테는 상냥하게 웃으며 맞장구를 쳐준 뒤에 앞 좌석에 앉았다.

"응, 잘 알아. 2학년 때도 일을 저질러서 새삼스럽기는 하지만. 그래도 올 한해를 공기처럼 지내다 보면 모두의 기억 속에서 사라질 수 있지 않을까? 힘내자! 공기처럼 지내는 거야!"

"공기처럼요……? 이토록 새하얗고 아름다운 아가씨께서 과연 그러실 수 있을는지……."

내가 주먹을 불끈 쥐며 스스로를 북돋고 있으니 튜테가 복잡한 표정으로 대답했다. 그러나 공교롭게도 목소리가 작아서 첫 부분을 제외하고는 잘 들리지 않았다.

학원에 도착한 나는 튜테를 따라 아레이오스 담화실에 들어가 의자에 앉았다. 마침 신입생들 상대로 한창 설명 중인 클래스마스터 마기루카를 미적지근한 눈으로 지켜보면서 기척을 지우고자 애를 썼다.

우선 꼼짝도 하지 않고 돌이 되어보았다.

몇 분 뒤에 나는 푸하, 하고 숨을 내뱉고서 헉헉 헐떡였다. 그러자 주변 학생들이 나를 주목하고 말았다.

"아가씨…… 숨을 참으시면 안 되잖아요."

"스읍~ 하아~ 그렇지. 무심코 숨을 참고 말았네."

"대체 뭘 하고 있는 건가요?"

내가 호흡을 가다듬으며 튜테와 대화를 나누고 있으니 설명을 끝마쳤는지 마기루카가 황당하다는 얼굴로 어느새 다가왔다. 그녀는 팔짱을 낀 채 서 있었다.

"앗, 마기, 루……카."

아하하, 하고 쓴웃음을 지은 내 눈앞에서 마기루카가 무의식적으로 팔짱을 끼는 바람에 안 그래도 도드라진 둔덕이 더욱 잘 보였다. 아침까지만 해도 멀쩡했던 내 자존심에 흠집이 간 것은 말할 것도 없었다.

나는 아무 말 없이 일어서서 그녀를 쳐다봤다.

"?"

마기루카가 팔짱을 풀고서 이쪽을 보자 나는 우훗, 하고 웃으며 주저 없이 그 풍만한 둔덕을 두 손으로 움켜쥐었다.

""꺄아악!""

내 손짓에 깜짝 놀란 마기루카의 비명과 가슴의 감촉에 놀란 나의 비명이 동시에 울렸다.

"무, 무슨 짓이에요!"

"이거 뭐야! 아직도 성장하고 있잖아!"

마기루카가 두 팔을 교차시켜 가슴을 가리며 한걸음 물러서자 나는 자신의 두 손을 내려다보며 부들부들 떨었다. 경악스러운 사실 앞에서 아연실색했다.

작년에 장난삼아 그녀의 가슴을 움켜쥔 적이 있었는데, 확실히 그때보다 더 커져 있었다.

"아가씨, 공기처럼 지내시겠다면서요?"

"헉!"

튜테가 지적하자 나는 제정신을 차리고서 주변을 둘러봤다. 사람들의 시선이 완전히 이쪽에 쏠려있음을 깨달았다. 더욱이 클래스 마스터 마기루카를 주목하고 있던 신입생들이 눈을 동그랗게 뜨고서 이쪽을 쳐다보는 게 아닌가.

"……어험."

나는 헛기침을 한 번 하고서 마치 아무 일도 없었다는 듯이 새침한 얼굴로 조용히 앉았다.

그러나 그 직후에 신입생들이 "저 사람이 하얀 희군인가?", "무술대회에서도 우승한 적이 있고, 온갖 마법을 습득한 천재마법사래." 하고 말하며 나에게 관심을 보였다.

(아아, 괜한 짓을 했네. 방금 전의 날 때려주고 싶다!)

그 뒤에 나는 모두가 해산하여 이곳에서 나갈 때까지 억지로 웃으면서 가만히 앉아 있기만 했다.

그로부터 며칠 뒤, 나는 수업을 마치고서 평소처럼 구교사 담화실에서 평소처럼 익숙한 자리에 앉아, 평소처럼 튜테가 끓여준 홍차를 즐기고 있었다.

"이제 제법 공기가 된 것 같지 않아~?"

"아뇨, 후배들의 동경이 되었습니다."

내가 현실을 잠시 잊어보고자 발버둥을 치자 메이드가 차가운 현실을 일깨워주었다. 나는 그녀를 째려보며 홍차를 마셨다.

"어쩔 수 없잖아! 마법이 너무 재밌는걸. 참을 수가 없었다고 오오오."

나는 잔을 내려두고서 손가락으로 눈시울을 훔치며 우는 척을 했다.

3학년이 되자 공격 마법 이외에도 다양한 마법을 배울 수 있었다. 그중에서 내 가슴을 가장 두근거리게 한 마법은 바로 부유 마법이었다.

마법으로 하늘을 날 수 있다는 말을 듣고 나는 방방 뛰고 싶을 만큼 흥분했다. 그래서 마법을 삽시간에 습득하고서 허공에 떠봤다. 그러나 정신을 차렸을 때는 이미 늦어있었다. 다른 선배들이 마법을 습득하느라 악전고투하고 있는 와중에 홀로 허공을 둥둥 떠다니는 내 모습을 본 후배들이 눈을 반짝거렸다.

참고로 마기루카도 곧이어 날아올랐지만, 그녀는 높은 곳을 싫어해서 일정 고도까지 붕 떠올랐다가 다시 지면으로 내려오는 행동을 거듭했다. 그 때문에 허공에 계속 머물고 있던 내가 더욱 눈에 띄고 말았다.

"아가씨, 정말로 공기가 되실 생각이 있으신가요?"

"……예, 자중하겠습니다."

텅 빈 잔에 홍차를 따르면서 튜테가 한숨 섞인 말을 내뱉었다. 나는 달리 할 말이 없어서 그저 고개만 숙였다. 그러자 열린 창밖에서 환호성이 들려왔다.

"인기 만점이네, 저거."

나는 일어서서 창문으로 다가가 바깥을 가만히 내려다봤다. 수많은 영애와 영식들에게 둘러싸인 채 모조검을 휘두르고 있는 자하와 왕자님이 있었다.

올해 왕자님이 제창한 시스템이 하나 있다. 모든 클래스 학생들이 한데 뒤섞여 다양한 방면에서 절차탁마할 수 있는 환경을 제공하겠다는 것이었다. 뭐, 간단하게 말하자면 부활동이다.

(에구, 무심코 부활동이라는 단어가 입 밖으로 나와버렸네. 조심, 조심.)

아직은 몇 개밖에 없긴 하지만, 그런 모임이 구교사에 설립되었다. 예를 들어 지금 저 아래에 모여 있는 건 기초 검술부터 수련하고 싶은 학생들이 모인 검술 모임이다. 검술을 직접 배우는 소르오스 학생뿐만 아니라 아레이오스와 라라이오스 학생들도 가입했다는 모양이다. 뭐, 저곳에 있는 영애들은 결코 수련 때문에 모인 게 아니겠지만.

(뭐, 두 인기남이 검술 대련을 하고 있으니 구경거리가 될 만

하지.)

나는 신나게 검을 휘두르는 왕자님을 바라보면서 생각했다. 내가 성장했듯이 왕자님과 자하도 보다 남자답게 성장하기 시작했다. 키는 나보다 훌쩍 커버려서 고개를 들지 않으면 얼굴이 보이지 않을 정도였다. 소년이 남자로 변하는 과도기에 있는 저들에게서는 중성적인 아름다움이 느껴졌다. 특히 늠름한 왕자님은 영애들의 시선을 독점하고 있었다. 내가 창밖을 보면서 생각에 잠겨 있을 때 대련을 마친 왕자님이 마기루카가 건네준 수건으로 땀을 훔치며 한숨을 돌리고 있었다. 마침 왕자님이 우연히 고개를 들었다가 아래를 내려다보던 나와 시선을 마주치자 활짝 웃으며 이쪽을 향해 손을 흔들었다.

물론 그 시선에 이끌린 영애들이 일제히 고개를 들어 이쪽을 올려다봤다.

어찌나 박력이 넘치는지 나는 억지로 웃으면서 왕자님을 향해 가볍게 손을 흔들었다. 그리고 그가 시선을 거둘 때까지 계속 굳어있었다.

"하아~, 눈에 띄는 친구들 속에 있으면 내 존재감이 희미해질 줄 알았는데 잘 되질 않네."

"그러네요. 모두 무슨 일이 있을 때마다 아가씨를 쳐다보시니까요. 아마도 무의식적이겠지만, 다들 아가씨가 중심이라고 생각하는 것 같네요."

"왜 그렇게 된 거지?"

"아가씨께서 아주 박식하시고, 또 여러 문제를 해결하셨으며, 그만큼 든든해서 그런 게 아닐까요? 자각 못 하셨어요?"

"전생의 기억을 이용하여 여러 조언을 해주기도 하고, 말을 듣지 않는 녀석들이 있으면 사피나와 자하를 시켜 밟아준 적은 있지만…… 으음, 그거 때문인가아아!"

나는 의자에 다시 앉아 고개를 푹 숙였다.

"지금은 이렇다 할 문제도 없으니 이대로 아무 일도 없었으면 좋겠는데요."

"잠깐, 튜테! 플래그 세우지마!"

튜테가 불길하기 짝이 없는 대사를 말하자 나는 무심코 일어서서 그 입을 막으려고 했다. 그런데 마침 그때 누군가가 문을 똑똑 두드리는 소리가 들렸다.

(자꾸만 이상한 예감이이이이이이!)

나는 머리를 싸쥐고서 마음속으로 절규했다. 튜테는 곧바로 응대하고자 문으로 향했다.

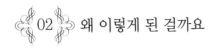 ## 02 왜 이렇게 된 걸까요

　내가 예감이 현실이 되지 않기를 바라는 동안에 튜테가 평소처럼 문 앞에서 누군가와 이야기를 하고 있었다.

　"아가씨, 클래스 마스터분들께 용건이 있으시다는 데요?"

　"……그래, 지금 밖에 있으니 안에 들어와서 기다리라고 해. 그리고 레이포스 님을 비롯한 클래스 마스터들을 데리고 와줘."

　"알겠습니다."

　튜테는 공손하게 인사하고서 복도에 있는 손님을 안으로 들였다. 그러자 왕자님의 시녀가 교대하듯 밖으로 나갔다.

　(뭔가 자연스럽게 지시를 내려버렸는데 내가 왕자님의 시녀를 부려도 괜찮은 건가? 하지만 무슨 일이 있으면 사람을 보내라고 하신 건 왕자님이니 괜찮겠지.)

　시녀가 너무나도 자연스럽게 대응한 바람에 나는 그녀가 없어진 뒤에야 그 사실을 깨닫고서 살짝 불안해졌다.

　"시, 실례합니다."

　누군가가 꽤 긴장한 목소리로 말을 걸었다. 그 목소리 때문에 현실로 되돌아온 나는 그쪽으로 시선을 돌렸다.

　그곳에는 귀족이 아닌 평민 여학생이 구속 마법이라도 걸린 것처럼 쭈뼛거리며 꼿꼿하게 서 있었다.

　"들어오세요."

튜테는 여학생을 에스코트하여 내가 있는 탁자까지 안내했다. 그녀는 튜테가 권하는 대로 자리에 앉았다.

"그렇게 긴장할 거 없어요. 아니면 내가 그렇게 무서운가요?"

"그, 그럴 리가요! 다, 당치도 않습니다! 메어리 님과 대화를 나눌 수 있어서 긴장했을 뿐입니다. 그런데 무섭다니요. 말도 안 되죠! 그저 정신없이 얼굴을 보느라!"

"그, 그래요……."

긴장을 조금이라도 풀어주려고 농담을 던져봤더니 그 여학생이 엄청난 기세로 부정했다. 나는 그 기백에 조금 압도되었다. 바로 그때 문을 두드리는 소리가 들렸다. 아마도 왕자님을 비롯한 클래스 마스터들이 돌아온 모양이다. 내가 대답을 하자 왕자님이 방에 들어왔다.

"기다리게 했군."

"아뇨, 그렇지 않습니다."

긴장한 나머지 목소리도 내지 못하는 여성을 대신해 내가 대답을 하자 왕자님은 부드럽게 웃으며 다가왔다.

"처, 처음 뵙겠습니다, 전하. 오, 오늘은 저기, 클래스 마스터 분들께 상담 드릴 게 있어서 이렇게 찾아왔습니다."

그녀가 벌떡 일어서서 마치 시녀처럼 공손하게 인사를 하자 왕자님의 뒤에 있던 마기루카가 그녀를 알아보았다.

"어머? 피네르 씨 아닌가요?"

"응? 마기루카랑 아는 사이인가? 이 학생은 라라이오스 소속인데?"

"예, 그녀는 올해 설립한 '마초약학(魔草藥學) 연구회'의 회원이랍니다, 전하."

마초약학 연구회는 마기루카가 설립한 동아리다. 원래는 아레이오스 학생만이 배우는 마초 지식을 다른 학생들과 토론하고 연구하는 게 목적이라고 한다. 라라이오스 학생인 그녀가 마기루카와 알고 지내더라도 이상한 일은 아니었다.

"그럼 얘기를 듣도록 하지. 저쪽 방으로 넘어갈까? 자하와 마기루카도 함께 와줬으면 좋겠군."

"""예."""

자하와 마기루카는 공손하게 대답했고, 그와 대조적으로 피네르는 황급히 고개를 숙였다. 왕자님은 세 사람을 데리고서 클래스 마스터들이 모이는 업무실로 들어갔다. 나는 그 모습을 지켜보면서 탁자에 놔둔 잔을 들고서 홍차를 들이켰다.

(제발 문제가 벌어지지 않기를, 문제가 벌어지지 않기를.)

나는 마음속으로 신님께 빌면서 기다렸다.

그리고 몇 분 뒤, 이야기가 끝났는지 세 사람이 이쪽 방으로 넘어왔다. 아무래도 피네르는 저쪽 방에서 밖으로 나간 모양이다.

"문제가 발생했어요."

그리고 마기루카가 듣고 싶지 않았던 말을 내뱉었다. 나는 이곳에서 어떻게 달아날지 진심으로 궁리하기 시작했다. 그런 내

심정을 알 턱이 없는 마기루카는 당연하다는 듯이 내 앞에 앉고는 아까 피네르가 한 이야기를 들려주기 시작했다.

"아레이오스 학생 중 누군가가 마초를 불법으로 재배하고 있을지도 모른다는 제보가 들어왔어요."

"불법 재배?"

불법이라는 말을 듣고 나는 무심코 되물었다.

"메어리 님은 '맨드레이크'를 아나요?"

"으음, 뽑으면 비명을 지르는 마초였던가? 그 비명을 들으면 죽는다고 하잖아. 꽤 비싼 식물이지?"

내가 전생 때 축적한 지식을 말하자 마기루카는 놀란 표정을 지었다.

"역시 메어리 님, 마초에도 정통하다니. 하지만 비명을 들으면 죽는다는 건 오해예요. 마력이 극단적으로 낮거나 심약한 사람이 들었을 때 의식을 잠깐 잃거나 하는 정도지요."

"그래? 그런데 그 맨드레이크가 왜?"

"맨드레이크는 아주 희소한 식물이에요. 마법이나 약의 원재료로 쓰기 때문에 나라에서 엄격하게 관리하고 있지요. 그래서 자격이 없는 사람은 재배 자체가 금지되어 있습니다."

"설마 그걸 학생들끼리 재배하고 있다고?"

이야기의 핵심을 알 것 같아서 나는 도중에 말허리를 잘라먹었다. 그러나 마기루카는 언짢아하지 않고 고개를 끄덕였다.

"피네르 씨를 비롯한 라라이오스 학생들이 근처 밭에서 다른 식물을 재배하다가 그런 의혹을 품었대요. 처음에는 잘 몰랐지만 모임에 들어와 맨드레이크에 대해 배운 덕분이죠."

(그동안은 의심을 사지 않도록 마초 지식이 전혀 없는 학생들 사이에서 맨드레이크를 태연히 재배했던 건가? 설마 라라이오스 학생이 아레이오스 학생과 같은 연구를 하게 될 줄은 생각도 못 했을 테니까.)

"하지만 가능성이라고 했으니 확증은 없는 거지?"

"예, 아직 실물을 확인한 것도 아니고, 확인하려고 해도 라라이오스는 아레이오스가 하는 일에 참견하지 말라며 쫓아냈다고 하네요."

"학생들의 마음속에서 차별 의식이 아직 불식되지 않아서 그렇겠지. 안타깝군."

나와 마기루카의 대화를 듣던 왕자님이 아쉬워하며 그렇게 중얼거리고서 고개를 숙였다.

"하아, 당장 진실을 확인하러 가도록 하지. 세 클래스의 마스터들이 앞에 있으니 참견하지 말라는 소리는 못 할 거야."

마음을 다잡은 왕자님이 한숨을 내뱉고서 일어서자 자하와 마기루카도 일어섰다. 그리고 덩달아 사피나도 일어나버렸다. 나 홀로 의자에 앉아 있자 모두 의아한 눈으로 쳐다봤다.

(뭐야? 다들 왜 그런 눈으로 쳐다보는 거야? 난 외부인이니 빼달라고. 하지만 어차피 말 해봐야 씨알도 안 먹히겠지?)

나는 각오를 굳히고서 조용히 일어선 뒤 깊고 깊은 한숨을 내뱉었다.

(제발 아무 일도 없기를, 아무 일도 없기를. 아~무 일~도오 오 없~기르으으으을.)

나는 속으로 염불을 읊듯 되뇌면서 현장으로 향했다.

현장은 구교사에서 그리 멀리 떨어져 있지 않았다. 꽤 넓은 부지 안에서 다양한 식물들이 재배되고 있었다.

그곳에서 작업 중이던 학생들의 시선을 한몸에 받으며 클래스 마스터 일행은 줄줄이 현장으로 이동했다. 똑같은 디자인의 교복을 입고 입으니 한눈에 클래스 마스터라는 걸 알아보았으리라.

(큭! 나랑 사피나까지 도매금으로 취급하지 않으면 좋겠는데.)

밭과 밭 사이에 깔린 두렁길을 걸으며 피네르가 알려준 현장에 다가가자 남학생 몇몇이 황급하게 움직이며 우리를 힐끔 쳐다보기 시작했다.

(우와~, 수상한 짓을 하고 있다고 광고를 하고 있네.)

내가 황당해하며 저들을 쳐다보고 있으니 선두에 선 왕자님이 현장에 도착했다.

"아, 아니, 전하께서 친히 여기까지 어인 일이십니까?"

남학생들이 황급히 우리 앞으로 달려와서 우리가 밭에 다가가지 못하도록 노골적으로 막아섰다.

"너희들은 학생들끼리 활동하고 있나? 선생은 없나?"

"아, 예……. 그렇습니다."

"그럼 학생들끼리 활동을 하고 있다는 거로군. 우리한테 신청서를 제출했나?"

남학생들은 식은땀을 흘리고 있고, 왕자님은 늠름한 태도로 대응했다.

"제, 제출하지 않았습니다. 오랫동안 여기서 활동해온 터라 깜빡했습니다."

남학생들이 작은 목소리로 대답했다.

"그럼 당장 신청서를 제출해줬으면 좋겠군. 기왕 나왔으니 무슨 활동을 하는지 확인하도록 해볼까?"

"예?!"

왕자님이 씨익 웃으며 말하자 남학생들이 화들짝 놀라 고개를 들었다. 왕자님은 다짜고짜 그들 앞을 지나 밭으로 들어갔다.

"저, 전하. 신발에 더러운 흙이 묻습니다."

남학생들이 황급히 왕자님 일행을 저지하려고 했으나 마기루카는 아랑곳하지 않고 밭에 심긴 화초들을 확인하기 시작했다.

그리고 몇 분 뒤 그녀의 표정이 심각해졌다.

"이상하네요. 맨드레이크가 전혀 보이지 않습니다. 전부 학생이 심어도 문제없는 마초뿐이에요."

마기루카가 왕자님에게 귓속말하는 모습을 본 나는 무슨 영문인지 확인하고자 주변을 둘러봤다.

어쩌면 피네르가 착각했을지도 모른다. 나는 슬쩍 남학생들의 시선을 살펴봤다. 그러자 남학생들이 어떤 방향을 힐끔힐끔 쳐다보고 있다는 걸 알 수 있었다. 그들은 옆에 있는 밭을 보고 있었다. 그곳에는 아무것도 심겨 있지 않았다.

아니, 아무것도 심겨 있지 않은 것처럼 꾸며져 있다.

앨리스 선배가 저지른 사건을 해결한 이후에 나는 환각 마법과 인식을 저해하는 마법을 공부했다. 덕분에 이젠 그런 마법이 있으면 그 부분만이 뿌옇게 보이게 되었다. 지난번처럼 기대고 있던 환영의 벽이 사라지는 바람에 아래로 굴러떨어지는 일이 없도록 하기 위해서였다. 그리고 아니나 다를까, 이 밭에는 마법이 걸려 있었다. 그들은 당황한 척 행동하면서 왕자님 일행을 자연스럽게 가짜 밭으로 유도한 것이다.

(왕자님을 속이려고 들다니, 가소롭기 짝이 없네. 따끔한 맛을 보여줘야겠군.)

다행히도 남학생들은 세 클래스 마스터를 상대하느라 나와 사피나에게는 무관심했으므로 나는 그대로 옆에 있는 밭으로 이동했다. 아무 말 없이 뒤따라 와준 사피나와 튜테에게 감동하며 나는 그 밭 앞에 섰다.

"말씀 도중에 대단히 죄송합니다만, 이 밭도 당신들 건가요?"

내가 말하자 남학생들이 흠칫 놀라며 돌아봤다.

"사피나, 저들이 이쪽으로 오지 못하게 해줘."

"예."

옆에 있던 사피나에게 작은 목소리로 부탁하자 그녀가 그대로 내 앞으로 나섰다. 안전을 위해서 튜테는 밭에서 떨어져 대기하도록 지시했다.

"무, 무슨 말씀이신지? 그 밭은 저희와 아무 상관도 없습니다. 오오, 옷이 더러워질 수 있으니 어서 이쪽으로."

남학생이 무언가 불온한 아우라를 풍기며 이쪽으로 다가오려고 하자 사피나가 째려보며 칼자루에 손을 댔다. 그러자 남학생이 제자리에 멈췄다.

"어라? 그렇다면 제가 이 밭에 무슨 짓을 해도 문제없겠군요? 아무것도 없는 황량한 밭이니까요♪"

"어, 아, 네?"

영문을 모르겠다며 서로를 쳐다보는 남학생들 앞에서 나는 고개를 살짝 기울인 채 예전에 튜테가 말했던 얼음장 같은 미소, 아니, 영업용 미소를 지어 보였다. 그러고는 오른쪽 손을 살짝 들어 올리고서 속삭였다.

"파 · 이 · 어 · 볼♪"

내가 느릿하면서도 또박또박 말하자 오른쪽 손바닥 위에서 화염구가 떠올랐다.

"잠깐! 잠깐!"

얼굴이 창백해진 남학생들이 밭을 가로질러 이쪽으로 달려왔다. 그러나 사피나가 발도 자세를 취하자 그들은 화들짝 놀라며 발걸음을 멈췄다. 나는 웃으면서 화염구를 뒤에 있는 밭에 휙 던졌다.

화아아아악!

""""우와아아아아악! 20년짜리 성과가아아아아!""""

아무것도 없는 밭에서 불이 피어오르더니 무언가를 태우기 시작했다. 그러자 환영이 무너지고 그 속에 숨겨져 있던 화초들이 모습을 드러냈다.

"이건 맨드레이크꽃! 환영 마법으로 숨겨뒀군요!"

사태를 가장 먼저 알아차린 마기루카가 밭으로 다가가 모습을 드러낸 화초들을 확인했다.

(뭐, 이 정도면 되겠지. 자자, 소화, 소화.)

물 마법을 발동시키고자 몸을 휙 돌리자 지금까지 보이지 않았던 커다란 식물이 시야를 가득 메우며 모습을 드러냈다.

"어?"

"메어리 님, 물러서세요!"

당황한 나와 다급한 마기루카의 목소리가 겹쳐진 순간, 눈앞의 식물이 크게 부풀더니…….

화려하게 터졌다.

나는 갑자기 터져버린 식물의 잔해와 즙을 온몸에 뒤집어쓰고

서 흠뻑 젖어 있었다.

(이게 뭐야? 으, 최악이네.)

머리카락에서 뚝뚝 떨어지는 액체를 멍하니 바라보며 생각했다.

"괜찮아? 메어리 양."

왕자님이 급히 내 앞으로 달려왔다. 나는 얼어붙은 사고를 재기동시켰다. 내 몸에 묻은 즙이 왕자님의 몸에 묻지 않도록 조심하며 대답했다.

"괘, 괜찮습니다. 레이포스 님."

"그래? 다행……."

누군가가 아하하, 하고 쓴웃음을 지으며 내 손을 잡고 홱 잡아당겼다. 어리둥절해서 눈을 뜨자 눈앞에 아름다운 왕자님의 얼굴이 있었다.

(가, 가, 가까워.)

"이게 웬일인가. 네 아름다운 머리카락이 더러워지다니. 내가 말끔하게 닦아주지."

내가 놀라서 굳어있으니 왕자님이 느닷없이 내 허리에 손을 둘렀다.

"어? 어라?"

(어, 잠깐! 잠까아아아안! 이게 뭐야아아아!)

정신을 차리고 보니 나는 왕자님에게 안겨 있었다. 서로의 얼굴이 몹시 가까워졌다.

"레, 레이포스 님, 그러다가 오물이 묻을 거예요."

"아름다운 네게 묻은 오물을 지울 수 있다면 내 기꺼이 더러워지지."

(갑자기 시원하게 웃으면서 왜 이러는 거야? 이 남자는! 아아, 하지만 어쩐지 두근거려! 외모가 그럴듯하게 성장해서 그런지 정신을 못 차리겠어! 안 돼! 정신 차려!)

나는 갑작스러운 사태에 패닉을 일으켰다. 몸이 완전히 굳어버려서 아무것도 할 수가 없었다. 시선을 힐끔 돌리니 마기루카와 사피나가 뺨을 붉힌 채 손으로 얼굴을 가리며 꺅꺅거리고 있었다.

(틀렸어. 다른 여자애는 도움이 안 돼!)

"레이포스 님…… 저기, 다른 사람들이 보고 있는데요."

"신경 쓰지 마. 아니, 오히려 보여주자, 너와 나를."

(그러니까 갑자기 무슨 소리를 하는 거야, 이 남자는!)

"아아, 그 젖은 눈동자도 아름답군. 내게 좀 더 보여주지 않겠어?"

왕자님은 즙이 뚝뚝 떨어지는 내 앞머리를 쓸어올린 뒤 푸른 눈동자로 내 눈을 바라보았다. 마치 빨려들듯이 나도 그를 쳐다보고 말았다.

(어쩌지? 밀쳐낼까? 왕자님한테 그런 짓을 했다가는 불경죄야! 어쩌지, 어쩌면 좋아!)

잘생긴 얼굴이 점점 다가오자 나는 패닉에 빠져 이 상황을 어떻게 해야 벗어날 수 있을지 냉정하게 판단할 수가 없었다. 그리고 내가 내린 결론은…….

"레……."

"레?"

"레비테이션!"

날아서 도망치는 것이었다.

나는 학교 건물보다도 더 높이 떠올랐다. 지상에서 상당히 멀어진 것을 확인하고서 안도했다.

"아~, 깜짝 놀랐네. 왕자님도 여기까지는 못 오겠지. 왕자님이 갑자기 왜 그러는지 모르겠네."

나는 한동안 마음을 추스른 뒤 아래를 내려다봤다. 무슨 소동이 벌어진 것 같았다. 자하와 사피나가 학생들을 말리고 있는 광경이 보였다. 왕자님은 이곳에서도 보일 만큼 얼굴을 새빨갛게 물들이고서 자기혐오에 빠진 사람처럼 몸부림을 치고 있었다.

"으으, 왕자님한테 창피를 줬다고 불경죄로 끌려가지는 않겠지?"

어쩐지 걱정이 되었다. 공중에서 이동하면서 고도를 서서히 낮췄다. 멀리 떨어진 곳에서 튜테와 마기루카가 이쪽으로 오라며 손짓을 했다. 나는 의아해하면서 두 사람 근처로 내려갔다.

(서, 설마, 그만한 일로 불경죄를 묻지는 않겠지? 애당초 왕자님이 느닷없이 이상한 짓을 해서 그런 거니까!)

나는 두근거리는 마음을 안고 스스로 변명하면서 두 사람 앞에 착지했다.

"잡아요!"

마기루카가 신호를 주자 튜테가 어디서 가져왔는지 모를 커다란 천으로 내 몸을 뒤집어씌웠다. 그러고는 꽁꽁 싸매고서 나를 끌어안았다.

(이게 뭐야? 나, 진짜 붙잡힌 거야?)

시야가 캄캄해졌다. 나는 전생 때 텔레비전에서 봤던, 얼굴을 감춘 범죄자가 경찰관에게 끌려가는 광경을 상상하면서 튜테와 마기루카가 이끄는 대로 어디론가 걸어갔다.

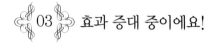

03 효과 증대 중이에요!

눈앞이 캄캄한 채로 한동안 걸었다. 이윽고 유도하던 두 사람이 발걸음을 멈췄다.

"저, 저기…… 그건 어쩔 수 없었어. 너무 갑작스러워서. 저기, 어떻게 해야 좋을지 몰라서."

초조하고 긴장이 돼서 목소리가 갈라졌다. 커다란 천을 뒤집어쓴 채로 양쪽 검지를 맞대고서 비비적거렸다.

"아무도 없어요. 이제 벗겨도 좋아요."

마기루카는 내 변명을 듣지 못했는지 그렇게 대답했다. 그러자 내 머리에 씌워졌던 천이 벗겨지더니 주변 풍경이 시야에 들어왔다. 구교사 1층에 있는 낯익은 현관이었다.

"어, 저기……."

뭐라고 말하려고 했지만, 무슨 말을 해야 좋을지 모르겠다. 마기루카는 우물쭈물하는 내 손을 잡고는 주변을 경계하며 2층 담화실, 현재 우리가 쓰는 휴게실로 데리고 갔다.

"휴우…… 일단은 괜찮아요."

방에 들어가자마자 마기루카는 문을 닫고는 한숨을 내뱉으며 긴장을 풀었다.

"아가씨, 괜찮으세요?"

내가 무슨 영문인지 모른 채 방 가운데에 우두커니 서 있자 튜테가 곁으로 다가와 걱정해주었다. 나는 주변을 두리번거렸다.

"어, 어어, 괜찮아."

"흐음…… 동성한테는 비교적 효과가 떨어지는 모양이네요."

나와 튜테의 대화를 들은 마기루카가 의미심장한 말을 했다. 나는 그쪽으로 고개를 돌리고서 갸웃거렸다.

"동성? 효과?"

"앗, 이쪽을 보고서 귀여운 몸짓을 하지 마세요. 가슴이 두근거리니까."

내가 쳐다보자 마기루카가 황급히 고개를 돌렸다. 그녀는 두 손을 앞으로 내민 채 옆으로 흔들며 시야를 가리고 있었다. 자세히 보니 뺨이 살짝 붉어져 있었다.

"무슨 소리야?"

내 몸에 무슨 이상이 없는지 확인한 튜테가 방에 비치된 수건을 가져와 내 젖은 머리카락을 닦아주었다. 그녀의 태도는 평소와 똑같았다.

"튜테는 괜찮나요?"

"전 아가씨의 매력적인 모습을 늘 봐온지라 이 정도는."

내 머리카락을 닦으면서 튜테가 마기루카의 질문에 대답했다. 그러나 나는 아직도 지금이 어떤 상황인지 전혀 모르겠다.

"저기, 무슨 소리를 하는 거야? 설명 좀 해주면 안 될까?"

머리카락을 다 닦은 튜테가 의자에 앉으라고 권했다. 내가 의자에 앉자 마기루카는 거리를 조금 두고서 의자에 앉았다.

(왜 묘하게 거리를 두는 걸까? 그 식물의 즙을 뒤집어쓰고……
헉, 혹시?)

나는 식물의 즙이라는 키워드로 최악의 사태를 상상하고 말
았다.

"혹시 나, 냄새가?"

자신의 팔에 코를 대고서 냄새를 킁킁 맡아봤지만, 악취는 나
지 않았다. 그러나 내 코가 이미 마비된 걸 수도 있으니 방심할
수는 없다.

"아뇨, 냄새는 안 나요. 그보다 더 성가신 사태가 벌어졌어요."

"무슨 뜻이야?"

"메어리 님 앞에서 터진 그 식물은 맨드레이크 군락지에서만
발생하는 아주 희소한 아종 식물이에요. 그 식물은 오랫동안 즙
을 만들어 모아두는데, 그 즙에는 강력한 매료 효과가 있죠."

"응?"

마기루카가 설명을 해줬지만, 완전히 이해하지 못했다. 나는
의아한 나머지 영애답지 않은 목소리를 내고 말았다.

"재배 기간이 길고, 또 외부 자극을 받으면 쉽사리 터져버려
서 키우기가 아주 까다로운 식물이에요. 하지만 저들은 우연히
자란 그 식물을 대대로 선배들한테서 물려받아 소중하게 키워
왔겠죠. 그걸 메어리 님이 마법으로 공격한 바람에……."

"터져버렸다 이건가……."

그들이 경악하던 얼굴이 떠올랐다.

(뭐, 자업자득이니 한 번만 봐주세요.)

"희소한 만큼 비싼 데다, 추출량도 많지 않아서 보통은 향수에 살짝 섞어서 자기 몸에 뿌리는 식으로 사용하는 건데, 설마 그만한 양을 흠뻑 뒤집어쓸 줄은……."

"자, 잠잠잠잠깐! 그럼 레이포스 님이 느닷없이 달려든 이유도……."

"예, 아마도 매료 효과 때문이겠죠."

(왜 그런 상태 이상에 걸린 거지? 무효화 스킬은? 앗, 그런가? 몸에는 별다른 해를 주지 않고 매력만 올려주니 그냥 넘어간 건가? 참 융통성 있는 스킬이네.)

사태가 조금씩 이해되기 시작했다. 나는 경악하여 고개를 푹 숙이고 말았다.

"하지만 효과가 이토록 뛰어나다는 소리는 들어본 적이 없어요. 기껏해야 이성의 마음을 두근거리게 만드는 수준이라고 들었거든요. 그런데 저조차도 두근거리게 만들다니. 앗, 매력적인 사람은 애초부터 그런 약을 쓰지 않아서 그런 건지도 모르겠군요."

동성에게는 그다지 효과가 없다고 했으면서도 마기루카는 나를 보지 않으려고 애를 쓰면서 생각에 잠겼다. 그러나 지금은 효과 따윈 아무래도 좋았다.

"이거 언제까지 이러는데?"

"보통은 몇십 분 정도 지나면 사라진다고 하는데, 효과가 아직도 이어지고 있네요. 아마도 개인차가 있는 모양이에요."

마기루카가 신음하면서 생각에 잠겼다. 그러나 나는 아연실색한 얼굴로 그녀를 가만히 쳐다볼 수밖에 없었다.

(어쩌지? 여긴 학교잖아. 남자들이 잔뜩 있다고. 어떻게 집으로 돌아가지? 아니, 이대로 돌아가도 괜찮나? 최악의 사태가 벌어지면 날아서 달아나야 하나?)

그러나 부유 마법은 단순히 몸이 공중에 뜰 뿐이지, 하늘을 날아다니는 건 아니라서 부유 마법으로 돌아다니기란 사실상 어렵다. 날아서 이동할 생각이라면 비행 마법을 쓰는 편이 단연코 빠르다. 그러나 비행 마법은 3계급 이상의 마법이라서 남들 앞에서 쓸 수가 없다.

"여하튼 전 마초약학 모임에 가서 알아보고 올게요. 아마 지금도 이 구교사에서 활동하고 있을 테니."

"나, 나도."

"메어리 님은 이곳에 계세요. 모임 구성원들을 죄다 매료시킬지도 모르니까."

"아…… 예."

모임 구성원들이 모두 여성일 리가 없다는 사실을 의자에서 일어선 뒤에야 깨달았다. 나는 침울해져 의자에 다시 앉았다. 마기루카는 뒷일을 튜테에게 맡긴 뒤 방을 나갔다. 나는 손을 가볍게 흔들어 그녀를 전송하고서 한숨을 크게 내뱉었다.

"왜 이렇게 된 거지? 난 그저 학원에서 조용히 생활하고 싶을 뿐인데."

"파란(波亂)의 신께서 아가씨께 가호를 내려주신 게 아닐까요?"

"그런 가호는 무효화시켜줬으면 좋겠어."

나는 푸념을 늘어놓으면서 심판의 시간을 기다렸다. 기다리는 동안에 효과가 다 떨어지면 좋을 텐데.

그로부터 얼마나 시간이 지났을까? 사후처리를 마친 친구들이 돌아왔다. 안전을 위해서 왕자님과 자하는 옆방으로 갔고, 할 일이 없는 사피나가 내 앞에 앉아 차를 마시고 있었다.

참고로 그 밭은 선생님에게 맡기기로 했다. 그냥 처분하기에는 아까우니 선생님의 감시를 받으면서 재배한다나 뭐라나.

"저기, 사피나, 나 어때?"

"아주 아름다워요. 가슴이 두근거려서 메어리 님을 끌어안고 싶은 충동을 억누를 수가 없습니다."

"그, 그래⋯⋯. 그 충동을 열심히 억누르도록 해."

콧김을 흥흥 내뿜으며 당장에라도 달려들 것 같은 강아지를 진정시켰다. 그러고는 나는 즙의 효과가 떨어지지 않았다는 현실에 실망하여 깊은 한숨을 내뱉었다. 동성일지라도 자제력이 약한 사람은 효과에 넘어가는 모양이다.

"그나저나 튜테한테는 아무 일도 없네. 감탄스러워. 역시 내 메이드야."

"고, 고맙습니다."

내가 진심으로 감탄하며 활짝 웃어보이자 주전자를 들고 있는 튜테의 손이 살짝 떨렸다. 나는 애써 못 본 척하기로 했다.

(미안합니다, 얌전히 있겠습니다. 아무것도 안 하겠습니다. 매력적인 몸짓을 일절 삼가겠습니다. 그러니 튜테도 열심히 참아줘.)

나는 아무도 얼굴을 보지 못하도록 고개를 숙였다. 몸을 작게 웅크려서 어떻게든 기척을 지우고자 노력했다.

그리고 몇 분 뒤.

"푸~~~핫! 아아, 죽는 줄 알았네."

"아가씨, 또 숨을 참으셨어요?"

내 머릿속에서 숨을 참아야만 기척을 지울 수 있다는 생각이 상식으로 굳어버린 모양이다. 나는 어깨를 들썩이며 헐떡거렸다.

"뭘 하고 있는 거죠?"

마기루카가 문을 연 채로 이쪽을 쳐다보고 있었다.

"마기루카!"

"큭!"

마기루카가 돌아오기를 고대하고 있던 터라 나는 고개를 들면서 무심코 활짝 웃어버렸다. 그러자 마기루카는 순식간에 뺨을 붉게 물들이더니 손으로 입을 가리며 고개를 돌렸다.

(미안합니다. 이제 난 천을 뒤집어쓰고서 모습을 감추겠습니다.)

혼이 난 강아지처럼 풀이 죽은 나는 근처에 있는 커다란 수건을 들고서 뒤집어썼다.

"그만두세요! 보호 욕구를 샘솟게 하는 귀여운 동작은 그만두라고요!"

마기루카가 외치자 그와 동시에 튜테와 사피나가 고개를 휙 돌리고는 욕구를 억제하고자 염불을 외듯 뭐라 중얼거렸다.

"왜 그래! 무슨 일이⋯⋯!"

"왕자님! 안 된다니까요!"

마기루카의 외침에 놀랐는지 옆방에서 왕자님이 고개를 내밀 었다. 그러나 방안을 본 순간 굳어버렸다. 자하는 반사적으로 왕자님을 안으로 잡아당긴 뒤 문을 닫아버렸다.

"아, 위험했다⋯⋯."

문 맞은편에서 남자들의 목소리가 들렸다. 그러나 나는 자신 이 민폐 덩어리가 된 것 같아서 울먹였다.

"시간이 지나면 효과가 옅어질 줄 알았는데, 오히려 점점 짙 어지는 것 같군요. 역시 그 이야기가 사실인 건가⋯⋯."

"무슨 소리야?"

눈물을 꾹 참은 나는 얼굴을 보이지 않도록 수건을 뒤집어쓰 고 고개를 숙인 채 말했다.

"그 아종 식물에 관한 학설 중에는 매료 효과와 지속 시간이 대상의 매력과 마력량에 비례한다는 내용이 있었어요. 메어리 님의 매료 효과가 이토록 파괴력이 강한 건 아마도 매력과 마력 량 때문인 것 같아요."

"그, 그래?"

"그나저나 메어리 님의 매력과 마력량이 대체 어느 정도길래 이만한 효과가 발휘되는 걸까요?"

사피나가 불쑥 내뱉자 나는 흠칫 놀라며 식은땀을 흘렸다.

(야단났다——! 이대로 효과가 계속되면 내 마력량이 이상하다는 사실이 들통이 날 거야!)

"바로 효과를 없애는 방법은 없어?"

"그리 말해도, 딱히 떠오르지 않네요. 내일 모임 사람들과 여러모로 조사할 작정이에요."

"그럼 지금은 어떻게 학원을 빠져나가 집으로 돌아가느냐가 문제겠군요."

시파나가 제안하자 모두 침묵했다.

"요컨대 내 모습만 보이지 않으면 되는 거잖아? 무언가로 온몸을 감추면 되지 않을까?"

"그렇죠. 매력이 전혀 드러나지 않도록 감추면 더할 나위가 없겠네요."

"그럼 그 방법밖에 없겠네."

나는 최후의 수단을 꺼내놓았다.

그리고 행동을 개시한 지 한 시간이 지났다.

"좋았어! 완벽해!"

나는 담화실에 있는 거울 앞에 서 있었다. 영애로서 다소 부끄러웠지만, 지금은 창피해할 여유가 없었다. 왜냐면 지금 나는…….

"하얀 플레이트가 아주 멋지군요."

마기루카가 어이없어하며 중얼거렸다. 그렇다, 지금 거울 앞에는 누구인지 도저히 알아볼 수 없는, 온몸에 갑옷을 두른 사람이 서 있었다.

 ## 04 지속 중이에요

"대체 뭘 가져오게 하려고 메이드를 집으로 보냈는지 궁금했는데 갑옷이었군요. 그건 대체 뭔가요?"

마기루카가 갑옷을 입은 내 모습을 물끄러미 쳐다봤다. 아까처럼 얼굴을 붉히거나 고개를 돌리지 않았다.

(좋아, 매료 효과가 사라진 모양이네.)

"재작년에 아버님이 생일 선물로 사주신 거야. 내가 공방에 발주한 검을 받고 기뻐하는 모습을 보고는 갑옷도 맞춰줄 생각으로 사주신 것 같아."

"생일 선물로 플레이트를요?"

사피나가 복잡한 표정으로 나를 쳐다봤다.

(그 마음 잘 알지. 대체 소녀한테 갑옷을 선물하는 아버지가 어디 있냐고. 나도 처음 받았을 때는 사양했어.)

"아버님께서 데오도라 님한테 내 검에 어울리는 갑옷을 똑같은 재료로 만들어달라고 의뢰했더니 데오도라 님이 이렇게 화려한 전신 갑옷을 만들어줬다더라."

"마치 이야기 속에 등장하는 백은의 기사 같네요. 완성도가 아주 높아요."

"데오도라 님도 혼신의 힘을 다한 작품이라며 만족스러워했대."

마기루카가 솔직하게 감상평을 들려주자 나는 한숨을 내쉬며 대답했다.

이 갑옷도 검에 못지않게 무척 화려했다. 검이 어떤 재료로 만들어졌는지도 모르면서 아버지가 같은 재료로 만들어달라고 부탁하는 바람에, 데오도라는 왕국 안에 있는 백색광을 깡그리 긁어모았다. 결과, 갑옷의 9할은 백색광이고, 세세한 부분은 다른 재료(그래도 미스릴보다 강한 재료)로 만들었다. 즉, 새하얗게 빛나는 비싸고 호화로운 전신 갑옷이 탄생하고 말았다.

그리고 검과 마찬가지로 내 마력을 흡수하여 지금은 평범한 갑옷보다 더 단단한, 어엿한 갑옷이 되어 있었다. 가공하기 쉬운 백색광으로 만든 덕에 파츠 하나하나가 그야말로 예술 작품이라고 할 수 있을 만큼 정교하고 멋들어졌다. 그래서 전설의 갑옷처럼 보인다는 말을 들어도 부정할 수가 없었다.

선물을 받은 뒤로 지금까지 창고에 봉인해두고 있었는데……설마 이런 형태로 봉인을 풀게 될 줄은 그 당시에는 상상조차 하지 못했다.

"자, 이제는 괜찮을 것 같으니 튜테는 레이포스 님과 자하를 불러줘."

"예."

문 근처에 대기하고 있던 튜테가 고개를 숙이고서 이 방과 이어진 문을 두드렸다. 그러고는 맞은편에 있는 남자들을 이 방으로 들였다.

""………….""

방 안으로 조심스럽게 들어온 왕자님과 자하가 내 모습을 보더니 당황해 얼굴이 굳어졌다. 틀렸나 싶었는데, 곧 표정이 다시 돌아오기에 나는 안도의 숨을 내쉬었다.

"메어리 양인가?"

왕자님이 묻자 나는 달그락거리며 숙녀의 예를 표하며 대답했다.

"예, 메어리입니다."

"음, 누군지 알 수가 없어서 그런지 두근거림이 없어졌어."

"풋! 메어리 님, 뭐야, 그 갑옷은! 전설의 검만으로는 성에 차지 않아서 전설의 갑옷까지 구한 거야? 나 참, 온몸이 전설의 용사로구만!"

마음을 쓸어내리며 안도하는 왕자님 뒤에서 자하가 자지러지게 웃었다. 나는 전설의 갑옷(웃음)을 달그락거리며 그에게 다가갔다. 주변 사람들의 눈에는 보이지 않겠지만, 얼음장 같은 미소를 지으면서 투구에 손을 가져갔다.

"레이포스 님, 죄송하지만 잠시 고개를 돌려주시겠습니까?"

"음? 아아, 그러지."

"여러분, 자하 씨가 진심으로 여자를 유혹하는 모습을 보고 싶지 않나요?"

내 의도를 알아차렸는지 여성들이 으~음, 하고 생각하기 시작했다.

"그러고 보니 자하 씨의 색기를 본 적이 없는 것 같네요. 아니,

상상도 되질 않아요."

"우후훗, 좋은 방법이에요♪ 자하가 어떻게 여자를 유혹하는지 보고 싶었는데♪"

사피나는 무언가 생각하는지 턱에 손가락을 댄 채 고개를 갸웃거리며 위를 쳐다봤다. 마기루카는 입에 손을 댄 체 짓궂게 웃고 있다. 두 사람과는 대조적으로 자하의 얼굴이 새파래졌다. 그리고 내가 투구를 벗으려고 하자 엄청난 속도로 투구를 눌렀다.

"죄송합니다! 이제 아무 말도 안 할 테니 용서해주세요. 그런 창피를 당한다면 난 몸부림치다가 죽어버릴 거야!"

나는 의기양양한 얼굴로 허리에 손을 댄 채 연신 고개를 숙이며 사과하는 남자의 모습을 내려다봤다.

"자, 괜찮은 것 같으니 오늘은 이만 돌아갈게요. 그럼 여러분 안녕히."

기분이 좋아진 나는 우아하게 예를 표하고서 방을 나갔다. 다른 사람들은 복잡한 표정으로 그 모습을 지켜봤다.

"처음에는 부끄러워서 죽고 싶었는데, 주변 사람들이 못 알아본다고 생각하니 어쩐지 대담해졌어. 혹시 나 변신 체질인가?"

"…………."

새하얀 갑옷을 두른 사람과 그 뒤를 졸졸 따르는 메이드 하나가 학원 안을 걷고 있었다. 그 모습을 본 학생들이 어리둥절한 얼굴로 쳐다봤다. 나는 그들을 아랑곳하지 않고 마차로 향했다.

(왜냐면 나인 줄 모르잖아!)

그리고 마차에 올라 집으로 돌아가던 도중에 튜테가 웃으면서 새삼스럽게 말했다.

"아가씨, 제가 곁에 있으니 갑옷 안에 있는 게 누군지 다 알아봤을걸요?"

"아, 맞다아아아아아!"

내 절규가 마차 안에서 울려 퍼졌다.

무사히 집으로 돌아간다 해도 큰 문제가 남아 있었다. 바로 아버지였다. 아버지에게 이런 모습을 보였다가는 또 학원으로 쳐들어갈지도 모르는 일이었다.

그러나 듣자 하니 다행히도 아버지께서는 오늘부터 출장을 떠나 당분간 돌아오지 않으시는 모양이었다. 마지막 걱정이 곧바로 해결되어서 나는 가슴을 쓸어내렸다.

일단 갑옷을 벗은 뒤에 튜테에게 부탁하여 내 근처에 남성 사용인들이 얼씬도 못 하도록 지시했다. 부디 내일 아침에 일어났을 때는 효과가 사라졌기를.

"아가씨, 저녁이 준비됐습니다."

방에서 고개를 숙이고 있으니 튜테가 부르러 왔다. 나는 대답을 하고서 방을 나갔다. 평소에 아버지는 바쁜 와중에도 꼭 정시에 귀가하여 저녁을 가족들과 함께 드셨다. 그러나 오늘은 어머니와 둘이서 저녁을 먹게 되었다. 어쩐지 신선한 느낌이 들어 마음이 설렜다.

식당에 도착하자 어머니께서 이미 앉아 있었다. 나는 발걸음을 재촉하여 자리에 앉았다.

"후훗, 그렇게 서두를 필요 없단다."

내 행동을 보고 어머니가 온화한 표정으로 웃었다. 나조차도 황홀해질 만큼 그 모습이 아름다워서 무심코 발을 멈추고 말았다.

(만약에 어머님이 매료 증대 효과에 걸린다면 성별의 벽 따윈 가볍게 극복하고서 온갖 사람들을 매료시킬 것 같네.)

나는 속으로 그런 생각을 하며 자리에 앉았다. 식사가 시작되자 나는 그런 어머니의 피를 물려받았다는 사실을 잊고서 무의식적으로 웃으며 학원에서 겪었던 일들을 즐겁게 이야기했다. 여러 여성 사용인들이 손으로 입을 가린 채 식당에서 나가버렸지만, 나는 전혀 눈치채지 못했다.

그리고 식사를 끝마치고 담소를 나누던 도중에 어머니가 자리에서 일어나시더니 내 곁으로 다가오셨다. 나는 어머니의 눈이 수상쩍게 반짝이고 있다는 걸 보고서야 비로소 이상하다는 걸 눈치챘다.

"후훗, 귀여운 내 메어리. 오늘은 유난히 더 귀엽구나. 보석함에 넣어두고 싶을 정도야."

"어, 어머님?"

어머니가 내 은색 머리카락을 쓸어올리며 사랑스럽게 바라봤다. 그 모습이 어찌나 요염한지 이 세계의 남성들을 단번에 함락시킬 수 있을 것 같았다. 그러나 나는 사태가 이상하게 흘러가고 있음을 깨달았기에 그 모습을 안심하고 감상할 수가 없었다.

"메어리, 학원은 즐겁니?"

"아, 예, 어머님."

"그래, 다행이구나. 차담회에 참석한 부인들이 들려주는 네 활약담을 들으니 어찌나 자랑스럽던지."

아직도 어머니는 내 머리카락을 만지작거렸다. 나는 위험을 느끼는 한편, 어머니의 입에서 나온 뜻밖의 말을 듣고 놀라워했다.

(내 활약담? 내가 모르는 곳에서 또 바람직하지 못한 소문이?)

"앞으로도 옆에서 전하를 보좌해드리렴."

"아, 예, 어머님."

어머니가 무슨 뜻으로 그런 말을 했는지 나는 제대로 이해하지 못했다. 아니, 그보다는 당면한 위험 때문에 한시라도 빨리 이곳에서 달아나고 싶은 생각뿐이어서 그저 건성으로 대답했다.

"아가씨, 목욕물이 준비됐습니다."

"아, 알겠어."

내 심정과 어머니의 상태를 눈치챈 튜테가 적절한 순간에 동아줄을 내려주었다. 나는 환하게 웃으며 튜테를 보고 대답했다. 그런데 그 순간 그녀가 내 시선을 피하듯 고개를 돌려버렸다.

"그, 그럼 어머님. 전 물러나도록 하겠습니다."

어머니가 아쉬워하며 내 머리카락에서 손을 뗐다. 나는 도망치듯이 식당을 나갔다.

(아~ 진~ 짜~, 이 성가신 효과가 빨리 없어지면 좋겠는데!)

다른 사람들이 본다면 사치스럽다고 할 수도 있는 고민에 골머리를 앓으며 나는 푸념을 내뱉었다. 소용없다는 걸 알면서도 평소보다 더 공을 들여 몸을 닦아달라고 부탁했다.

그리고 이튿날.

내 바람은 허무하게도 이루어지지 않았다. 매료 증대 효과는 사라지지 않았다.

나는 전신에 갑옷을 두른 뒤 마차를 타고 학원으로 향했다.

"효과가 사라지기를 기다리는 건 이제 포기하자. 이 문제를 어서 스스로 해결해야 해!"

"맞아요, 아가씨. 아주 장하세요!"

나는 갑옷에 싸인 주먹을 불끈 쥐고서 효과가 자연스럽게 사라질 거라는 희망을 버렸다. 스스로 효과를 없애는 방법을 찾을 수밖에 없다. 내가 단단히 마음을 먹자 튜테가 응원해주었다.

"부탁해, 마기루카! 제발 해결책을 찾아줘!"

"아, 아가씨……."

그리고 곧바로 모든 기대를 마기루카에게 떠넘기자 튜테가 어이없다는 눈으로 쳐다봤다.

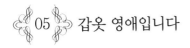 05 갑옷 영애입니다

"안녕하세요. 마기루카."

학원에 도착해 아레이오스 담화실에 들어갔다. 의자에 앉아 복잡한 표정으로 책을 읽고 있는 마기루카에게 나는 평소처럼 숙녀의 예를 표하며 인사했다.

"안, 안녕하세요. 메어리 님……."

마기루카가 뭐라 형언할 수 없는 미묘한 표정으로 인사했다. 나는 턱에 손가락을 대고서 고개를 갸웃거렸다.

"왜 그래?"

내가 움직이자 갑옷이 덜커덕 맞부딪치는 소리가 들렸지만 신경쓰지 않았다.

"아뇨, 온몸에 갑옷을 두르고서 소녀처럼 움직이니 위화감이 엄청나다 못해 공포가 느껴졌을 뿐이에요……."

"하지만 말이야……. 몸에 밴 습관을 갑자기 바꾸는 건 어렵다고."

나는 입가를 가리고 키득키득 웃었다. 그리고 튜테가 의자를 가져오자 그대로 우아하게 앉았다.

(음, 전신 갑옷이 몸에 잘…… 맞을 리가 없지. 알고는 있지만 고칠 수가 없어.)

이건 모두 어렸을 적부터 받은 교육 때문이다. 영애로서의 행동거지가 습관처럼 몸에 밴 것이다. 갑옷 차림에 어울리도록 기사처럼 행동하는 게 맞겠지만, 기사를 관찰한 적이 없어서 잘 모르겠다.

"……그 차림으로 학원에 왔다는 건 효과가 사라지지 않았다는 의미겠군요. 어제 할아버님…… 학원장께 설명을 해뒀으니 선생님들도 이해해주실 거예요. 그 모습으로 학원을 돌아다녀도 괜찮을 겁니다."

"고마워, 마기루카. 역시 친구는 사귀어두고 볼 일이네♪ 그런데 효과가 사라지기를 기다리는 건 포기해야 할 것 같아. 효과를 없애는 방법을 찾고 싶은데 뭐 없을까?"

나는 일 처리가 빠른 마기루카에게 고마움을 표한 뒤 본론을 꺼냈다.

"……아직 뾰족한 수가 없어요. 애당초 그런 효과를 없앴다는 사례조차 없어서……."

마기루카가 한숨을 섞으며 대답했다.

뭐, 지극히 당연한 소리다. 자신의 매력을 끌어올리고 싶은 사람이 그 효과를 없애고 싶어 할 리가 없지. 더욱이 효과가 이토록 대단했던 사례가 없는 것도 이유 중 하나일 것이다. 그러나 이대로 손을 놓고 기다릴 수만은 없다. 이대로 있다간 사람들이 내 마력이 이상하다는 걸 눈치챌 것이다.

"그래……? 아쉽네."

나는 의자에 앉은 채로 어깨를 움츠렸다. 두 손을 허벅지 사이에 집어넣고서 고개를 푹 숙였다. 만약 옆에서 봤다면 위화감이 엄청났을 테지. 그러나 투구 때문인지 시야가 좁아져서 주변 상황이 잘 보이지 않았고, 덕분에 주변 시선도 그다지 신경 쓰이지 않았다.

"선생님과 상담하며 여러모로 생각해볼게요. 그때까지는 갑옷을 입고서 참아주세요."

"어, 알고 있어. 해결책을 찾을 때까지 나, 갑옷…… 영애? 로서 힘낼게!"

"아뇨, 그건 힘을 낼 필요가 없어요."

내가 투구를 쓴 채 콧김을 내뱉으며 주먹을 불끈 쥐자 그녀는 한숨을 크게 내쉬었다.

"그럼 오늘은 폭렬 마법을 실습하겠습니다."

그랜드 마스터인 프리드 선생님이 온화하고 상냥한 목소리로 학생들에게 말했다.

우리는 마법을 실습하기 위해 돔 형태의 훈련장에 모여 있었다.

제각기 다른 옷을 입고 있는 학생들 사이에서 유난히 눈에 띄는 갑옷 영애가 있었다. 모두 그 영해를 힐끔힐끔 쳐다보고 있지만, 당사자는 신경 쓰지 않고 있었다.

민감하게 받아들이면 지는 것 같은 기분이 들어서 당당하게 굴기로 했다. 선생님도 학원장에게서 이야기를 들었는지 처음에 만났을 때만 약간 움찔거렸을 뿐, 그 뒤로는 그냥 못 본 척하고 있었다.

"초급 공격 마법이긴 하지만, 거리나, 방향을 정확하게 파악해서 사용해야 하는 지극히 어렵고도 위험한 마법이니 한 사람씩 실습하기로 합시다. 자, 줄을 서도록."

프리드 선생님이 말하자 우리는 대답을 하고서 줄을 서기 시작했다. 그러는 동안에 선생님은 우리 앞에 허수아비처럼 생긴 표적을 설치했다.

"그럼 시작해볼까?"

한 사람씩 선생님의 지도를 받으며 마법을 발동시켰다. 선생님이 아까 말했듯이 목표물을 정확하게 잡기 어려운지 모두 엉뚱한 방향에서 폭발을 일으킬 뿐, 허수아비 앞에서 폭발을 일으킨 사람은 없었다. 참고로 잘생긴 선생님이 달콤하게 속삭이며 자세를 교정해주자 스르르 녹아내린 영애도 있었다.

"버스트!"

콰아아아아아아앙!

마기루카가 힘차게 외치자 폭발에 휩쓸린 허수아비가 날아가 버렸다.

"음, 훌륭합니다. 역시 마기루카 양이군요."

선생님의 칭찬에 주변에서 오오~ 하고 환호성이 울렸다. 기분이 좋아진 마기루카는 뒤에 서 있는 나를 보면서 자리를 양보해주었다. 마치 '어때요? 당신도 할 수 있나요?' 하고 도발하는 것처럼 보였다.

(좋아요. 그 도전 받아주겠어요. 이 갑옷 영애, 기사로서 멋지게 표적을 부숴주겠어요.)

나는 마치 기사(?)라도 된 양 앞으로 나섰다. 그러고는 전설의 검(웃음)을 우아하게 뽑고는 그대로 찌르는 자세를 취했다.

"메, 메어리 양?"

내가 전투태세를 취하자 프리드 선생님이 당황하며 물었다.

"갑옷 영애, 메어리! 갑니닷!"

나는 마음만은 애니메이션 속 기사(?)가 되어 외쳤다. 솔직히 처음에는 장난이었는데, 시간이 흐를수록 기사 흉내가 재밌어졌다.

나는 자세를 낮추어 표적을 향해 단숨에 달려들고는 전설의 검(웃음)으로 허수아비의 가슴을 찔렀다.

"버스트―――!"

검으로 찌른 순간 나는 그 끝에서 폭렬 마법을 발동시켰다.

콰아아아아아아아앙!

허수아비가 안에서부터 무참하게 폭발하여 산산이 흩어졌다.

나는 그 여운을 즐기면서 검을 천천히 한 번 휘두른 뒤 우아하게 검집에 넣었다.

"아…… 음…… 훌륭합니다. 마법사답지 않은 것 같은 기분이 들기는 합니다만……."

프리드 선생님은 약간 복잡한 표정을 지으면서도 웃음을 거두지 않고 나를 칭찬해주었다. 나는 선생님에게 숙녀의 예를 표했다. 마기루카는 그 광경을 보고는 뺨에 손을 댄 채 못 말리겠다는 표정을 지었고, 다른 학생들은 아연실색한 채로 굳어버렸다.

(왠지 기사의 즐거움…… 아니, 마음가짐이 뭔지 알 것 같아.)

그 뒤로 나는 들뜬 마음으로 수업을 받았다. 그리고 수업을 마칠 즈음에 아주 좋은 마법의 단어를 찾아냈다. 그것은…….

"대단해요, 메어리 님! 그렇게 빠른 몸놀림은 본 적이 없어요."

"후후후훗, 모두 이 갑옷 덕분이에요."

"그 마법을 그토록 정확하게 발동시킬 수 있다니 역시 메어리 님입니다."

"후후훗, 모두 이 갑옷 덕분이에요."

수업을 마치고 담화실에서 클래스 영애들과 담소를 나누다가 아주 편리한 단어를 찾아냈다.

그렇다. 까불다가 일을 저지르면 무조건 갑옷 덕분이라고 둘러대면 된다는 사실을 알아낸 것이다.

갑옷이 척 봐도 호화롭고 신비롭게 생긴 데다가 백색광 덕분에 마력이 밖으로 흘러나오고 있으니 누구나 보통 갑옷과는 다르다고 생각하고 있을 터. 더불어서 왕국 최고의 대장장이인 데 오도라가 혼신의 힘을 다해 만든 작품이다. 일을 저지를 때마다 갑옷 덕분이라고 말하자 다들 내 말을 믿어주었다.

(대단해! 남의 시선을 신경 쓰지 않고 마음대로 움직일 수 있어서 쾌적한 데다 무슨 일이 있을 때마다 갑옷 덕분이라고 말하면 되니 편안하기까지! 앞으로 갑옷 영애로 살아도 괜찮을지도 모르겠는데?)

나는 신나는 마음으로 다음 수업을 들으러 갔다. 그러나 시간이 지나자 그 생각이 어설펐음을 깨달았다.

모든 수업을 마친 나는 구교사 담화실에 홀로 틀어박혀 투구를 난폭하게 벗었다.

"더워! 푹푹 찐다고! 욕조에 들어가고 싶어!"

"그렇죠~."

내가 내던진 투구를 주워든 튜테가 무언가 깨달은 얼굴로 맞장구를 쳐주었다.

"게다가 용변을 볼 때도 성가시고, 물을 마실 때도 성가셔! 밥도 제대로 먹을 수가 없고, 홍차도 마실 수가 없잖아아아아! 끄으으~~~!"

나는 튜테밖에 없는 실내에서 의자에 앉아 팔과 다리를 마구

143

휘저으며 투정을 부렸다. 그럴 때마다 갑옷이 덜커덕거렸다.

"빨리 문제를 해결해야 해."

"갑옷 영애로 살아도 괜찮겠다고 말씀하시지 않았나요?"

튜테가 내 투구를 닦으면서 어이없다는 눈으로 쳐다봤다. 나는 말문이 막혀버렸다.

"어험……. 난 공작 영애야. 웃기지도 않은 갑옷 영애로서 살아갈 수는 없잖아."

"그렇죠. 아가씨, 조금만 더 참으세요."

"그래, 고마워……. 튜테…… 어푸!"

내가 변명하자 튜테가 웃으면서 격려해주었다. 내가 무심코 촉촉한 눈동자로 쳐다보자 튜테가 들고 있던 투구를 다짜고짜 씌웠다.

(아마 한계였겠지. 미안, 튜테.)

내가 투구를 똑바로 쓰는 사이에 누군가 문을 두드렸다. 튜테가 대응하러 나갔다.

"마기루카 님을 비롯한 일행분들께서 오셨어요."

나는 갑옷 상태를 확인한 뒤 튜테에게 들여보내라고 말했다. 마기루카가 방 안에 들어오자마자 기뻐하며 말했다.

"메어리 님, 효과를 없앨 방법을 찾아냈어요!"

그 말을 듣고 나는 마음속으로 만세를 외쳤다. 그리고 신께 감사를 드렸다.

06 그거 진담인가요?

평소 멤버 틈에 섞여 여학생 한 명이 잔뜩 긴장한 얼굴로 책을 품에 들고 담화실에 따라 들어왔다. 내가 투구 너머로 보면서 낯익은 얼굴인데 하고 생각하고 있자니, 내 시선을 눈치챘는지 그녀가 황급히 인사했다.

"아, 안녕하세요, 메어리 님. 지난번에 신세를 졌습니다."

고개를 연신 숙이며 황송해하는 모습을 보고 있자니 그녀가 지난번에 상담하러 왔던 여학생이라는 걸 떠올릴 수 있었다. 그날 잠깐 만났던 게 전부라 기억이 흐릿했던 모양이다.

전생 때도 그랬는데, 나는 타인과 접할 기회가 적었던 탓인지 사람 얼굴을 외우는 게 조금 서툴렀다.

(조금이야, 조금. 시간을 두고 곰곰이 생각해보면 아마 이름도 떠올……릴 수…… 있겠지?)

스스로 말해놓고도 어쩐지 자신이 없어졌다.

"아가씨, 마초약학 연구회 소속의 피네르 님입니다."

"…………."

내가 아무 말도 하지 않고 가만히 있자 튜테가 귓속말을 했다.

(큭, 우수한 메이드랑 같이 있으면 멍텅구리 아가씨가 될 것 같아.)

튜테에게 작은 목소리로 고마움을 표하고서 나는 갑옷을 입은

채로 가볍게 예를 표했다. 그러고는 그녀에게 의자에 앉으라고
권했다.

"이 사태를 해결할 방법이 있다고 했죠?"

그러자 마기루카는 대답 대신에 피네르를 쳐다봤다. 나도 그
시선을 쫓아 그녀를 쳐다봤다. 모두의 시선이 집중되자 피네르
는 긴장한 얼굴로 가져온 책을 탁자 위에서 허겁지겁 펼쳤다.

"어, 그게 말이죠. 맨드레이크를 조사해봤더니 아종에 관한
흥미로운 기술(記述)을 발견했습니다. 메어리 님이 뒤집어쓴 액
체는 그 아종 식물의 꽃에서 나온 거예요."

"오호~ 그래?"

"다들 아시겠지만, 맨드레이크 재배는 원래 뿌리가 목적이에
요. 맨드레이크 뿌리는 마력이 풍부해서 영양도 만점이고, 맛도
좋아 다양한 요리에……."

"저기, 피네르 씨, 이야기가 옆길로 샜어요."

이야기가 탈선하자 마기루카가 곧바로 궤도수정을 해주었다.
피네르는 얼굴을 붉히고서 사과하기 시작했다.

"죄, 죄송합니다. 내 정신 좀 봐."

"괜찮아요. 그래서 맨드레이크 뿌리가 어쨌다는 거죠?"

나는 사과하는 피네르를 다독이면서 어서 말하라고 재촉했다.

"예? 아, 조림으로 먹는 게 가장 좋지만, 개인적으로는 계란과
함께 삶아서……."

"요리 얘기를 말고, 효과를 없애는 방법 말이에요."

그녀가 바보 같은 소리를 하자 무심코 갑옷 영애가 딴죽을 걸었다.

"죄, 죄송합니다! 어, 저기, 맨드레이크 뿌리는 만병통치약이라고 부를 만큼 뛰어나 다양한 약으로 만들어 쓰고 있죠. 맨드레이크 아종도 매료 효과 때문에 꽃을 주로 쓰고 있을 뿐, 뿌리를 못 쓰는 건 아니에요. 평범한 맨드레이크처럼 약으로 쓸 수도 있죠. 다만 평범한 맨드레이크에 비해 효능이 떨어지고, 쓸데없이 커다랗기만 해서 굳이 쓰는 사람이 없을 뿐입니다."

피네르가 속사포처럼 말하고서 호흡을 가다듬기 시작했다. 튜테가 물이 담긴 컵을 내밀자 그녀는 고맙다고 인사한 뒤 단숨에 비웠다.

"흠흠, 그래서?"

"그 아종의 뿌리 말인데요. 아무래도 그걸 쪄서 마시면 꽃의 효능을 중화시킬 수 있는 모양이에요. 다만, 매료 효과를 굳이 없애려고 하던 사람이 없었기 때문에 학회에서도 무시했고, 그 탓에 뿌리의 효과가 그다지 알려지지 않은 거죠. 전문가들 사이에서도 잘 전해지지 않아서 그런지 중화 작용의 내용이 나오는 책도 학원에 이 책 한 권뿐이었어요. 그나마도 보충 설명 수준이라서 아무도 몰랐던 모양이지만요……. 이, 이상입니다!"

긴장한 탓에 피네르가 단숨에 말을 쏟아내고는 숨을 헐떡거렸다.

"그 맨드레이크의 뿌리가 아직 있으려나?"

"그 사건 이후로 선생님이 관리를 맡고 있으니 곧바로 처리하지는 않았겠지만, 피네르 씨의 이야기대로라면 쓸모없다고 처분했을지도 모르겠군요."

내가 마기루카에게 다급하게 묻자 모호한 대답이 돌아왔다.

맨드레이크가 귀하다고는 하지만 무단으로 재배했기에 학원 측에서는 제재를 가할 수밖에 없는 상황이었다. 더욱이 내가 밭 주변을 조금 태우기도 했고, 아종의 꽃 부분도 터져버렸으니 이미 뿌리를 치워버렸을 가능성도 컸다.

(모처럼 찾아낸 광명을 빼앗길쏘냐!)

"선생님이 처분하기라도 하면 큰일이에요. 당장 캐러 가죠!"

내가 다급하게 일어서자 모두 고개를 끄덕이고서 내 뒤를 따랐다.

우리는 방을 나가 그 밭으로 향했다.

초조한 마음을 억누르며 밭으로 향하자 선생님과 학생들이 밭 안에서 언쟁을 벌이고 있었다. 맨드레이크를 재배했던 남학생들이 프리드 선생님에게 뭔가 부탁하고 있는 듯했다.

"무슨 일입니까?"

왕자님이 온화하게 웃으면서 곤혹스러워하는 프리드 선생님에게 말을 걸었다. 모두 왕자님을 보고는 언쟁을 일단 멈추었다. 프리드 선생님이 덕분에 살았다는 표정을 지었고, 남학생들은 이제 끝났다는 표정으로 고개를 숙였다.

"그게, 밭을 처리하려고, 특히 불필요해진 아종의 뿌리를 캐내서 처분하려고 했더니 이 학생들이 그것만은 안 된다며 울며불며 매달려서…….."

선생님이 차분한 목소리로 현 상황을 왕자님에게 설명했다. 나는 그 말을 듣고 전율했다.

(아, 위험했다. 오늘이 아니라 내일 왔다면 뿌리가 처분됐을 거야.)

"부탁드립니다, 선생님. 꽃 부분은 사라져버렸지만, 뿌리만 무사하다면 훗날 또 열매를 맺을 수가 있습니다. 뿌리를 처분한다면 그 꿈도 꺾이게 될 겁니다!"

남학생들이 우리에게 들리도록 큰소리로 애원했다.

"당신들, 선생님을 아주 잘 말려줬습니다. 고마워요."

그 애원을 듣고 반응한 사람은 마기루카였다. 그녀가 고맙다고 인사하자 학생들은 물론 프리드 선생님마저도 놀라워했다.

"크, 클래스 마스터."

뜻밖의 말을 듣고 은근히 기뻐하는 남학생들을 힐끔 보고서 마기루카는 고개를 끄덕였다. 남학생들은 클래스 마스터가 자신들의 행동을 지지하는 줄 알고 좋아했다.

"제때 와서 다행이네요. 자, 자하! 어서 캐세요!"

"""으에에에엑!"""

기대 어린 눈으로 쳐다봤던 클래스 마스터의 무정한 선언과 함께 그들은 지옥으로 떨어져버렸다.

"이봐, 잠깐. 맨드레이크를 뽑으면 의식이 혼탁해지거나 기절할 수도 있다며? 그런데 그걸 나더러 캐라고?"

마기루카가 너무나도 당연하다는 듯 부탁하자 자하는 아무 생각 없이 맨드레이크 아종에 다가가다가 도중에 발걸음을 멈추고서 마기루카를 째려봤다. 나와 사피나, 프리드 선생님은 양팔을 벌리며 남학생들을 뒤로 물렸는데, 남학생들이 왠지 내 갑옷 차림에 겁을 먹은 것 같았다. 튜테와 피네르, 왕자님은 반대쪽에서 두 사람을 지켜보고 있었다.

"아, 그랬죠. 앗, 위험하니 전하께서는 뒤로 더 물러나 주세요."

"이봐! 내 얘기 좀 들어!"

(나도 그렇긴 하지만, 마기루카도 자하를 막 다루네…….)

자하의 말을 무시하고서 일을 진행하는 마기루카를 쳐다보면서 나는 투구를 쓴 채 탄식했다.

"저기, 내가 할까? 이 갑옷이라면 괜찮을 것 같은데."

내가 갑옷에 그런 효과가 없는데도 거짓말을 하면서까지 손을 들고 교대하려고 하자…….

"아뇨! 메어리 님은 가만히 있으세요!"

"맞아! 일이 더 귀찮아질 바에야 차라리 내가 하겠어!"

마기루카와 자하가 엄청난 기세로 내 제안을 거절했다. 아주 진지한 얼굴로…….

(이봐요, 그 반응은 뭔가요? 마치 내가 무슨 트러블 메이커인 줄 아나. 그야, 이 소란을 일으킨 장본인이 내가 맞긴 하지만······.)

나는 두 사람의 반응에 약간 충격을 받았다. 내가 침울해하며 갑옷에 싸인 양쪽 검지를 맞대고서 비비적거리자 남학생들이 미묘한 표정을 지었다. 그러나 나에게는 그걸 신경 쓸 겨를이 없었다. 사피나가 그런 나에게 "다들 메어리 님을 걱정해서 그런 거예요" 하고 위로해주었다.

"자하는 신경이 둔감하니 괜찮아요. 빨리 뽑아주세요."

내 행동을 바라보며 한숨을 내쉰 마기루카가 자하를 재촉했다. 뒤에서 학생들이 "제발——!" 하고 작은 목소리로 호소했지만 못 들은 척했다.

"윽, 뽑으면 되잖아, 뽑으면."

뭔가 석연치가 않은 눈치였지만 자하는 땅 위로 나온 줄기를 두 손으로 쥐고서 감촉을 확인했다. 아종은 평범한 맨드레이크와 달리 두 배 정도 컸다. 혼자서 뽑기에는 힘들어 보였다.

"하나~ 둘~ 셋!"

자하가 숨을 멈추고 다리를 벌린 채 온몸에 힘을 주며 맨드레이크 뿌리를 뽑으려고 했다. 모두 자연스럽게 귀를 막고서 긴장한 얼굴로 사태를 지켜봤다.

"으으으으윽! 이, 이건 안 되겠어!"

갑자기 자하가 진지한 얼굴로 땅바닥에 묻혀 있는 아종을 쳐다봤다.

"왜 그래요?"

자하가 이상한 반응을 보이자 마기루카가 진지한 얼굴로 물었다. 이 일대에 긴장감이 흘렀다.

"도저히 안 뽑혀!"

"""하아…………."""

여러 사람의 한숨이 한꺼번에 새어 나왔다. 나도 그중 한 사람이지만…….

"그래도 소르오스의 클래스 마스터잖아요? 근성을 좀 보여봐요!"

나는 자하의 자존심을 건드렸다.

"아니, 무리야. 억지로 더 당겨봐야 허리가 먼저 나갈 거라고. 누가 좀 도와줘."

내가 자존심을 자극했는데도 소르오스의 클래스 마스터는 근성 없이 태연하게 말했다. 사피나마저 기가 막힌다는 얼굴로 그를 쳐다봤다.

"그럼 내가——."

"전하는 가만히 계세요."

"맞아요! 여긴 저희에게 맡겨주세요."

왕자님이 곤혹스러워하면서 자하에게 다가가려고 하자 마기루카와 내가 앞으로 나와 막았다.

"그럼 둘이서 해. 마기루카와 함께 있으니 메어리 님도 일을 저지르지는 않겠지."

그 근성 없는 남자는 아종에서 손을 떼고 일어선 뒤 앞으로 나선 우리와 교대하듯 왕자님 곁으로 걸어갔다. 덩그러니 남겨진 금발 롤머리 소녀와 새하얀 갑옷 영애는 서로의 얼굴을 바라보며 어쩌면 좋을지 고민했다.

"역시, 내가――."

""아뇨, 저희에게 맡겨주세요!""

우리는 반쯤 자포자기한 심정으로 외친 뒤 원한을 담아 자하를 노려봤다. 자하는 그 시선을 회피하고자 반걸음 물러서 왕자님 뒤에 숨어버렸다.

"어쩔 수 없군요. 메어리 님. 둘이서 하죠."

"응."

"미리 말해 두는데, 쓸데없는 짓은 하지 말아주세요. 시키는 대로만 움직이는 겁니다. 아시겠죠? 이상한 생각 따윈 하지 마세요. 절대로, 절대로예요!"

(왜 이렇게 거듭 주의를 주는 거야? 뭔가 다른 이유라도…… 헉! 이건 설마.)

그때 내 머릿속에서 쓸쓸한 기억 하나가 되살아났다.

"아가씨, 투구에 얼룩이."

다 함께 휴식을 즐기고자 이동하던 도중에 튜테가 나를 보면서 그런 말을 했다.

"어, 어디, 어디?"

나는 얼룩이 보일 리가 없는데도 고개를 좌우로 돌리며 확인하려고 했다.

"아뇨, 대단찮은 얼룩이지만 어쩐지 신경이 쓰여서요. 닦아드릴게요."

"그래? 그럼 잘 부탁해~."

나는 그렇게 말하고서 투구에 손을 댔다. 투구를 넘겨주면 더 수월하게 닦을 수 있겠다 싶어서 그런 건데, 그 순간 주변에 있던 마기루카, 사피나, 자하, 왕자님이 황급히 멀어졌다.

그들의 노골적인 행동을 보고 나는 투구에 댔던 손을 내렸다. 그러고는 그대로 굳어버렸다.

"미안하지만, 이대로 닦아줄래?"

"예, 그럼 실례하겠습니다."

튜테가 닦기 쉽도록 나는 몸을 살짝 숙였다. 그러자 다들 안도하며 곁으로 돌아왔다.

"음~ 좀처럼 잘 안 닦이네요."

"수업 중에 마법 실습이나 실험을 하다가 갑옷 차림이라 미처 피하지 못하고 뭐가 묻은 건가? 역시 투구를 벗을까?"

튜테가 인상을 찡그리며 힘겹게 투구를 닦자 나는 다시 투구에 손을 댔다. 그러자 모두 또다시 뒤로 물러났다.

"아뇨, 벗으실 필요 없어요."

"그래?"

투구에서 손이 떨어지자 다시 모두 돌아왔다.

"으~음, 아, 여기도 작은 얼룩이."

"역시 벗을까?"

투구에 또 손을 대자 모두 나에게서 멀어졌다.

"아뇨, 안 벗으셔도 돼요."

"그래?"

투구에서 손을 떼자 다들 돌아왔다. 어쩐지 미안한 마음이 들었다.

"예, 깨끗해졌습니다. 수고롭게 해서 죄송합니다."

튜테가 안도한 얼굴로 나를 비롯한 모두에게 사과했다. 나는 위치를 조정하고자 투구를 살짝 움직였다.

"나 참, 메어리 님이 무슨 행동을 할 때마다 조마조마하다니까. 투구를 벗을 거면 차라리 확 벗어버려."

긴장했는지 자하가 한숨을 내뱉으며 나에게 푸념을 했다.

"튜테가 안 벗어도 된다고 했는걸."

나는 투구를 쓴 채로 토라졌다.

"아니, 아니, 그걸 진담으로 받아들이면 어떡해. 눈치가 없네♪ 메어리 님."

자하는 반쯤 농담으로 말했을 테지만, 나는 엄청난 충격을 받았다.

(쿠~웅! 눈치 없는 녀석한테 눈치가 없다는 소리를 듣다니이

이이!)

　힘이 쭉 빠진 나는 고개를 푹 숙인 채 양쪽 검지를 맞대고서 비비적거렸다.

　"미안, 튜테. 눈치가 없는 갑옷 영애라서……."

　"아, 괜찮습니다, 아가씨. 개의치 마세요."

　내가 침울해하자 튜테와 사피나가 위로해주었다. 마기루카는 싸늘한 눈빛으로 자하를 째려보았다. 왕자님은 나를 달래주었다.

　(여자는 진짜 싫어서 싫다고 말하는 게 아니라는 말도 있고 말이야. 나, 이제부터는 눈치 빠른 여자가 되겠어!)

　나는 마음속으로 결의했다.

　(그래, 이건 그때의 리벤지야! 마기루카는 내게 리벤지를 할 기회를 준 거야. 그래서 그렇게 신신당부를 한 거지. 고마워, 마기루카. 나, 이번에야말로 눈치 빠른 갑옷 영애가 될게.)

　나는 갑자기 의욕이 샘솟아 마기루카를 쳐다봤다.

　(마기루카가 쓸데없는 짓을 하지 말라고 신신당부를 했다는 건 다시 말해서 여자는 진짜 싫어서 싫다고 말하는 게 아니라는 논리로 해석한다면 어떻게든 하라는 뜻이야! 알았어, 마기루카!)

　내 머릿속에서 딴죽이 빗발칠 것 같은 초논리가 전개되었다.

그러나 안타깝게도 내 머릿속에는 나를 말릴 수 있는 사람이 아무도 없었다.

(어떻게든 하라고? 아, 그리고 보니 전생 때 무언가를 하지 말라고 신신당부를 했는데도 끝내 실행하고 마는 콩트를 본 것 같은 기억이……. 헉! 혹시 마기루카는 나더러 사람들을 웃기라는 건가?)

초논리가 거듭 이어졌다. 이제는 아무도 말릴 수가 없다.

07 맨드레이크가······

(내가 뭘 할 수 있을까? 내게 개그 센스가 있나? 아니, 없어! 어쩌지? 마기루카의 기대에 부응해야만 하는데. 생각하는 거야, 메어리!)

나는 깜짝 놀랄만한 서프라이즈를 보여주고자 지혜를 짜내면서 마기루카가 시키는 대로 그녀의 등 뒤로 돌아갔다. 내가 맨드레이크 아종에 직접 손을 대면 무슨 일이 벌어질지도 모르기에 배려해준 것인데, 나는 그녀의 그런 속내를 전혀 알아차리지 못했다. 나는 그저 좋은 방법이 없을지 생각하면서 묵묵히 작업에 들어갔다.

"그럼 제가 뽑을 테니 메어리 님은 뒤에서 절 거들어 주세요. 알겠죠? 거들기만 하는 거예요. 쓸데없는 짓은 하지 말아 주세요."

마기루카가 또다시 나에게 '눈치'를 주었다.

"아, 응······, 알고 있어."

(내가 뒤에서 그녀를 안아 당기기만 하면······. 뭔가, 뭔가 좋은 방법이 없을까? 당긴다? 당겨 올린다······.)

내가 뒤에서 마기루카의 옆구리를 잡았을 때, 마치 하늘의 계시처럼 어떤 생각이 번뜩 떠올랐다.

(헉! 그러고 보니 마기루카는 높은 곳을 싫어하지. 좋았어, 맨

드레이크와 함께 마기루카도 뽑아버리자! 이른바 높디높은 하늘 작전♪ 우후후, 마기루카가 깜짝 놀라겠네♪)

나는 투구를 쓴 채로 방긋 웃었다. 그러고는 그녀의 몸을 잡고 있던 손에서 힘을 풀었다. 그녀를 뽑아 올리려면 힘을 줘야만 하겠지만, 내 힘은 상식에서 벗어났기에 자칫 힘을 과도하게 주었다가는 일을 저지를 수도 있다. 그게 무서워서 손에서 힘을 뺄 것이다.

"그럼 갈게요!"

"응, 준비됐어."

마기루카가 말하자 나는 호응했다.

"하나~ 두——꺄악!"

마기루카의 목소리에 맞춰서 나는 힘을 살짝 주어 그녀의 몸을 단숨에 안아 올렸다.

(응? 마기루카의 목소리가 뭔가 이상하지 않았나?)

상체를 일으킨 나는 위화감을 느끼면서 두 팔을 높이 들어 올렸다. 햇살이 눈 부셔서 눈을 가늘게 떴다.

(어라? 왜 햇살이 보이지? 마기루카의 몸에 가려져 안 보여야 하는데?)

아무리 두 팔을 보아도 그곳에 마기루카는 없었다.

"어라?"

나는 상황을 파악하지 못한 채 두 팔을 내리고서 손을 쳐다봤다. 순간 머릿속에서 최악의 상황을 떠올린 나는 황급히 하늘을 올려다봤다.

"꺄아아아아아아아!"

"봬에에에에에엑!"

머나먼 상공을 나는 점이 하나 있었다.

그곳에서 소녀의 절규와 맨드레이크의 비명이 뒤섞여 울려 퍼지고 있었다.

"마기루카아아아아!"

나는 절규하면서 목표물을 응시했다. 그러고는 떨어지는 그녀를 받아내고자 엄청난 기세로 물러섰다.

예, 오랜만에 실수를 저질렀습니다!

몸을 느슨하게 잡고서 획 들어 올린 바람에 맨드레이크를 뽑던 그녀의 몸이 허공으로 날아가 버린 것이다.

"윈드!"

프리드 선생님이 초조한 표정을 지으며 외치자 마기루카 아래에서 회오리가 솟구쳐 낙하 속도를 줄였다. 나는 천천히 떨어지는 마기루카의 몸을 어떻게든 받아냈다.

"캐치! 어서와, 마기루카."

"~~~~~~~!"

갑옷에 싸인 품 안에서 공주님처럼 안겨있는 마기루카를 들여다보니 그녀는 울먹이면서 얼굴을 붉히고 있었다. 그리고 뾰로통한 얼굴로 나를 쳐다봤다. 너무 무서워서 목소리가 나오지 않는 모양이었다.

(아, 화났다. 무지, 화났다.)

"하늘 여행은 어땠나요?"

"~~~~~~~~으!"

"······미안, 에헤♪"

"~~~~~~~~으!"

평소였다면 내 웃음에 함락이 되었을 테지만, 지금은 투구를 쓰고 있어서 내 웃음이 통하지 않았다. 항의의 시선이 내 몸에 계속해서 꽂혔다.

"아니, 마기루카가 뭔가 하라고 시켰잖아아아!"

"누가 언제 그런 소리를 했나요오오오! 쓸데없는 짓을 하지 말라고 그렇게 신신당부했는데에에에!"

이제야 말문이 트인 마기루카가 절규하면서 내 투구를 통통 때렸다. 투구를 쓰고 있어서 아프지도 않았지만, 나는 기꺼이 맞아주었다.

(내 품에 안긴 채 새빨개진 얼굴로 울먹이며 뾰로통해져서 날 통통 때리는 마기루카······ 귀여워······!)

투구를 쓴 채 흐뭇하게 웃으면서 나는 무례한 생각을 했다.

(뭐, 나중에 전부 갑옷 탓이라고 둘러대면서 나도 이렇게 될 줄은 몰랐다고 변명하자. 아아, 갑옷 때문에····· 이 얼마나 감미로운 울림인가.)

"저기, 그런데 맨드레이크는 어디로?"

우리가 장난(?)을 치고 있자니 사피나가 달려왔다. 그녀는 내 투구를 통통 두드리는 마기루카의 두 손을 보면서 물었다.

""어?""

우리는 중대한 문제를 비로소 깨달았다. 나는 마기루카를 내린 뒤 그녀의 손을 물끄러미 쳐다봤다. 맨드레이크 뿌리는 어디에도 없었다. 하지만 그녀가 상공으로 떠올랐을 때는 분명히 함께 있었다.

"아, 저기 굴러다니고 있는 게 뿌리 아닌가요?"

도중에 놓쳤을 거라고 짐작한 피네르가 주변을 찾다가 우리 뒤쪽에 떨어져 있는 물체를 가리켰다.

"다, 다행이다. 이런저런 일이 있었지만 이제 뿌리를……."

나는 안도하며 뿌리를 향해 다가가다가 멈춰 섰다.

눈 앞에 펼쳐진 광경이 이해가 되지 않아서 사고가 정지되었기 때문이다. 나뿐만 아니라 다들 나처럼 제자리에서 굳어버렸다.

그렇다. 앞에 굴러다니던 맨드레이크가, 맨드레이크가…….

혼자서 일어섰다.

(우아아아와, 클○라가 섰다, 클○라가 섰다아아아아, 아니, 그게 아냐아아아!)

나는 머릿속에서 스스로 딴죽을 걸었다. 그러나 덕분에 조금 냉정해질 수 있었다. 나는 상황을 파악하고자 다시금 현장을 봤다. 역시 아무리 봐도 맨드레이크가 서 있었다. 머리와 몸통, 사지까지 달린 것처럼 생긴 뿌리가 똑바로 서 있었다.

"뭐, 뭐야 이거…… 어?"

나는 멍하니 굳어 있는 마기루카에게 고개를 돌렸다. 그녀도 영문을 모르겠는지 고개를 가로저었다. 잠시 정적이 흐르고, 가장 먼저 침묵을 깬 것은 바로 그 맨드레이크였다.

맨드레이크는 자신의 두 발(?)로 뛰어 빠른 속도로 우리에게서 멀어지기 시작했다.

"아, 도망……치는 건가?"

왕자님이 중얼거리는 소리에 나는 비로소 퍼뜩 정신이 들었다.

"놓칠까보냐아아아아!"

나는 도망치는 뿌리를 쫓아 덜커덕거리며 달리기 시작했다.

교사로 이어지는 길을 마구 달리는 뿌리와 갑옷. 길을 걷던 사람들의 황당한 표정만 봐도 얼마나 이상하게 생각하는지 알 수 있었으나 지금은 그런 걸 신경 쓰고 있을 여유가 없었다.

나는 좁은 시야에 의지하여 맨드레이크를 쫓았다. 똑바로 달리지 않고 지그재그로 달리는 맨드레이크가 생각보다 빨라서 놓칠 것 같았다.

(에엣, 시야가 좁아서 답답해!)

마음만 초조한 나머지 현재 자신이 어떤 처지인지 까맣게 잊어버린 나는 달리면서 투구에 손을 대고 말았다.

"아, 안 됩니다! 아가씨이이이!"

뒤에서 튜테의 목소리가 희미하게 들렸지만, 지금 내 귀에는 들어오지 않았다. 나는 질주하면서 투구를 냅다 벗어버렸다. 백은색 머리카락이 허공에 확 휘날리자 주변 사람들의 시선이 나에게로 쏠렸다.

앞으로 펼쳐질 혼돈의 막이 오르는 순간이었다.

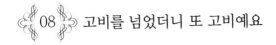

08 고비를 넘었더니 또 고비예요

척 봐도 뿌리채소처럼 생긴 맨드레이크 녀석은 텔레비전에서 봤던 올림픽 선수처럼 쓸데없이 아름다운 자세로 학원 안을 경쾌하게 질주했다.

발이 빠르기로 정평이 난 내가 그 뿌리를 쫓아가지 못한 이유는 교사로 다가갈수록 학생 숫자가 늘어나서 걸림돌이 되었기 때문이었다. 힘껏 밀쳐낼 수도 없었기에 종종 발을 멈춰야 했고, 때로는 앞을 가로막은 남학생과 눈을 마주치기도 했는데, 나를 물끄러미 쳐다보는 그 시선의 의미를 눈치채지는 못했다. 온정신이 앞을 달리고 있는 맨드레이크에 쏠려있었던 탓이었다.

그리고 그러는 사이에도 맨드레이크는 학생들의 다리 사이를 지나다니며 나와의 거리를 점점 더 벌렸다.

(저 자식! 뿌리채소를 상대로 지다니, 공작 영애의 자존심이 용납하지 않아!)

기묘한 대항 의식을 불태우며 나는 맨드레이크를 끈질기게 추격했다.

바로 그때, 통을 굴리며 길 앞을 가로지르는 남학생들을 발견했다. 절묘하게도 맨드레이크의 진로를 딱 가로막고 있었다.

(나이스! 이제 저 녀석은 붙잡은 거나 다름없어.)

나는 멈춰선 맨드레이크를 확 잡아채는 자신의 모습을 상상하면서 남몰래 미소를 지었다.

팟!

"어?!"

눈앞에서 벌어진 광경을 보고 나는 얼빠진 소리를 내고 말았다.

놀랍게도 맨드레이크는 땅을 박차더니 앞을 가로막은 통을 아름다운 배면뛰기로 간단히 넘어버렸다. 자세가 너무나도 아름다워서 눈에 슬로우 모션으로 비칠 정도였다. 그리고 도리어 위기에 봉착한 나는 당황하여 부산을 떨기 시작했다.

"우와아아! 비켜, 비켜주세요!"

통을 뛰어넘는 맨드레이크를 보고 화들짝 놀란 남학생이 발걸음을 멈춰버린 것이다.

그리고 패닉에 빠진 나는 통을 뛰어넘……

콰아아아아아아앙!

전신 갑옷을 두른 나와 충돌한 통이 요란한 소리를 내며 박살이 났다. 예, 뛰어넘을 수가 없었습니다. 그대로 돌격하고 말았습니다.

"미안합니다아아아아! 갑옷 때문, 갑옷 때문이에요오오오오!"

나는 엉뚱한 변명을 해대면서 그대로 폭주했다. 속도를 줄이지 않고 그대로 냅다 달린 덕분인지 맨드레이크와의 격차를 단번에 줄일 수 있었다.

결국 나는 교사 외곽, L자로 꺾인 벽 모퉁이로 맨드레이크를 몰아넣는 데 성공했다.

"헉, 헉, 따라잡았다. 어서 포기해요. 온몸을 깨끗하게 으깨줄 테니까."

나는 숨을 고르며 구석에 내몰린 맨드레이크가 도망치지 못하도록 서서히 접근하며 악당이 할 법한 대사를 읊었다.

"메어리 님!"

뒤에서 자하의 목소리가 뒤에서 들려왔다. 이제야 쫓아온 모양이다. 나는 맨드레이크를 노려보며 대답했다.

"자하 씨, 이제 거의 다 됐어요. 맨드레이크를 잡을 테니까 어서 거들어요."

나는 맨드레이크를 향해 두 팔을 뻗은 뒤 손가락을 꼼지락거렸다.

그런데 자하가 갑자기 다가오더니 대뜸 내 팔을 꽉 쥐었다. 갑옷 때문에 아프지는 않았지만, 살짝 놀란 나는 무심코 그를 쳐다봤다.

"어? 왜 그래요?"

"공주님한테 그런 짓을 시킬 수는 없어. 내게 전부 맡겨줘. 공주님을 위해서라면 난 뭐든지 할게."

"푸훗!"

자하가 진지한 얼굴로 헛소리를 하는 바람에 나는 무심코 뿜고 말았다. 자하와는 전혀 어울리지 않는 대사였다.

"좀, 이럴 때 장난치지 말아요."

나는 웃음을 참으면서 그 손을 뿌리치려고 했다. 그러나 악력이 의외로 억세서 내 몸이 그대로 자하 쪽으로 끌려갔다.

"난 진심이야, 공주님."

(뭐어어어야! 가까워, 가까워!)

그의 얼굴이 점점 위에서 아래로 다가왔다.

(얼마 전에도 이런 전개가 있었던 것 같은데……?!)

점점 다가오는 자하의 눈동자에 내 얼굴이 비쳤다. 그때 비로소 나는 얼굴이 노출되었음을 알아차렸다.

(투구우우우우! 어쩐지 잘 보이더라니! 대체 무슨 짓을 저지른 거야, 수십 분 전의 나야아아아!)

나는 본인이 저지른 짓의 책임을 수십 분 전 과거의 자신에게 떠넘겼다. 그러는 동안에도 자하의 얼굴이 점점 다가왔다.

"괜찮아, 이제 전부 내게 맡겨. 공주님은 그렇게 명령만 내리라고."

평소에 자하가 실실거리며 다녀서 잘 몰랐는데, 진지한 표정을 지으니 제법 미남자 같았다. 평범한 영애였다면 한 방에 KO를 시킬 만한 파괴력이 있었다. 나는 불의의 기습을 받아 당황하고 말았다.

"아니, 저기, 맨드레이크가 도망……."

자하의 눈빛에서 벗어나고자 시선을 이리저리 돌렸지만, 나는 그 와중에도 맨드레이크를 곁눈질로 보고 있었다. 맨드레이크는 사태를 파악했는지 벽을 따라 조금씩 이동하고 있었다.

"괜찮아."

"뭐가 괜찮아!"

바보가 시원스럽게 웃자 나는 빈손으로 가차 없이 보디블로를 먹였다.

(미안해요, 자하. 왕자님한테는 차마 그럴 수가 없었지만, 당신한테는 주저할 이유가 없어!)

"오, 오…… 여, 역시…… 공주……. 이 얼마나 멋진 편, 치인가……."

제대로 적중했는지 자하가 헛소리를 하면서 스르르 쓰러졌다. 나는 그 모습을 한숨을 내쉬며 쳐다봤다. 그리고 맨드레이크는 절호의 기회라는 듯 모퉁이에서 벗어나고자 달리기 시작했다.

"놓칠까보냐아아아아!"

시야 구석에 맨드레이크를 두고서 감시하던 나는 맨드레이크가 도망치려는 방향을 향해 몸을 날려 머리 부분을 움켜쥐었다. 붙잡히기 전에 맨드레이크가 발을 멈춘 것처럼 보였지만, 뭐, 신경 쓰지 않기로 했다.

"휴우~ 이런, 이런. 사람을 애먹게 하다니."

머리 부분에 달린 이파리를 잡은 채 나는 안도의 한숨을 내쉬었다. 계속해서 바동거리는 맨드레이크를 바라보다가 후련한 얼굴로 뒤를 돌아봤다. 그리고 얼굴이 창백해졌다.

"하얀 희군……."

"공주, 정말 아름다워, 공주."

"메어리 님……. 하악하악."

수많은 남학생이 마치 좀비처럼 내 곁으로 몰려들었다. 아까 맨드레이크가 멈췄던 이유는 바로 그 때문이었나? 그들의 기백에 소름이 돋은 나는 무심코 뒷걸음질을 쳤다. 여기까지 오는 동안에도 이미 많은 학생에게 얼굴을 보여주고 다녔다는 사실을 새삼스럽게 알아차렸다.

(아마도 내 뒤를 잔뜩 쫓아왔겠지…….)

수많은 남학생이 졸졸 따라다니자 곤혹스러워하며 도망 다니는 학원 아이돌이 등장하는 애니메이션을 보고 말도 안 된다며 실소한 적이 있었는데, 저도 모르는 사이에 그 이벤트를 착착 만들고 있었던 모양이다. 갑자기 엄청나게 창피해졌다.

"저기, 여러분, 침착하세요……. 얘기를 하면 알아……."

남자들이 조금씩 다가오자 나는 억지웃음을 지으며 물러났다. 정신을 차리니 아까 맨드레이크처럼 벽에 내몰리고 있었다.

"""메에에에어리이이이니이이이이이임!"""

"레레레레레, 레비테이션!"

남자들이 절규하며 달려들자 나는 허공으로 떠올라 달아났다.

"아아아! 메어리 님!"

"도망치지 말아요. 마이, 프린세스으으으으으!"

남자들이 달아나는 나를 올려다보며 하늘을 향해 팔을 뻗었다.

(무서워……. 이상한 소리를 하는 학생도 있었던 것 같긴 하지만, 못 들은 거로 하자.)

나는 그들의 손이 닿지 않는 높이까지 떠오른 뒤 그대로 두둥실 떠다니며 이동했다.

아무도 쫓아오지 않는 것을 확인한 뒤에야 나는 비로소 안도했다.

"큰일 날 뻔했네……. 뭐, 맨드레이크를 잡았으니 결과적으로 잘 된 셈이지."

이제는 저항을 포기했는지 축 늘어져 있는 맨드레이크를 들어쳐다봤다. 그때 뒤로 무언가가 다가왔다.

"맨드레이크를 잡았군요!"

"으앗! 앗, 뭐야, 마기루카야? 놀랐잖아."

깜짝 놀라는 바람에 맨드레이크를 놓칠 뻔했다. 나는 황급히 맨드레이크를 두 팔로 단단히 안은 뒤 뒤에서 말을 건 친구를 돌아보며 항의했다. 그녀도 미안했는지 어깨를 한 번 들먹이고서 그대로 나를 쳐다봤다.

"아, 맞다, 마기루카. 미안하지만 나 대신 투구 좀 가져다주면 안 될까? 난 여기 가만히 있을 테니까. 앗, 그보다는 이걸 갈아 마실 수 있도록 튜테한테 건네주는 편이 더 낫겠구나. 응, 그게 좋겠어."

심부름꾼처럼 부려먹는 것 같아서 미안하긴 했지만, 여하튼 원래대로 돌아가고 싶다는 생각에만 사로잡혀 중요한 사실을 전혀 알아차리지 못했다. 내가 맨드레이크를 넘기자 그녀는 그걸 한 번 보고는,

미소를 지으면서 그대로 놓아버렸다.

"아아아아앗!"

맨드레이크는 그대로 추락해 용수로(用水路) 같은 곳에 떨어졌다. 다행히도 맨드레이크는 물 위에 가만히 떠 있었다.

(어라? 뿌리채소도 물에 뜨던가? 어, 혹시 수영도 할 줄 아는 거 아냐? 아, 아니, 애초에 저게 채소가 맞나? 내가 아는 뿌리채소는 소리를 지르지도 않고, 달리지도 못하는데……? 역시 판타지. 내 상식이 통하지…… 아니, 그게 아니고!)

"대체 무슨 짓이야, 마기루카! 겨우 잡았는데~!"

나는 울먹이면서 마기루카에게 항의했다. 그러나 그녀는 전혀 미안한 표정이 아니었다. 그러기는커녕 촉촉한 눈동자로 나를 쳐다보며 다가와 바람에 살랑거리는 내 머리카락을 사랑스럽게 쓸어올렸다.

"이렇게나 귀여운 메어리 님을 원래대로 되돌리다니. 그건 어리석은 행동이나 마찬가지예요."

"어?"

나는 그녀의 눈동자가 아까 그 남학생들의 눈동자와 같다는

걸 뒤늦게 깨달았다. 그리고 고소공포증이 있는 마기루카가 이토록 오랫동안 높은 곳에 있는 것부터 의심해야 했다.

(거짓말이지?! 매료되었잖아! 고소공포증을 능가할 만큼 흠뻑! 으아, 어쩔 거야……! 결국 같은 여자도 매료해 버렸잖아?!)

내가 스스로 비웃고 있음에도 아랑곳하지 않고 마기루카가 더 가까이 다가왔다. 촉촉한 눈동자와 붉은 뺨, 예쁘게 부푼 분홍색 입술에서 야릇한 숨결이 새어 나오자 나는 두근거리기 시작했다. 그만큼 지금 마기루카는 같은 여자인 나조차도…….

(으, 아냐아아아! 난, 그런 취미가 없어. 진짜 없다니까아아아!)

"긴급 이탈!"

자하를 대하듯 마기루카를 험하게 다룰 수는 없었다. 나는 일단 부유 마법을 해제했다. 그러자 끈이 뚝 끊어진 것처럼 내 몸이 거꾸로 떨어지기 시작했다. 부유 마법으로 하강할 수도 있지만, 그래서는 마기루카를 뿌리칠 수 없을 것 같았다. 다소 무모하지만 어쩔 수 없었다.

"히이이이익! 무서, 너무 무서워! 레비테이션!"

고도가 조금 떨어지자 나는 곧바로 부유 마법을 다시 발동시켰다. 낙하 속도를 점점 줄이면서 그대로 땅바닥을 향해 내려가기 시작했다. 마기루카가 위에서 쫓아왔으나, 이만큼 거리를 벌려놓았으니 따라잡지는 못할 거다.

나는 맨드레이크가 빠진 용수로를 향해 내려가면서 신중하게 주변을 살펴봤다. 교사 쪽이 조금 시끄러웠지만, 이쪽으로 달려오는 학생은 없는 것 같았다. 인적이 드문 학원 뒤쪽에 착지한 덕분이었다.

그러나 용수로에 다가가보니 먼저 온 사람이 있었다. 사피나가 밤색 머리를 휘날리며 기다린 막대로 물 위에 뜬 맨드레이크를 뭍으로 건져내고 있었다. 맨드레이크는 팔과 다리를 능숙하게 놀리며 저항했다. 어쩐지 헤엄을 치고 있는 것처럼 보였다. 맨드레이크 주제에 쓸데없이 만능이었다.

"사피나!"

"아, 메어리…… 메어리 니이이이임~!"

"어, 뭐야, 헉!"

내 목소리에 반응하여 내 이름을 부르며 이쪽으로 다가오던 사피나가 갑자기 흥분해서는 들고 있던 막대를 내던지고는 나를 향해 몸을 날렸다. 나는 발이 바닥에 닿기도 전에 그녀와 충돌해 그대로 넘어지고 말았다.

사피나의 뜨거운 눈빛을 보고 있자니 등에서 식은땀이 흐르기 시작했다.

(인정하고 싶지는 않지만, 역시 여자도 매료시키고 있는 게 분명해! 마기루카만 그런 줄 알았는데에에, 싫어어어어어!)

마기루카에게는 실례이긴 하지만, 그녀에게만 매료 효과가 통하고 다른 여성들에게는 괜찮을 거라고 마음 한편으로 지레짐작하고 있었다. 그러나 사파니가 그녀답지 않게 내 몸 위에 앉아 있자 나는 현실을 인정하지 않을 수 없었다.

"아아, 메어리 님을 제가, 제가아아아⋯⋯."

뭐에 흥분했는지는 모르겠지만, 사피나가 숨을 거칠게 내뱉으며 뺨을 붉혔다.

"아가씨!"

그리고 엎친 데 덮친 격으로 튜테도 오고 말았다. 나는 누운 채로 목소리가 들린 쪽으로 고개만 돌렸다. 놀란 표정으로 이쪽을 쳐다보는 메이드가 보였다. 그녀 역시 뺨을 은근히 붉힌 걸보니 매료된 모양이었다. 내 마음속에서 절망과 비슷한 감정이 솟구치기 시작했다.

(아아, 이제 날 도와줄 사람이 없어⋯⋯. 모두가 나 때문에 이상해졌어.)

지금 나에게는 두 사람을 다치게 하지 않고서 뿌리칠 자신도, 대책도 없었다. 반쯤 체념한 내 곁으로 튜테가 이 사태에 가담하고자 달려왔다.

철컥!

"어?"

눈앞이 갑자기 캄캄해졌다. 튜테가 무언가를 머리에 씌운 것이다.

(이건, 투구?!)

비로소 상황을 파악한 나는 앞이 보이도록 투구를 고쳐 썼다.

사피나가 멍한 표정을 지은 채 얼굴을 들이밀고 있었다. 나는 그대로 몸을 꼬물꼬물 움직여 경직된 사피나에게서 빠져나오는 데 성공했다.

"느…… 늦지 않았네요……."

그리고 등 뒤에서 털썩 주저앉으며 피곤해하는 튜테의 목소리가 들렸다. 나는 그쪽으로 고개를 돌렸다.

"튜테……."

그녀는 매료되지 않았다. 나에게 다가와 들고 있던 투구를 씌워주었다.

"아이 참…… 아가씨. 느닷없이 투구를 벗어 던지시면 어떡해요. 주운 투구를 닦아서 아가씨께 건네드리려고 얼마나 고생한 줄 아세요."

살짝 뾰로통한 얼굴로 하소연하다가 에헤헤, 하고 웃는 내 소중한 메이드를 보니 가슴이 울컥했다. 나는 갑옷을 입고 있는 것도 잊은 채 그녀를 끌어안았다.

"튜유우우테에에에."

나는 울먹였다. 솔직히 주변 사람들이 눈에 불을 켜고서 달려들어서 무서웠다. 그런데 내 모습을 보고도 평소처럼 대해주는 튜테를 보니 진심으로 감격스러웠다.

"아, 아가씨, 다, 답답, 답답해요! 그리고 갑옷이, 아파, 아파요!"

내가 힘껏 끌어안자 튜테의 몸이 갑옷에 짓눌리고 말았다.

"아, 저기, 메어리 님. 죄송합니다! 저, 터무니없는 짓을."

우리를 보다가 비로소 상황을 파악했는지 제정신을 차린 사피나가 사과를 했다. 나는 비로소 튜테를 놔줄 수가 있었다.

"아, 괜찮아, 신경 쓰지 마. 내 실수 때문에 벌어진 일이니."

"아, 예…… 하지만……."

내가 사피나를 다독이자 그녀는 자신이 저지른 짓을 떠올리고는 얼굴을 새빨갛게 붉힌 채 움츠러들었다. 그래서 나는 화제를 돌리기로 했다.

"그나저나 다들 매료되었는데, 튜테는 용케도 제정신이네."

"예? 그야, 예전에도 말씀드렸던 것 같은데, 전 아가씨의 귀여운 모습을 어렸을 적부터 줄곧 봐왔으니까요. 그래서 다른 분들보다 내성이 있는 것 같아요."

"튜테…… 그래도 대단해. 전보다 매료 효과가 올라갔는데도 버텨내다니 대단한 정신력이야."

"에헤헤, 뭐, 그리고…… 아가씨가 실수를 저지르는 장면 역시 다른 분들보다 많이 봐온지라 아무리 귀엽다고 해도 너무 어이가 없어서……."

"응? 잠깐, 튜테……? 방금 뭐라고?"

메이드가 흘려들을 수가 없는 소리를 하자 나는 무심코 되물었다.

"자, 자아, 아가씨. 어서 맨드레이크를 회수하여 달여 마시도록 하죠."

무심코 말실수를 해버린 튜테는 나에게서 시선을 돌리며 벌떡 일어섰다. 그러고는 지금도 물 위에 뜬 채 우아하게 수영하는 것처럼 보이는 맨드레이크를 향해 걸어갔다.

"응, 알겠어. 하지만 그전에 방금 전에 한 발언에 관해 진지하게 대화를 나누는 게 좋지 않을까?"

그녀가 도망치려고 하자 나도 쫓고자 일어섰다.

"메어리 님! 위험해요, 어서 거기서 떨어지세요!"

마침 그때 얼굴이 조금 창백해진 마기루카가 부유 마법으로 다가오며 외쳤다.

"괜찮아, 마기루카. 투구도 썼으니 이제 매료 효과는……."

"아뇨! 저걸 보세요, 저거!"

마기루카가 내 뒤를 가리켰다. 내가 아까 폭주했던 교사 쪽이었다.

"어라?"

마기루카가 가리킨 쪽을 돌아보니 사람 두어 명은 가볍게 삼킬 만큼 거대한 슬라임이 우리를 향해 다가오고 있었다.

(엥? 뭔 일이래?!)

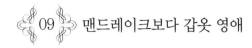

09 맨드레이크보다 갑옷 영애

햇볕을 받아 거멓게 빛나는 젤리 같은 물체가 미끈한 몸을 꿈틀거리며 이쪽으로 다가오고 있었다.

두말할 것도 없는 슬라임이었다.

모 게임에서는 가장 약한 몬스터로 나오지만, 실제로는 상대하기 까다로운 녀석이다.

(근데 그런 슬라임이 어째서 학원 안을 활보하고 다니고 있는 거지?)

내가 의아해하는 동안에도 그 녀석은 온몸을 더욱 꿈틀거리며 이쪽으로 다가왔다.

(으으 징그러! 소름 돋아! 이런 게 비위 상한다는 건가?)

나는 오싹해서 몸을 부르르 떨었다. 어서 맨드레이크를 회수하여 이곳을 떠나고 싶었다. 그러나 현재 그 맨드레이크는 멋지게 유영하는 중이었다. 허공에 뜬 채로 붙잡으려고 애를 쓰는 마기루카에게서 우아하게 달아나고 있었다.

"그건 그렇다 치고, 왜 슬라임이 이런 곳에 있는 거야!"

상황을 이해한 나는 지극히 당연한 의문을 입에 담았다. 바로 그때 슬라임 쪽에서 왕자님과 여러 남학생이 이쪽으로 달려왔다. 왕자님 일행이 슬라임을 유유히 추월하는데도 느릿느릿한 슬라임은 아무런 반응을 보이지 않았다.

"투구 썼구나. 다행이야. 벗어 던졌을 때는 어쩌나 싶었는데."

"레이포스 님, 걱정을 끼쳐 죄송합니다."

왕자님이 내 곁으로 와서 가슴을 쓸어내렸다. 나는 갑옷을 입은 채로 공손하게 사과했다.

"그런데 저 슬라임은 대체?"

"그건 우리가 설명해드리도록 하죠!"

쓴웃음을 짓고 있는 왕자님에게 물어보자 내 앞에 정체 모를 남학생들이 가슴을 활짝 펴고서 끼어들었다. 나는 투구를 쓴 채 그들을 차갑게 쳐다봤다.

"누구시죠?"

"저희는 슬라임 연구회 회원입니다. 주로 슬라임의 상태를 연구하고, 품종을 개량하고 있죠!"

그들의 말을 들으니 무슨 사태가 벌어졌는지 대충 알 것 같았다.

"설마 저 슬라임은 당신들 겁니까?"

"당연하죠! 우리의 연구 성과, 최고 걸작, 올해 품평회에 출품할 예정이었던 자신작입니다!"

눈치가 없는지 그들은 소동이 벌어졌음에도 자랑스럽게 말했다. 나는 어이가 없어 한숨을 내쉬었다.

"저렇게 거대한 슬라임을 용케도 보관하고 있었네요."

"아뇨, 원래는 통에 담아둘 수 있는 크기였습니다만."

"네? 통이요?"

연구회 사람 중 하나가 기억에 걸리는 단어를 꺼냈다.

"예, 통에 담아 이동 중이었습니다만, 웬 하얀 천사가 질풍처럼 저희 앞을 지나가면서 통을 보기 좋게 부숴버렸습니다. 그런데 이게 웬걸! 놀랍게도 슬라임이 점점 부풀더군요! 이것이야말로 신의 계시! 대단하지 않습니까? 저 크기와 저 미끈거리는 표면을 좀 보십시오! 최고의 완성도입니다! 올해 품평회는 우리 독무대나 마찬가집니다!"

흥분한 학생이 두 팔을 벌리며 크게 기뻐하자 하하하, 하고 메마르게 웃는 왕자님과 뒤에 대기하고 있는 사피나, 튜테, 허공에 떠다니고 있는 마기루카가 실눈을 뜨고서 나에게 따가운 시선을 보냈다. 다들 '하얀 천사'라는 말을 듣고 나를 쳐다본 것이다.

"뭐, 그렇게 된 거야."

"죄송합니다! 레이포스 니이이이임!"

상황 설명이 끝나자 나는 모두에게 넙죽절을 하고 싶었지만, 상황과 옷차림이 여의치 않았다. 그래서 꾹 참고서 고개만 깊이 숙였다.

"그나저나 왜 저렇게 커진 거죠?"

부유를 마치고 우리 곁으로 내려온 마기루카가 물었다. 그러자 한 학생이 자랑스러운지 가슴을 활짝 폈다.

"저건 평범한 슬라임과는 격이 다릅니다! 오랜 연구와 개량 끝에 우연히 탄생한 특수 슬라임입니다! 마력을 흡수하면 몸이 거대해지는 능력이 있죠! 굳이 말하자면 드레인 슬라임입니다!"

"커진다고? 그 뒤에는 어떻게 되는데?"

"그뿐입니다. 마력을 흡수하여 몸집만을 키우는 슬라임입니다. 굉장하지 않습니까?"

남학생이 콧김을 흥흥 내뿜으며 말했다.

우리는 이쪽으로 다가오는 물컹물컹한 물체를 다시금 쳐다 봤다.

(정말이지 성가시기 짝이 없는 슬라임이네…….)

"저기, 다시 말해서 메어리 님이 통을 부쉈을 때 갑옷에 달라 붙은 슬라임이 마력을 흡수한 뒤 갑옷에서 떨어져 그대로 몸집 을 키웠다는 건가요?"

"그게 뭐야. 불쾌해! 언제 달라붙었던 거야?!"

마기루카가 말하자 나는 갑옷을 입은 채로 내 몸을 끌어안고 서 뒷걸음질을 쳤다.

"튜테, 지금은 없지?"

나는 뒤에 대기하고 있는 메이드에게 확인해달라며 두 팔을 벌리고서 다가갔다. 튜테가 얼굴을 가까이 대고서 내 갑옷을 유 심히 살펴본 뒤에 괜찮다고 말해주었다. 나는 비로소 가슴을 쓸 어내렸다.

"저기…… 이러는 사이에 슬라임이 꽤 가까이 왔는데요. 도망 치는 편이 낫지 않을까요?"

사피나가 머뭇거리며 말했다. 나는 바짝 다가온 슬라임을 보 고 움찔했다.

"저 녀석은 왜 곧장 이리로 오는 거야?"

"설마 메어리 양한테 매료되었나?"

내가 소박한 질문을 던지자 왕자님이 불쑥 그런 말을 내뱉었다. 직후 공기가 얼어붙었다.

"메어리 님은 지조가 없어요!"

"역시 메어리 님! 종족조차 초월하다니!"

"아냐, 아냐, 아니라고! 난 지금 투구를 쓰고 있잖아아아아아! 지조가 없다느니, 종족을 초월했다느니, 하는 소리는 하지 말아 줘! 누명이야!"

마기루카와 사피나가 비난과 칭송을 했다. 나는 수선을 떠는 두 사람 못지않게 큰소리로 해명했다.

"그럼 이유가 뭐지?"

"아마도 마력에 이끌린 게 아닌가 싶습니다. 앞서 말했지만, 저 슬라임의 머릿속에는 마력을 흡수하겠다는 생각밖에 없습니다."

왕자님이 우리를 쳐다보며 묻자 남학생이 대답했다.

"마력……? 앗, 메어리 님의 마──력이 아니라, 맨드레이크예요!"

남학생의 말을 듣고서 무언가 알아차린 마기루카가 곧장 입을 열었으나, 내가 날카롭게 째려보자 급하게 말을 바꾸었다.

맨드레이크는 마력이 풍부하다고 피네르가 말했다. 슬라임은 맨드레이크가 마블링이 낀 소고기처럼 맛있어 보일 터였다. 아

183

마도…….

"그보다! 저 슬라임은 당신들 거죠? 어서 진정시키도록 해요."

나는 화제를 돌리고자 기세를 몰아 남학생들에게 따졌다. 그들은 훗, 하고 웃으며 여유를 보였다.

(오, 여유를 보이네? 이거 기대해도 되려나?)

잘 생각해보니 상황이 이런데도 그들은 아주 냉정했다. 아마도 무슨 대책이 있는 거겠지.

"훗, 만들었다고 해서 슬라임을 제어할 수 있으리라 생각하는 건 큰 편견입니다. 저건 예기치 않은 우연의 산물! 우리는 진즉에 두 손 두 발 다 들었습니다. 역시 우리가 만든 최고 걸작답군."

"그게 젠체하며 할 소리냐아아아!"

우리가 만담을 나누고 있는 동안에 결국 슬라임은 용수로에 도착했다. 이제는 몇 미터밖에 떨어지지 않았다.

"왔어요, 메어리 님! 어서 도망치죠!"

"안 돼, 지금 도망치면 맨드레이크를 놓치고 말 거야. 여기서 달아날 수는 없어. 최악의 경우에는 저 슬라임한테 먹힐 거라고!"

마기루카가 도망치자고 하는 걸 나는 즉각 뿌리쳤다. 그러고는 우아하게 떠다니는 뿌리채소를 밉살스럽게 쩨려봤다.

"그, 그렇긴 하지만……. 그럼 저 슬라임을 퇴치할 건가요?"

"그 방법밖에 없겠네……. 아아, 자하 씨는 이런 상황에서 대체 어디서 농땡이를 부리고 있는 거야!"

몬스터를 앞에 두고 가장 중요한 전력이 없다는 걸 새삼스럽게 깨달은 나는 무심코 푸념을 늘어놓았다. 그러자 왕자님은 시선을 돌리고는 초점이 없는 흐리멍덩한 눈동자로 불쑥 말했다.

"그는 지금 자기혐오와 수치심에 몸부림을 치고 있으니 그를 위해서라도 가만히 내버려 뒀으면 좋겠는데……."

(아! 으음, 예……. 실례했습니다.)

따지면 절반, 아니, 전부 내 탓이었으므로 나는 자하를 잠시 잊어주기로 했다.

"여하튼 저 녀석이 노리는 건 맨드레이크야. 어떻게든 빼앗기면 안 돼."

나는 마음을 다잡고서 징그럽게 꿈틀거리는 물체 앞을 가로막았다.

"우리가 슬라임을 상대할 테니 연구회 분들은 맨드레이크를 회수해주세요. 전하께서는 물러서시고요. 물리 공격은 거의 통하지 않으니 사피나 씨는 전하를 호위해주세요."

내 옆에 선 마기루카가 각각 적확한 지시를 내렸다. 슬라임은 물리 공격이 거의 통하지 않으니 우리 같은 마법사가 상대해야 한다.

그때, 슬라임이 먹잇감을 찾았다는 듯이 꿈틀거림을 멈췄다.

"온다! 맨드레이크를 빼앗기도록 놔둘……꺄아아아악!"

내가 마기루카에게 말하며 슬라임을 향해 고개를 돌린 순간,

슬라임이 아까보다 세차게 꿈틀거리기 시작했다. 그것도 마치 영상을 빨리감기 한 것처럼…….

그리고는 끈적한 촉수를 일제히 꺼내더니 맨드레이크——가 아니라 나를 향해 엄청난 기세로 다가왔다. 나는 저도 모르게 비명 지르며 발걸음을 돌렸다.

내 옆에 서 있던 마기루카를 깨끗하게 무시하고는 더욱 속도를 높여 내 뒤를 쫓는 촉수 슬라임. 아까처럼 느릿한 몸짓이 아니라, 엄청난 속도로 꿈틀거리기 시작하자 왠지 무서웠다.

"""…………."""

무슨 일이 벌어졌는지 전혀 모르겠다는 듯 사람들이 멍한 눈으로 나와 슬라임을 번갈아 봤다.

"왜 내게 오는 거야아아아아! 난 맨드레이크가 아냐아아아아!"

커다란 슬라임에게 쫓기는 전신 갑옷. 멀리서 본다면 우스꽝스러운 장면이겠지만, 당사자인 나는 하나도 웃기지 않는다. 싸우면 되잖아, 하고 생각하는 사람도 있을 테지만, 지금 나는 그럴 생각이 없었다.

글쎄, 이거 엄청 징그럽다고!

소녀로서 촉수라는 장르를 받아들일 수가 없었다. 더욱이 징그럽게 꿈틀거리며 빠른 속도로 나를 쫓아오고 있었다. 내 본능이 어서 도망치라고 외쳐댔다.

나는 용수로에서 벗어나 다시 교사 쪽으로 돌아갔다. 슬라임은 끈질기게 촉수를 뻗으면서 뒤를 따라왔다. 남겨진 사람들은 마음속으로 생각하고 있겠지. '거봐, 역시 슬라임을 매료시켰잖아' 하고…….

"아냐아아아아아! 매료시킨 적 없어어어어! 갑옷 때문, 갑옷 때문이야아아아아아!"

사람들의 시선을 느끼면서 나는 또다시 의미 불명의 변명을 내뱉었다. 하지만 이번에는 쫓아가는 게 아니라 쫓기면서.

🎼10🎼 어? 백은의 기사?

징그럽게 꿈틀거리는 거대한 슬라임에게 쫓기면서 나, 갑옷 영애는 고민하고 있었다. 이대로 교사 쪽으로 가면 피해가 커질지도 모른다. 그리고 그 소동의 중심에 서게 되는 사람은 바로 나다. 엄청나게 눈에 띌 것이다. 그렇기에 일이 커지기 전에 이 소동을 끝내야만 한다. 뭐, 이미 늦었을지도 모르겠지만.

(좋았어! 갑옷 영애의 힘을 보여주마!)

나는 발을 멈추고서 뒤로 돌아섰다. 슬라임은 여전히 촉수들을 마구 휘두르며 다가오고 있었다.

(역시, 무리이이이이!)

그 기괴한 움직임을 본 순간 등골이 오싹해지고 소름이 돋았다. 나는 대치하기를 포기하고서 다시 달리기 시작했다.

"메어리 님! 이쪽으로!"

용수로에서 돌아온 마기루카가 부르는 소리에 아무 생각도 하지 않고 그쪽으로 달렸다. 마기루카는 마법을 준비하고 있었다. 이윽고 내가 마기루카의 옆을 지나치자 그녀가 힘껏 외쳤다.

"프리즈 애로우!"

마기루카가 슬라임을 향해 한쪽 팔을 뻗자 허공에서 얼음 화살이 나타나 슬라임을 향해 날아갔다. 그러나 슬라임은 피하기는커녕 멈추지도 않았고, 얼음 화살은 그대로 박혀 서서히 슬라임의 몸을 얼리기 시작했다.

　이제 됐나? 하고 희망을 잠시 품었으나, 슬라임은 보란 듯이 기대를 짓밟고 계속 다가왔다.

　프리즈 애로우를 맞은 부분이 얼어 부서지긴 했지만, 그게 다였다. 이 정도로는 슬라임을 저지할 수 없는 모양이다.

　슬라임은 자신의 앞을 가로막고 있는 마기루카를 향해 돌진했다.

　"꺄아아아아! 너무 커서 쓰러뜨릴 수가 없어요!"

　"대단해! 마법 공격을 버텨낼 수 있다니! 이거 실험 자료를 수집해야겠어!"

　"거기! 이상한 정열을 불태우지 말고 어떻게든 해봐요!"

　"클래스 마스터의 마법조차 능가하는 슬라임인데 우리더러 뭘 어쩌라는 겁니까. 앗, 이쪽으로 오지 마십시오! 전하도 계시니."

　(저, 저 녀석들!)

　마기루카도 황급히 발걸음을 돌려 도주하기 시작했다.

　나는 도중에 마기루카가 나에게서 멀어지려 한다는 걸 눈치채고서 그녀를 쫓았다.

　"마기루카, 왜 내게서 멀어지려고 하는 거야!"

　"아니, 메어리 님. 이쪽으로 오지 말아요! 슬라임이 노리는 건 메어리 님이잖아요!"

　"내가 아니라 갑옷이야, 갑옷! 오해를 불러일으키는 말은 하지 말아줘!"

마기루카의 불평에도 나는 그녀를 따라 나란히 달렸다.

"쩨쩨하게 따지지 말—— 어?! 마기루카?!"

나란히 달리던 마기루카가 갑자기 내 시야에서 사라졌다. 나는 발걸음을 멈추고서 뒤를 돌아봤다. 아니나 다를까, 슬라임이 촉수로 마기루카를 붙잡고 있었다.

"마기루카아아아아!"

"싫어어어어!"

슬라임은 촉수로 마기루카를 칭칭 얽맨 뒤 자기 쪽으로 잡아당겼다. 그리고 삼킬——.

——줄 알았는데, 무슨 영문인지 슬라임이 멈추었다.

""…………?""

나와 마기루카가 굳어 있으니 슬라임은 붙잡은 먹잇감을 한 번 끌어당겨 확인한 뒤 툭 떨어뜨렸다. 마치 '앗, 이게 아니잖아' 하고 말하는 것처럼.

그리고 슬라임이 다시 나를 향해 움직이기 시작했다.

"아무래도 원하는 수준의 마력이 아니라서 흥미를 잃은 모양입니다. 잘됐네요!"

"마법사로서 굴욕적이에요!"

연구회 학생이 보충설명을 하자 주저앉아 있던 마기루카가 무슨 영문인지 땅바닥에 손을 짚고서 분통을 터뜨렸다.

"살았으니 잘 된 거 아냐!"

나는 무심코 그런 마기루카에게 딴죽을 걸었다. 그러자 슬라임은 빈틈을 놓치지 않고 내 오른팔을 촉수로 붙잡았다.

"으아아악! 오른쪽 완갑 캐스트 오프!"

나는 반사적으로 촉수에 얽힌 오른팔 장갑을 풀었다. 그러자 팔에서 장갑이 쑥 빠져나가 슬라임에게 날아갔고, 갑옷은 그대로 슬라임에게 먹혔다.

"아아아앗! 메어리 님의 팔이 떨어져나갔어요오오오오!"

"갑옷이야, 갑옷! 내 팔이 아니라고! 마치 갑옷이 내 본체인 것처럼 말하지 마!"

나는 사피나의 터무니없는 절규에 팔을 휘둘러가며 무심코 소리치고 말았다.

그러자 무슨 영문인지 남자들이 뺨을 붉혔다.

(으엑?! 팔만 봐도 매료 당하는 거야?!)

""""오오오오오오!""""

내가 황급히 팔을 거두어 몸 뒤로 숨기고 있자니, 주변이 더욱 소란스러워졌다. 무슨 일인가 싶어 뒤를 돌아본 순간, 나는 말문이 막혔다.

(크다!)

잠깐 안 본 사이에 슬라임이 더 거대해져 있었다.

아무래도 갑옷에 들어있던 마력을 흡수하면서 더욱 거대해진 모양이다.

그리고 멀리서도 보일 만큼 커진 탓인지, 소동을 알아차린 학생들까지 이곳으로 모여들기 시작했다.

"굉장해! 굉장합니다, 메어리 님! 이렇게까지 비대해질 줄이
야! 가능하다면 팔뿐만 아니라 갑옷 전부를 슬라임한테 먹이면
안 될까요? 어디까지 커질 수 있을지 꼭 실험하고 싶습니다!"

(그런 짓을 했다가는 지금보다 더한 카오스가 펼쳐질 거예요!
그리고 내 모습을 다 드러내면 더한 혼돈이 벌어질 텐데, 그게
가당키나 한 소린가요!)

나의 매료 능력을 알 리가 없는 남학생들이 탐구심에 홀려 그
렇게 말하자 나는 기가 막혔다. 이제는 도망쳐서 끝날 사태가 아
니었다. 나는 결의를 굳히고서 전설의 검(웃음)을 뽑아 들었다.

"마기루카! 범위 빙결 마법을 쓸 수 있어?"

"아, 예, 딱 한 번이지만요. 하지만 그걸로도 저건 못 얼려요!"

슬라임을 노려보며 소리치자 마기루카의 목소리가 들려왔다.

"우옷, 저 커다란 슬라임은 뭐야?"

"저길 봐! 백은의 기사가 거대 슬라임과 대치하고 있어."

"마치 동화 속 이야기 같아……."

모여든 학생들이 우리들의 모습을 보고는 이구동성으로 말했
다. 그중에서도 여학생들의 모습이 심상치가 않아 불안했다.

(난 사피나처럼 상대의 틈을 타 공격을 피하며 접근하는 기술
따윈 없어. 자칫 돌격했다가는 저 촉수가 그대로 내 몸을 칭칭
휘감을지도…….)

나는 수많은 촉수가 사지를 칭칭 얽매고는 온몸을 기어 다니

는 광경을 상상했다. 그러고는 이내 그 상상을 떨쳐내고자 고개를 힘껏 가로저었다. 어쩐지 영애로서 결코 벌어져서는 안 되는 광경 같다는 생각이 들어서였다.

"이봐! 맨드레이크, 붙잡았어어어어!"

바로 그때 우리의 긴장감을 깨는 소리가 들렸다. 어느새 부활한 자하가 흠뻑 젖은 모습으로 얼빠진 소리를 하며 의기양양하게 오른손을 들어 올렸다. 그의 손에는 물기를 가득 머금어 싱싱해진 뿌리채소가 쥐어 있었다.

모두의 시선이 그쪽으로 쏠렸다. 슬라임 역시 가만히 멈추었다. 자하 쪽으로 갈지, 내 쪽으로 갈지 망설여지는지 촉수를 이리저리 흔들었다. 나는 그 틈을 놓치지 않고 슬라임을 향해 달려갔다.

"슬라임, 좋은 걸 알려줄게! 두 마리 토끼를 쫓는 사람은 한 마리도 얻지 못한다……! 얍!"

나는 단숨에 간격을 좁힌 뒤 전설의 검(웃음)으로 슬라임을 찔렀다. 검을 타고 젤리 같은 물컹한 감촉이 전해지더니 내 검이 슬라임의 몸통이 깊숙이 박혔다.

망설였던 슬라임이 표적을 나로 바꾸더니 촉수를 뻗으려고 했지만 이미 늦었다. 나는 무의식적으로, 정말로 무의식적으로 백은의 기사가 했던 창피한 대사를 읊고 말았다. 크으, 익숙해진다는 건 무섭다니까.

"그대, 원초의 빛과 함께 터져라! 노바 플레어어어어!"

내 말에 호응하듯 슬라임 몸통에 깊숙이 박힌 검 끝에서 눈 부신 빛이 뿜어져 나왔다. 그러자 슬라임도 덩달아 비대해지기 시작했다.

"끝이다."

내가 나직이 선언하자 찬란한 빛과 함께 마치 풍선이 터지듯 슬라임이 파아아앙! 하고 화려하게 폭발하며 산산이 흩어졌다. 내가 폭발에 휘말리지 않도록 뒤로 펄쩍 물러나자 기다렸다는 듯이 마기루카가 다가왔다.

"다이아몬드 더스트!"

마기루카의 외침에 호응하여 얼음을 머금은 눈보라가 작아진 슬라임을 덮쳤다. 모두가 마른 침을 삼켰고, 눈보라가 걷히자 꽁꽁 언 채 햇볕을 반사하며 서 있는 슬라임의 모습이 눈에 들어왔다.

나는 슬라임의 상태를 다시금 확인했다. 이제는 움직이지 않는다는 걸 확인하고는 발걸음을 휙 돌렸다. 그러자 마치 연출을 노린 것처럼 꽁꽁 언 슬라임에 금이 가더니 깨져버렸다. 그 순간 주변에서 우오오오오오! 하고 환호성이 터졌다.

목소리가 너무 커서 나는 몸을 흠칫 떨고서 주변을 두리번거렸다. 어느새 모여들었는지 많은 학생이 우리를 에워싸고 있었다. 개중에는 황홀한 웃음을 흘리는 영애들의 모습도.

(어라? 매료된 건 아니겠지…….)

나는 어딘가 벗겨진 곳이 없는지 갑옷에 손을 대고서 확인했다.

팔만 노출되었을 뿐 다른 부분은 멀쩡했다. 매료 효과 때문은 아닌 모양이다.

"오오오, 굉장해! 그 거대한 슬라임을 일격으로 날려버렸어!"

"놀라워. 이 모습이야말로 백은의 기사!"

"백은의 기사님이 재림하셨어!"

(아니, 아니, 아니, 마기루카도 있잖아? 끝장을 낸 사람은 그녀라고. 모두 봤잖아? 왜 나만?)

환호성과 함께 찬사를 들은 나는 땀을 삐질삐질 흘리기 시작했다. 마기루카도 있건만 역시 전신 갑옷의 임팩트를 당해낼 수는 없었는지 다들 나만 주목했다.

의문을 날려버리듯 나를 향해 환호성이 날아들었다. 나는 모두를 향해 멋있게 손을 흔들면서 우아하게 떠나……지 못하고, 허둥지둥 몸을 숙이고서 달아났다.

(싫어어어어어! 환호성 지르지 마! 박수 치지 마! 황홀한 눈으로 쳐다보지 마아아아!)

투구를 쓰고 있는데도 두 손으로 얼굴을 가린 채 달려가는 내 앞길에 걸림돌이 되지 않고자 학생들이 길을 터주었다. 나는 마음속으로 외치면서 환호성을 받으며 이곳을 떠났다.

여담이지만, 그 뒤에 나는 붙잡은 맨드레이크를 무사히 달여 먹고 매료 증대 효과를 상쇄하는 데 겨우 성공했다. 그러나 나는 문제가 무사히 해결되었는데도 순순히 기뻐할 수가 없었다.

11 포기하면 그 순간이 바로 시합 종료예요

매료 사건이 무사히 해결된 지 이틀째. 나는 당연하다고 해야할까, 약속한 것처럼 사건이 해결된 이튿날에 방 안에 틀어박혀 학교를 빠졌다.

이유는 두 가지다.

첫 번째는 매료가 정말로 사라졌는지 몹시 의심스러웠다. 또 남자들에게 둘러싸여 애정 공세를 받는다면 정신이 버텨내지 못하리라. 그렇다고 갑옷을 입고 등교할 수도 없었다. 그게 두 번째 이유인데, 일을 저지른 후에 갑옷을 입고 등교한다면 학원 안에서 온통 백은의 기사 이야기만 할 게 뻔했다. 전에도 비슷했으니까. 엄청 눈에 띄겠지. 따라서 나는 다시 방에 틀어박히기로 했다.

그렇지만 그것도 슬슬 한계였다. 아버님이 오늘 돌아오시기 때문이다.

(아버님한테만은 절대로 들켜선 안 돼. 무슨 일이 벌어질지 알 수가 없으니까.)

아버지의 애정은 아주 기쁘지만, 그 애정이 이상한 방향으로 폭주할까 몹시 불안했다.

나는 한숨을 내쉬면서 마차를 타고 학원으로 향했다.

"자, 뭐라고 해명을 할까? 전부 갑옷 탓으로 돌리면 해결이 되려나? 그냥 다 기우였으면 좋겠다. 실은 아무도 내게 흥미가 없어서 아무런 소동도 벌어지지 않았으면……. 그럼 난 계속해서 공기처럼 지낼 수 있을 텐데."

내가 거의 불가능한 희망을 망상하고 있자니 눈앞에 앉아 있는 튜테가 약간 체념한 얼굴로 나를 쳐다봤다.

"아가씨……. 이제 포기하시죠. 이미 너무 많은 일을 하셨어요. 슬슬 현실을 직시하는 편이 좋지 않을까요?"

"튜테한테 좋은 말을 가르쳐줄게. '포기하면 그 순간이 바로 시합 종료예요'……. 아자, 난 포기하지 않아!"

튜테가 연약한 말을 하자 나는 전생 때 기억에 새긴 멋진 명언으로 설득했다.

"시합이라뇨……. 아가씨, 어떤 분이랑 싸우고 계세요?"

"세세한 건 따지지 마. 여하튼 난 포기할 수 없으니까 튜테도 내게 힘을 빌려줘. 너만이 유일한 의지처야."

나는 몸을 앞으로 내밀어 앞에 앉아 있는 튜테의 손을 쥐고서 촉촉한 눈동자로 애원했다. 과연 이래도 버틸 수 있을까?

"……무, 물론이죠, 아가씨. 저도 시합이 종료될 때까지 노력하겠습니다."

튜테는 뺨을 살짝 붉히고는 내 손을 쥐며 의지를 보여주었다.

(음, 매료 효과는 사라진 것 같군. 튜테의 반응이 약간 불안하긴 하지만.)

나는 매료 효과의 후유증이라고 해야 할까, 은혜라고 해야 할까, 여하튼 그런 것이 남아 있을 수 있다는 걸 예상하지 못했다. 학원에 도착할 때까지는⋯⋯.

학원에 도착하자마자 나는 위화감을 느꼈다. 이유는 학생들의 시선이었다.

시선, 시선, 시선. 가는 곳곳마다 나를 쳐다보는 시선들이 느껴졌다. 나는 그들의 시선을 피해 아래만 보며 걸었다. 그들의 시선은 살기나 증오 같은 게 아니었다. 말하자면 흥미, 호감이랄까? 나는 그 뜨거운 시선이 부끄러워서 도저히 상대방을 쳐다볼 수가 없었다.

(이상하네. 매료 증대 효과는 없어졌을 텐데, 왜?)

"저, 저기, 마기루카? 왠지 남자들이 자꾸 날 쳐다보는 것 같은데? 혹시 매료 효과가 아직 남아 있나?"

시선을 견딜 수가 없어진 나는 아레이오스 담화실에서 맞은편에 앉아 있는 마기루카에게 작은 소리로 물었다.

"아뇨, 효과는 없어졌어요."

"하, 하지만⋯⋯."

난 주변을 힐끔거렸다. 남자들이 이쪽을 보고 있다는 걸 알아차리고는 황급히 시선을 되돌렸다.

"아마 그거겠죠. 그날 투구를 벗고 돌아다닌 탓에 예전부터 메어리 님을 알던 사람이나 잘 모르던 사람, 어쩌면 아예 모르던 사람까지 매료 상태에 빠졌었을 테니, 매료가 풀려도 두근거렸던 기억이 아른거려서 자꾸 신경이 쓰이는 게 아닐까요?"

"이, 이럴 수가……."

마기루카가 그럴싸한 설명을 내놓았다. 나는 그대로 고개를 푹 숙이고는 탁자 위에 엎어지려고 했으나.

"메어리 님, 다들 보고 있어요."

"윽……."

마기루카의 말 대로였다. 모두가 보고 있는데 공작 영애로서 꼴사나운 태도를 보일 수는 없었다. 나는 등을 쭉 폈다.

평소에는 어지간한 상황이 아니면 이렇게까지 시선을 받진 않았는데, 지금은 어딜 가나 시선을 받고 있어서 마음이 편하지 않았다.

(아아, 빨리 구교사 담화실로 달아나고 싶어. 지금 정신이 내 정신이 아냐.)

나는 주변을 두리번거리며 수상쩍은 얼굴이 없는지 확인했다. 그러다가 어느 영애 집단과 눈을 마주치는 바람에 예의상 온화하게 웃어주었다. 그러자 영애들이 꺄악~ 하고 소리를 질렀다.

"남자는 알겠지만, 왜 여자까지?"

"본인 가슴에 대고 물어보세요."

마기루카가 눈을 반쯤 뜨고서 말하자 나는 가슴에 오른손을 대고서 눈을 감아보았다.

"이틀 전에 바람처럼 나타나 거대한 몬스터를 멋지게 쓰러뜨린 기사가 있었지요?"

"······있었나? 그런 기사가?"

나는 눈을 뜨고서 가슴에 대고 있던 오른손을 내렸다. 그러고는 어리둥절한 얼굴로 고개를 갸웃거렸다.

"당신 말이에요, 당신!"

내가 시치미를 떼자 마기루카가 큰소리로 외쳤다. 그러자 담화실에 있던 사람들이 이쪽으로 시선을 돌렸다. 겸연쩍어진 우리는 주변에 미소를 뿌리면서 가라앉기를 기다렸다.

"아레이오스 학생 중에 그 갑옷을 입은 사람이 메어리 님이라는 걸 모르는 사람은 이제 없어요. 이미 소문은 퍼질 대로 퍼졌고, 메어리 님은 이제 '백은의 기사님'의 후예라고 불리고 있다고요!"

"뭐? 그냥 백은색 갑옷을 입고 있었을 뿐이잖아? 그것만으로 백은의 기사의 후예라고 말하는 건 너무 비약 아냐?"

"그것만이라니요? 슬라임을 쓰러트릴 때 당신이 무슨 마법을 썼는지 벌써 잊어버렸나요? 그건 3계급 폭렬 마법이라고요! 그것도 상당히 어려운! 다른 학생도 아니고 아레이오스 학생이 그게 얼마나 대단한지 모를 리가 없잖아요? 학생들이 백은의 기사의 이미지를 당신한테 씌워도 이상할 게 없어요."

내가 변명을 하자 마기루카가 눈을 반쯤 뜨고서 아픈 부분을 지적했다.

"어, 으음······. 그건, 저기······ 뭐라고 해야 할까, 그냥 어쩌다 보니······."

적당한 변명거리가 떠오르지 않아서 시선을 이리저리 돌리며 당황하고 있으니 마기루카가 한숨을 휴우, 하고 크게 내뱉었다.

"아무리 갑옷의 가호가 있었다고 해도 일 좀 벌이지 말아요. 안 그래도 메어리 님은 몸이 약하잖아요. 그런 마법을 썼다가는…….이번에도 사건이 끝나고 온종일 잠들었죠? 스스로를 좀 아끼도록 해요."

마기루카는 반쯤 어이없어하며, 반쯤 걱정하며 말했다.

(아, 그러고 보니 몸이 약해서 재능을 살리지 못한다는 설정이었지.)

나는 소르오스에서 모두가 멋대로 오해해버린 설정을 떠올렸다. 아직 병약한 아가씨 설정이 살아있는 모양이었다. 나는 살짝 안심했다.

"걱정을 끼쳐서, 미안해……."

어쩐지 모두에게 거짓말을 한 것 같다는 죄책감을 느끼면서 나는 눈앞에 있는 친구에게 마음속으로 사과했다.

그 뒤로 수업 시간에는 마기루카가 나에게 접근하려는 남자들을 잘 구슬려서 돌려보냈고, 그녀가 옆에 없는 자유 시간에는 자하나 왕자님이 남자들을 쫓아주었다. 사피나는 성격 탓에 남자를 잘 대하지 못했기에 내 마음을 치유하는 역할을 맡았다.

(아아, 친구가 있어서 좋네~.)

그러나 흐뭇한 것도 그때뿐이었다. 영애들과 백은의 기사에 관한 대화를 나누기 시작하자 그토록 든든했던 마기루카와 사피나가 솔선해서 대화에 끼어들었고, 이제는 아예 영애들과 꺅꺅거리며 그 당시를 회상하며 대화를 나누었다. 나에게는 그야말로 수치플레이였다.

(하하핫, 이제 좀 그만…….)

왠지 모를 데자뷰를 느끼면서 나는 웃을 수밖에 없었다.

나는 수업이 끝나자마자 구교사 담화실로 피신했다.

"그리고 슬라임이 빈틈을 보이자 메어리 님, 즉 백은의 기사님이 재빨리 달려가서 검으로 슬라임을 찌른 뒤 이렇게 외쳤습니다."

""꺄아아아아아아!""

"그대, 원초의 빛과 함께 터져라!"

""꺄아아아아아아!""

(하하핫, 이제 제발 그만…….)

내가 왜 그런 말을 했을까?

나는 자기혐오에 시달리며 수치플레이를 그저 웃음으로 넘길 수밖에 없었다.

"역시 메어리 님은 백은의 기사님의 후예였군요."

"후후훗, 후예라니요. 그렇지 않아요. 전 '일개' 일반인, '일개' 공작 영애에 지나지 않는답니다."

나는 웃으면서 넌지시 '일개'라는 단어를 강조했다.

"틀림없이 혈통이 아니라 그 갑옷의 선택을 받아야만 백은의 기사님이 될 수 있는 거겠죠."

"그 갑옷은 데오도라 님이 만들어주신 특별 제작품이에요. 여러분들이 생각하시는 신께서 내려주신 전설의 갑옷이 아니라 사람이 만든 '일개' 갑옷에 불과하죠. 뭐, 분명 갑옷 덕분에 여러 도움을 받기는 했지만, 결국 사람이 만든 갑옷이랍니다."

나는 웃으면서 또다시 넌지시 '일개'라는 단어를 강조했다. 이 갑옷이 일개 고철 덩어리에 불과하다고 말한다면 여러 일이 벌어질 때마다 갑옷 탓으로 돌렸던 내 말과 모순이 일어나니까. 이런 모호한 대답을 듣고 영애들이 어떻게 받아들였을지 모르겠지만. 무서워서 상상하고 싶지도 않다.

"얘기를 도중에 미안하지만, 메어리 양을 잠시 빌려도 될까?"

내가 내심 식은땀을 흘리며 초조해하고 있을 때, 질문 공세를 하던 영애들 뒤에서 신사적으로 대화에 끼어든 사람이 있었다. 바로 왕자님이었다. 영애들은 황홀한 얼굴로 어서 데리고 가라고 권했다.

"그럼 잠시 빌리도록 하지."

왕자님은 영애들에게 극상의 웃음을 선사한 뒤 앉아 있는 나에게 우아하게 손을 내밀었다. 나는 부끄러워하며 그 위에 손을 포갠 뒤 자리에서 일어섰다. 그러고는 모두에게 인사를 한 뒤 그대로 왕자님의 에스코트를 받으며 옆방으로 이동했다.

뒤에서 하후~ 하고 감미로운 한숨을 내뱉는 소리가 들린 것 같았지만, 못 들은 거로 하자.

"이런 연출은 필요 없지 않나요? 쓸데없는 오해를⋯⋯."

"후훗, 이러는 편이 남학생들의 접근을 막는 데 더 좋을 것 같아서. 내가 친하게 지내는 여성한테 추파를 던지려는 사람은 없을 테니까. 영애들의 입을 통해 소문이 퍼지기만 하면 족해. 어디까지나 소문으로만."

주변에 들리지 않도록 왕자님에게 소곤거리듯 묻자 그는 짓궂게 한쪽 눈을 찡긋 감으며 대답했다.

(그건 그것대로 나중에 일이 성가시게 될 것 같은데. 뭐, 다들 진정할 때까지만 참도록 하자.)

나는 깊이 생각하는 것을 그만두고 옆방에 들어갔다. 그곳에서 마기루카도 의자에 앉아 무언가를 생각하고 있었다. 진지하게 고민하는 그녀의 얼굴을 보니 어쩐지 데자뷰가 느껴졌다.

"저기, 레이포스 님⋯⋯. 무슨 문제라도?"

무언가 깨달은 나는 선수를 쳐서 물어봤다.

"아니, 문제라고 할 건 아니고, 네게 도움을 청할까 해서."

왕자님은 얼버무리듯 대답하고서 나에게 앉으라고 권했다. 내가 신음하고 있는 마기루카 옆에 앉자 왕자님이 앞자리에 앉아 이쪽을 쳐다봤다.

"소르오스 신입생이 무술대회를 치르는 건 알고 있지?"

"예, 저도 참가한 적이 있으니까요."

(일을 하도 저질러서 별로 떠올리고 싶지 않은 기억이지만.)

"그 무술대회를 우리가 관리하게 됐어."

"예?"

왕자님이 아주 진지한 얼굴로 말하자 나는 얼빠진 얼굴로 대구를 하고 말았다.

12 나무를 숨기려면 숲에

"무술대회를 우…… 아니, 레이포스 님이 관리하게 됐다고요?"

(큰일 날 뻔했네. 하마터면 우리라고 말할 뻔했어.)

내심 조마조마하면서 나는 두 클래스 마스터의 안색을 살폈다. 그러자 두 사람은 나를 보며 고개를 끄덕였다.

"무술대회는 매년 선생님들이 주체가 되어 치러왔는데, 올해는 운영 인원이 부족한 데다가 집객(集客)수도 떨어져서 선생님들도 머리를 싸매고 고민한다고 하더군."

"집객수……가 뭔가요?"

왕자님의 설명을 듣다가 궁금한 것이 생겨서 나는 바로 질문했다.

"뭐, 간단하게 말하자면 학원 운영자금을 모으기 위한 손님을 말하지. 왕립이라고는 하지만 국고 지원금만으로는 여러모로 빠듯해서 말이야. 그래서 무술대회를 열어 기부도 받고, 입장료도 거두고, 간식도 팔아서 운영자금을 충당해왔는데, 해가 갈수록 사람이 줄어드는 모양이야."

"요컨대 그동안 무술대회를 개최하면서 문제들이 쌓이고 쌓였는데, 결국에는 죄다 우리한테 떠넘겼다는 소리죠."

왕자님이 쓴웃음을 지으며 설명하자 마기루카가 벌레를 씹은 듯한 얼굴로 고개를 푹 숙인 채 정리를 해주었다.

(뭐, 그 엉터리 학원장이라면 그럴 만도 해. 선생님들이 대책을 요구하자 삐져서 억지를 부린 건가?)

나는 시계탑 학원장실에서 세 그랜드 마스터가 잔소리를 하자 학원장이 억지를 부리며 떼를 쓰는 장면을 쉬이 상상할 수 있었다. 무심코 깊은 한숨을 내쉬고 말았다.

"그래서 레이포스 님 앞으로 이 문제가 떨어진 건가요?"

"내가 학원 생활은 학생들이 주체가 되어야 한다고 주장하며 여러 가지 관리하던 것을 학원장이 떠올린 모양이더군. 그래서 무술대회도 학생들이 관리해보라는 말이 나온 모양이야."

왕자님이 뭐라 형언할 수 없는 얼굴로 아하핫, 하고 웃었다. 학원 생활은 학생들이 주체이어야 한다고 했던 왕자님의 주장은 사실 내 조언에서 비롯된 것이다. 그래서 무척 미안했다.

"느닷없이 큰 행사를 떠맡게 됐네요."

"응. 하지만 보람은 있을 것 같아. 잘 풀리면 내년에도 학생들이 대회 관리를 맡을 수 있을지도 모르지. 학원 역사가 크게 바뀔 거야."

(학원 역사를 크게 바꿀 만한 큰 행사를 맡아도 괜찮으려나? 이제 눈에 띄는 짓은 피하고 싶은데……. 하지만 도와주고 싶기도 하고…….)

내가 눈에 띄면서까지 도움을 줘야 할지 고민하며 멍하니 있자니 뒤에 대기하고 있던 튜테가 차를 내오면서 내게 귓속말을 했다.

"아가씨, 이건 좋은 기회일지도 몰라요. 다른 분들을 도와 이 행사를 성공시켜서 역사를 바꿔야만 해요."

튜테는 말을 마치고서 마치 아무 일도 없다는 듯이 뒤로 돌아갔다. 나는 왕자님에게 양해를 구한 뒤 튜테를 데리고 구석으로 이동했다.

"무슨 소리야, 튜테. 그런 짓을 했다가는 엄청나게 눈에 띄잖아."

"예, 그래서예요. 이번 일이 잘 풀리면 가장 눈에 띄는 분은 최고책임자인 전하세요. 학원 역사를 크게 바꿀 만한 일이니 지금껏 아가씨가 저질렀던 수많은 일을 덮어버릴 수 있을지도 몰라요. 아가씨께서 예전에 말씀하셨잖아요? '나무를 숨기려면 숲에'라고요. 다른 사람의 커다란 위업으로 아가씨의 위업을 덮어버리는 거죠."

나는 튜테와 숙덕거리다가 그 말을 듣고는 마치 신탁을 받은 것 같은 충격을 받았다. 나는 무심코 튜테의 두 손을 쥐고서 가슴으로 가져갔다. 그리고 반짝이는 눈동자로 눈앞에 있는 검은 눈동자를 쳐다봤다.

"튜테. 네가 내 메이드라서 정말 다행이야."

"아가씨…… 아파, 아파요. 조금만 자제해주세요."

"어? 아, 미안. 그만 흥분해버렸네. 하지만 이래 봬도 꽤 자제한 거야. 실은 힘껏 끌어안아 주고 싶었거든."

"그렇게 하시면 전 죽어요."

내가 손에 힘을 빼고서 고개를 갸웃거리며 웃자 튜테는 어이
없다는 표정으로 무서운 소리를 했다.

"어머? 내 포옹이 마음에 안 들어?"

나는 웃으면서 다시 손에 힘을 주었다. 아까보다 조금 더 세
게…….

"아, 아뇨, 당치도 않습니다. 오히려 아주 좋아하니 용서해주
세요. 아, 아파…… 부러져요오오오!"

반쯤 울먹이던 튜테가 억지웃음을 지으며 백기를 들었다. 나
는 만족스러워하며 손을 뗀 뒤 다시 왕자님 곁으로 돌아갔다.

"얘기를 도중에 중단시켜서 죄송했습니다. 레이포스 님, 불초
한 메어리 레가리야가 전력으로 돕도록 하겠습니다. 이 위업을
기필코 성공시키도록 하죠."

"고마워. 네 발상력은 우리의 상식을 초월하니까. 기대할게."

내가 콧김을 내뿜으며 당당하게 선언하자 왕자님이 안도한 표
정으로 나를 바라봤다.

"맡겨주십시오."

나는 왕자님 앞에서 숙녀의 예를 표했다. 머릿속에서 이미 어
떤 방안이 떠올랐기에 그렇게까지 당황할 일은 아니었다.

몇 분 뒤.

방 안에는 나를 비롯해 왕자님, 마기루카, 자하, 사피나, 평소
멤버들이 모여 있었다. 모두 자리에 앉아 홀로 서 있는 나를 보

고 있었다.

"어험……. 이번 무술대회를 모든 학생이 참가하는 '학원제'로
일신할 것을 제안합니다."

내가 선언하자 모두가 놀라워하는 소리가 방 안에 울렸다.

내가 일을 저질러서 왕자님의 위업을 뒤덮어버리는 작전이 개
시되었다.

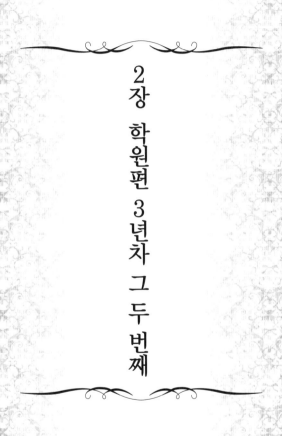

2장
학원편 3년차 그 두 번째

01 이건 함정인가요?

""""학원제?""""

내 말을 듣고 네 사람이 정확하게 입을 모아 말했다. 나는 모두에게 전생의 기억 속에 있는 '문화제'를 들려주었다. 그래봤자 나도 실제로 참가한 적은 없으므로 얕은 지식과 상상에 의존한 대략적인 설명이었지만.

"으음, 다시 말해 학생들끼리 축제를 개최하자는 건가?"

왕자님이 나의 대략적인 설명을 알아듣고서 물었다.

"예, 모든 학생이 참가하니 준비 인원이나 운영 인원이 부족할 일은 없을 것 같습니다. 이것으로 인원 부족 문제를 해결할 수 있겠죠. 더불어서 모든 학생이 참가하니 그 가족이나 관계자들이 축제 당일에 견학을 올 수도 있습니다. 그러면 방문자도 작년보다 늘어나겠죠."

내 이야기를 듣고 네 사람은 고개를 끄덕였다.

"하지만 무술대회는 어쩌고?"

"물론 행사의 꽃인 무술대회도 개최합니다. 주 관리자가 소르오스의 고학년 학생들로 바뀔 뿐이지요."

자하가 소박한 의문을 던지자마자 나는 대답했다.

"학생들이 한 번쯤은 경험하는 행사이니 어떻게 진행하는지 대강은 알 테고, 불편한 점은 스스로 고칠 수도 있으니 괜찮을 것 같아요."

사피나는 찬성인지 모두에게 장점을 설명했다.

"과연, 학원제 진행에 따라 각각 업무를 분담하면 되겠군요. 행사 준비와 순찰 등 힘쓰는 일은 소르오스에게 부탁한다던가."

"뭐, 기사를 지망하는 녀석들이 많으니 경비를 자진하는 녀석들도 있겠지. 행사장을 꾸밀 때 힘을 잘 쓸 것 같은 녀석도 있고 말이야."

마기루카의 의견에 자하가 덧붙였다. 이야기가 좋은 느낌으로 흘러가는 것 같아서 나는 아주 기뻤다.

"예산이나 운영비 같은 재무는 라라이오스 학생 중에 문관을 지망하는 사람한테 맡기면 되겠군?"

"맞습니다, 전하. 그밖에 세세한 사항은 작년까지 행사를 담당했던 선생님께 지도를 받으면 어떻게든 될 거예요."

왕자님도 찬동하자 마기루카는 메모하면서 일을 원활하게 진행하고자 준비하기 시작했다.

"그럼 행사 운영을 맡지 않는 학생들은 뭘 하면 될까?"

"막연하긴 하지만, 뭔가 공연 같은 걸 시키는 게 어떨까요? 아레이오스에서는 마법을 선보이거나 마법 연구 성과를 발표하는 것도 괜찮겠고, 라라이오스에서는 매점을 개설하거나 학술 연구 성과를 발표하는 등 학업 성과를 손님들께 선보이면 좋을 것 같습니다."

"과연……. 그럼 모두와 의논을 나눈 뒤에 결정하기로 하고,

결정되면 저희가 신청서를 받도록 할까요?"

마기루카가 덧붙였다.

(모두, 머리 회전이 빨라서 좋네. 난 그저 계기만 제공했을 뿐인데 이야기가 착착 진행되고 있어.)

"좋아, 상세한 내용은 차차 수정해나가기로 하고, 지금은 학원제 개요를 대강 꾸며서 학원장한테 제출하도록 하자."

"그럼 제안서 초안을 짜도록 하겠습니다."

왕자님이 말하자 마기루카가 일어서서 종이를 가져온 뒤 다시 자리에 앉았다. 그 뒤로 회의가 재개되었다.

(새삼스럽긴 하지만, 반대하는 사람이 아무도 없네. 참 놀라워. 오히려 마음이 불안해지는데 괜찮으려나?)

나는 내심 불안을 품고 한 발짝 물러서 조용히 지켜보기로 했다.

아무 직책도 없는 사피나도 뭔가 거들고 싶은지, 살짝 들떠서 여기저기를 두리번거리고 있었다.

"사피나, 저쪽에서 차나 마시자. 우리는 나중에야 할 일이 있을 것 같으니까."

"아, 예. 메어리 님."

사피나에게 다른 탁자에 앉자고 권하면서 나는 튜테에게 차를 새로 끓여달라고 부탁했다.

"으음, 어이, 사피나. 현재 소르오스 소속 학생이 몇 명인지 알아? 쓸 만한 녀석은 어느 정도나 될까?"

사피나와 함께 자리를 옮기자마자 자하가 고개를 들어 물었다.

"아, 어~ 그게 말이죠⋯⋯."

자리에서 일어선 사피나는 어떻게 대답해야 좋을지 몰라 나와 자하를 번갈아 보며 우물쭈물했다.

"자하 씨를 도와주도록 해. 저 남자를 관리하는 건 불가능할 것 같으니 보좌를 해줘."

"아, 예!"

나는 한숨을 내쉬며 말했다. 그러자 그녀는 기뻐하며 학원제 회의에 끼어들었다.

(어라? 잠깐만. 이거 나만 따돌림?)

홀로 우두커니 앉아 있다가 깨달아서는 안 될 것을 깨닫고 만 나는 내심 불안해졌다.

(아니, 아니, 아니. 눈에 띄면 안 돼. 괜히 나섰다가는 또 일을 저지르고 말 거야. 참자, 참아. 메어리.)

불안을 꾹 참으며 나는 동요를 애써 감추고자 홍차를 차분히 들이켰다.

그러나 찻잔이 오랜만에 엄청나게 떨리기 시작했다. 잔이 깨지기 직전에 튜테가 아무 말 없이 회수했다.

이튿날.

나와 사피나, 자하 세 사람은 학원장에게 제안서를 제출하러 간 왕자님과 마기루카를 기다리고 있었다. 하지만 사피나와 자하는 둘이서 앞으로 학원제를 어떻게 준비할지 의논하고 있었으므로 실질적으로 소외감을 느끼고 있는 사람은 나뿐이었다.

(안 돼, 안달하지 말자. 뭐지, 이 감정은? 혼자 아무 일도 맡고 있지 않아서 괜스레 미안하잖아. 홀로 유유자적하게 시간을 보낼 수 있으니 럭키라고. 그런데 친구들 틈에 끼고 싶어서 몸이 근질근질 거려어어어!)

홀로 창밖을 보면서 마음만 초조해했다.

(안 돼, 메어리! 이건 함정이야. 저 일에 끼어들면 돌이킬 수가 없다고. 위업 덮어씌우기 작전인데 내가 선두에 서면 아무 의미가 없잖아!)

나는 창밖을 보면서 두 사람을 힐끔 곁눈질했다.

(……하, 하지만……!)

무언가에 집중하는 친구들을 보니 또다시 끼고 싶다는 충동이 강해졌다. 그러나 새삼스럽게 '나도 끼워줘♪' 하고 말하기에는 때를 놓친 것 같은 기분이 자꾸만 들었다. 이제는 누가 부탁을 하지 않는 이상 어렵겠지. 나는 마음속으로 갈등했다. 그러다가 정신을 차려보니 두 사람의 뒤를 먹잇감을 찾는 곰처럼 어슬렁거리고 있었다. 이를 보다 못한 튜테가 참아야 한다고 나를 만류했다.

이윽고 홀로 번민하다 보니 왕자님과 마기루카가 돌아왔다. 학원장이 학원제 계획을 승인해주었단다. 네 사람이 학원제를 성공시키자며 단단히 마음을 먹자 나는 더욱 초조해졌다.

"그럼 계획을 세세하게 수정해나가도록 하죠."

마기루카는 자리에 앉아 이쪽을 쳐다봤다.

"많이 기다렸죠, 메어리 님. 이제 구체적인 계획을 작성하고 자 하니 좀 도와——꺄아아악!"

마기루카가 당연하다는 듯이 나에게 도움을 청하자 나는 다짜고짜 그녀를 끌어안았다.

"아이 참~ 어쩔 수 없네~♪ 내가 거들도록 할게, 응, 거들도록 할게♪"

"왜왜왜, 왜 갑자기 끌어안는 거예요!"

나는 활짝 웃었고, 마기루카는 얼굴을 붉히며 놀랐다. 튜테가 그런 나를 어이없다는 얼굴로 쳐다봤다. 하지만 나는 애써 모른 척했다.

(왜냐면 끼고 싶었다고오오오! 따돌림을 받는 건 싫어!)

그리하여 나는 학원 역사를 바꿀 만한 일대 이벤트에 스스로 발을 담갔다.

✥ 02 ✥ 왕자님이 기획한 겁니다

학원제 프로젝트가 시작되었다. 우선 학원의 모든 학생을 홀에 모이게 한 뒤 왕자님이 직접 이벤트를 발표하였다. 역시 전례가 없던 일이라서 그런지 다들 웅성거렸지만, 여기까지는 큰 문제 없이 진행할 수 있었다.

학원제의 중심은 무술대회이므로 소르오스 학생들은 생각 이상으로 의욕을 내고 있었다. 문제는 지금껏 참가하지 않았던 아레이오스와 라라이오스 학생들이었다. 그러나 클래스 마스터인 왕자님과 마기루카, 그리고 그랜드 마스터들이 치밀하게 설명한 덕분에 어떻게든 참가 의욕을 북돋울 수 있었다.

그리고 우리는 지금 아레이오스 담화실에 있었다. 물론 학원제를 어떻게 꾸려나갈지 의논하기 위해서였다.

"그래서 구체적으로 뭘 하면 좋을까요?"

모두의 앞에 선 마기루카……와 무슨 영문인지 그 뒤에 서 있는 나.

(뭐, 처음 말을 꺼낸 내가 구체적인 안을 내는 게 당연한 건가? 그런데 다들 왜 당연하다는 듯이 이쪽만 쳐다보고 있지? 이상하지 않아? 으~음, 이해가 안 되네.)

"우선 공연을 맡는 인원과 운영을 맡는 인원을 나누도록 하겠습니다. 자신에게 잘 맞는 역할이 무엇인지 곰곰이 생각한 뒤에 선택해주세요."

누군가가 질문하자 마기루카가 대답했다. 그러자 다들 제각기 주변에 있는 사람들과 잡담을 나누듯 의논하기 시작했다. 종종 운영은 뭐고, 공연은 뭐냐는 질문이 나왔다.

"그렇게 어렵게 생각할 필요는 없어요. 공연이라고 해봤자 지금껏 배워왔던 마법을 선보이거나, 마법학, 약학 등의 연구 성과를 발표하면 됩니다. 공부의 연장선이라고 생각하면 돼요."

다들 지금까지 없었던 것을 발표하든가, 모두가 놀랄 만한 마법을 선보여야 하는 건가 하고 막연하게 생각하는 듯해서 나는 좀 더 구체적이면서도 가벼운 예시를 들었다. 그러자 의논이 일사천리로 진행되었다.

(휴우, 위험해, 위험해. 하마터면 그냥 계란 프라이만 내놓으면 되는데, 오리지널 레시피를 선보이다가 자폭하는 학생이 나올 뻔했네. 다른 클래스는 괜찮으려나?)

며칠 뒤, 나는 그 걱정들이 신청서라는 이름으로 현실이 되었음을 통감했다.

수업을 마친 우리는 구교사의 담화실에 모여 있었다. 이곳은 이제 사실상 학원제 집무실이 되어 있었다.

"마수와의 집단전. 흉악한 몬스터와 싸워서 이길 수 있을 리는 없지만, 주최 측에서 어떻게든 잘 준비해서 이길 수 있게 해주세요, 라고요? 이런 꿈같은 이야기를 신청서에 써놓으면 어떡하라는 거예요——?!"

마기루카는 분노를 실어 신청서를 탁자에 내던졌다. 그걸 본 나는 어이없다는 얼굴로 한숨을 내쉬었다.

가벼운 내용이라도 상관없다고 당부를 했음에도 귀족들이 허영심을 반영한 신청서를 여럿 제출한 탓에 마기루카의 분노는 극에 달해 있었다. 아레이오스뿐만이 아니라 다른 클래스도 마찬가지였다. 말도 안 되는 신청서를 걸러내는 것도 우리의 일이었다.

그러던 도중에 왕자님이 미안하다는 얼굴로 우리가 앉아 있는 자리로 다가왔다.

"부조리한 신청서 때문에 분노를 토로하고 있는 와중에 미안하긴 한데, 나도 꿈같은 이야기를 하나 부탁해도 될까?"

왕자님은 빈자리에 앉아 자하와 사피나도 불렀다. 마기루카는 왕자님이 꿈같은 이야기, 라는 말을 꺼내자 겸연쩍어하며 고개를 숙였다. 어려운 부탁을 하려는 건가? 왕자님은 모두가 모인 앞에서 입을 열었다.

"무술대회 말인데, 결승 토너먼트가 시작될 때 너희들이 해줬으면 하는 일이 있어."

왕자님은 말을 끊고서 우리를 둘러봤다. 어쩐지 불길한 예감이 들어서 나는 무심코 마른 침을 삼켰다.

"검사와 마법사가 2대 2로 팀을 맺어 시합을 치러줬으면 좋겠어."

나는 순간 무슨 소리를 한 것인지 이해하지 못해 멍한 표정을 보이고 말았다. 그러다가 제정신을 차리고는 표정을 숨기고자 고개를 숙였다.

"전하, 그건 다시 말해서 '검사와 마법사' 대 '검사와 마법사' 태그전을 벌이라는 건가요?"

이해가 빠른 마기루카가 모두를 대신하여 왕자님에게 물었다. 그러자 그가 조용히 고개를 끄덕였다.

"그래, 아레이오스 학생들은 공격 마법을 익히고 있지. 하지만 이 학원에서는 마법으로 대련을 벌이는 사람은 없어."

"전하, 말씀 중에 죄송합니다만, 같은 계급 마법끼리는 위력 차이란 게 없습니다. 대련을 벌이기에는 적합하지 않을 것 같습니다만."

"하지만 검사와 팀을 꾸린다면 그렇게 말할 수 없을걸?"

마기루카가 이의를 제기하자 자하가 반박했다.

"다시 말해 전하께서는 아레이오스와 소르오스의 공동 대련을 회장에 모인 손님들한테 선보이고 싶으신 겁니까?"

"응, 마법과 검술, 이건 우리나라의 무력이기도 해. 그래서 그 두 가지를 접목할 수 있다는 걸 손님을 비롯해 학생들에게도 보여주고 싶어. 나는 너희들이 학생들과 손님들 앞에서 시합을 선

보여줬으면 해. 전례가 없는 일이긴 하지만."

왕자님이 진지하게 말하자 다들 입을 다물고서 무언가를 생각하기 시작했다. 나도 눈에 띄는건 피하고 싶지만, 왕자님의 제안을 거절할 수는 없다. 어차피 대련일 뿐이니 설령 지더라도 별 지장은 없긴 하지만, 안 할 수 있다면 안 하는 게 가장 낫긴한데……

"아레이오스와 소르오스와의 공동 시합이라……. 재밌을 것 같네요."

"어쩐지 두근거리는데."

두 클래스 마스터가 의욕을 보이기 시작했다. 그리고 사피나가 창백해진 얼굴로 어떻게 하면 좋은지 묻고자 내 눈을 쳐다봤다.

"좋았어. 그럼 정해졌으니 당장 팀을 짜야겠네."

"잠깐, 아직 정해진 게……."

자하의 팀을 짜자는 말에 초조해진 나는 이의를 제기하려고 했으나, 그 순간 왕자님의 얼굴이 시야에 들어왔다. 나는 이내 말실수를 했다는 걸 깨달았다.

"메어리 양은 반대인가?"

"아, 아아아, 아뇨, 당치도 않습니다. 단지 제가 그런 중요한 역할을 맡아도 될지 걱정이 됐을 뿐입니다. 좀 더 우수한 학생한테 맡기는 편이 낫지 않을까 싶어서."

"하얀 희군이자 백은의 기사님이라 불리는 학생보다 더 뛰어

난 학생이 있다면 나도 알고 싶네요."

마기루카가 짓궂게 웃으며 끼어들자 나는 말문이 막혔다.

"앗, 사피나. 사피나는 어떠……."

난처한 나머지 나는 사피나를 끌어들이고자 그녀를 불렀다. 그녀는 모두의 시선이 쏠리자 반쯤 울먹였다. 당장에라도 기절할 것만 같았다.

(앗, 미안. 압박감의 덩어리 속으로 던져버려서.)

"저, 전…… 메어리 님을, 따르겠습니다."

그 말만은 간신히 쥐어짜낸 뒤 그녀는 고개를 숙인 채 결과를 기다렸다.

그리고 모든 시선이 나에게로 쏠렸다.

"알겠습니다. 참가하도록 하겠습니다."

백기를 든 나는 고개를 푹 숙이고서 말했다.

"결정됐네. 그럼 팀을 나누도록 할게. 공평하게 '나, 마기루카, 사피나' 대 '메어리 님'으로 하자. 어때?"

"잠깐, 태그전이라면서요?! 왜 나 혼자예요?!"

자하가 자못 당연하다는 듯이 3:1로 팀을 나누자 나는 무심코 항의하고 말았다.

"어…… 나는 이렇게 팀을 나눠도 균형이 안 맞을 것 같은데. 메어리 님은 마법이랑 검술, 둘 다 할 줄 알잖아. 혼자서 뭐든지 할 수 있으니 어차피 쉽게 이길걸?"

"난 그렇게 우수하지 않아요! 에잇, 난 사피나와 팀을 맺겠어요.

사피나는 넘겨줄 수 없어요! 당신 같은 바보와 팀을 맺을 생각은 요만큼도 없다고요!"

"풋, 메어리 님, 예전에도 말했었지. 바보 눈에는 바보밖에 안 보인다고. 푸푸풋."

"이 자식이이이……. 당신이랑은 절대로 같은 팀 안 해요! 당 일에 울며불며 사과해도 용서해주지 않을 거예요. 엉망진창으로 흠씬 때려 테니까."

자하의 발언에 자극을 받은 나는 억지로 사피나를 팀에 끌어 들였다. 그리고는 정신없이 흠씬 때려주겠다고 선언하면서 굳어 있는 그녀를 내 쪽으로 당겨서 끌어안았다.

마기루카는 우리가 어린애처럼 다투는 한심한 광경을 기막히 다는 얼굴로 쳐다봤고, 왕자님은 그런 그녀를 다독였다. 그러나 나는 외톨이가 되고 싶지 않아서 사피나를 끌어안은 채 꼭 달라 붙었다.

03 여러모로 시작되었습니다

나는 사피나와 튜테를 데리고 학원을 터벅터벅 걷고 있었다. 마차 정류소로 향하는 발걸음이 오늘은 유독 무거웠다.

(휴우……. 왜 그렇게 호언장담을 한 거지? 이러면 지고 싶어도 질 수가 없잖아.)

나는 불과 수십 분 전에 벌어졌던 일을 돌이키며 깊은 한숨을 내쉬었다.

"그나저나 역시 메어리 님이네요."

나란히 걷던 사피나가 감탄한 얼굴로 이쪽을 쳐다보며 영문 모를 소리를 했다. 나는 발걸음을 멈추고서 그녀 쪽으로 고개를 돌렸다.

"어? 뭐가?"

나는 사피나의 말뜻을 몰라 고개를 갸웃거렸다. 그러자 사피나가 반짝이는 눈동자로 이쪽을 쳐다봤다.

"글쎄, 팀을 짤 때 가장 문제가 없는 구도를 만드셨잖아요? 만약에 저와 마기루카 씨, 자하 씨와 메어리 님이 같은 편이 되었다면 두 클래스 마스터끼리 싸우는 꼴이 되었을 테니까요. 자칫했다간 소르오스와 아레이오스의 관계가 삐걱거렸을 거예요."

물론 거기까지 생각하지 않았던 나는 사피나의 말을 듣고 납득해버렸다.

"아가씨께서는 거기까지 내다보시고 사피나 님과 같은 편이 되신 거였군요! 역시 아가씨. 전 영락없이 홧김에 사피나 님을 고르신 줄 알았어요."

튜테의 말이 그야말로 정답이었지만, 그녀가 어쩐지 감개무량 한 표정으로 쳐다보고 있어서 나는 아무 말 없이 시선을 슬며시 돌렸다.

"게다가 클래스 마스터가 지기라도 하면 여러모로 난처할 테 니까요. 지더라도 문제가 없는 저희끼리 팀을 짜는 게 여러모로 편리하죠. 다른 사람들도 클래스 마스터끼리 같은 팀을 맺었으 니 이기는 게 당연하다고 생각할 거예요. 역시 메어리 님!"

사피나가 더더욱 나를 띄워주었다.

"맞아요. 두 클래스의 마스터가 팀을 맺었으니 두 클래스도 하나가 되어 응원할 수 있겠죠. 그리고 대전 상대가 학원 최속 의 검사로 유명한 사피나 님과 하얀 희군이나 백은의 기사라 불 리는 아가씨이시니, 더할 나위 없어요. 역시 아가씨!"

튜테도 나를 띄워주었다.

"게다가 그토록 호언장담했으니 두 사람은 클래스 마스터끼리 같은 편이 되었다는 부담감을 떨쳐내고 마음껏 싸울 수 있겠죠. 그 짧은 시간 안에 거기까지 생각하고서 상황을 유도하다니. 정 말, 역시 메어리 님! 전 앞으로도 쭉 따르겠습니다아아아아!"

그런 생각은 요만큼도 하지 않았던 나는 두 사람의 찬사를 듣 고는 마음이 괴로웠다. 나는 억지웃음을 지은 채로 두 사람의 뜨거운 시선을 피하듯 땅바닥을 내려다보며 나직이 말했다.

"어머…… 눈치챘어? 두 사람한테는 비밀이야."

(아아, 수긍해버렸다아아아아! 하지만 새삼스럽게 아무 생각도 없었다고 말할 수 있을 리가 없잖아! 나도 허세를 좀 부려보고 싶다고! 왜?! 불만 있어?!)

나는 양심에 찔려 도리어 마음속으로 화를 내며 두 사람의 추리를 긍정해버리는 폭거를 저지르고 말았다.

"하지만 이번 대련은 승부보다는 검과 마법의 혼합전이 얼마나 매력이 있는지 다른 사람들한테 알리는 게 주목적이니 메어리 님을 위해서 힘낼게요!"

"그, 그래. 그 부분은 내일 이야기를 나누도록 하자."

자업자득이긴 하지만, 어쩐지 주가가 더욱 올라간 듯한 느낌이 들어, 나는 발걸음이 더더욱 무거워졌다.

이튿날.

학원제를 준비하기 위한 활동이 시작되었다. 각 클래스에서 파견한, 운영 담당 학생들이 모여들었다. 왕자님을 중심으로 의논을 하고 있다.

"예? 방금 뭐라고 말씀하셨습니까? 레이포스 님."

"아아, 대단히 미안하지만, 메어리 양이 학원제 치안 유지 책임자를 맡아줬으면 해. 경비 지원자들도 그러기를 바라고 있고."

"어, 그건 자하 씨가……."

"내가 그런 걸 할 수 있을 것 같아?"

어떤 바보가 대화를 나누는 나와 왕자님 사이에 당당하게 끼어들어 쓸데없는 주장을 펼치자 나는 기가 막혔다. 그러고는 관자놀이에 손가락을 댄 채 고개를 숙이며 한숨을 크게 내뱉었다.

"장래에 기사단장이 되는 게 꿈이잖아요? 지금부터라도 노력하세요."

"그건 그거, 이건 이거야. 게다가 난 관대해서 나보다 적임자가 있으면 순순히 그 직위를 양보할 만한 도량이 있다고."

"허세 떨지 말아요! 그건 도량도, 관용도, 뭣도 아니니까!"

왕자님이 나와 자하를 보고는 쓴웃음을 지으며 말을 보탰다.

"자자, 메어리 양은 자하와 달리 소르오스와 아레이오스 양쪽에 고루 알려져 있잖아. 두 클래스에서 경비와 감시 임무를 맡을 학생들을 파견했으니 네가 적임자야. 이번 행사는 모든 것이 처음이니 최대한 트러블은 피하고 싶어."

(치안 유지라……. 눈에 띌지 안 띌지 알 수가 없는 포지션이네. 아무 일도 없으면 배후에서 조용히 학원제를 보낼 수 있을 것 같고, 무슨 일이 벌어지면 눈에 띌 것 같고. 으~음, 이거 곤란하네.)

하지만 왕자님의 말에도 일리가 있다. 더욱이 지금껏 무술대회에서 커다란 소동이나 문제가 벌어졌다는 이야기를 들은 적이 없으니 이번에도 겉으로 드러날 일이 없을지도 모른다. 나는 그 가능성에 걸기로 했다.

"알겠습니다. 맡도록 하겠습니다."

내가 수락하자 왕자님은 안도한 표정을 지었다. 그리하여 이야기는 점점 진행되었다.

책임자 선출이 끝난 뒤 나는 1학년 때 썼던 그 개인훈련소에 와 있었다.

"설마 또 이곳을 이용하게 될 날이 올 줄이야."

나는 돌벽에 둘러싸인 실내를 둘러봤다. 지금 이곳에는 나와 사피나, 튜테밖에 없었다. 자하와 마기루카에게는 다른 장소를 마련해준 모양이다.

선생님들은 왕자님이 제안한 태그전을 매우 긍정적으로 수락했다. 서프라이즈 이벤트라서 당일까지 비밀로 하기로 했다. 모두에게는 우리가 무언가를 할 예정이라는 정도만 알려줬을 뿐이다.

(그나저나 이거 굳이 마기루카 팀이랑 따로 할 필요가 있나? 이러면 어떻게 패배할지 궁리하기가 어려운데.)

"메어리 님, 어떻게 할까요? 전 마법사와 싸워본 적이 거의 없어서 어쩌면 좋을지 전혀 모르겠어요."

"그러게. 일단 가상의 적을 세워서 우리의 전력을 분석하도록 할까."

사피나가 불안해하며 묻자 나는 웃으면서 대답하고서 의식을 전환했다.

(이렇게 된 이상 막무가내로 가는 수밖에. 저번 대회 때 계획을 섣불리 세웠다가 낭패만 봤잖아.)

"사피나는 발도술을 이용한 수비 중심이지?"

"예, 메어리 님을 무슨 일이 있든 지키겠습니다!"

"그럼 사피나가 수비를 하는 동안 내가 마법을 쓰는 게 정석이겠네?"

"그렇게 되겠죠……? 한 번 해볼게요."

사피나는 그렇게 말하고서 내 앞에 서서 가볍게 발도 자세를 취했다. 그리고 나는 전설의 검(웃음)을 뽑고서 마법을 쓰는 시늉을 했다.

""………….""

누가 봐도 뭔가 어정쩡한 대형이었다.

"뭔가 좀 어색한데요. 역시 상대가 있어야……."

사피나가 쓴웃음을 지으며 뒤를 돌아봤다.

"상대라……. 튜테, 잠깐 상대 역할 좀 해줘."

"알겠습니다."

그녀는 내가 시키는 대로 우리를 향해 거리를 두고 섰다. 나와 사피나는 다시 자세를 잡았다.

"푸훗!"

그러자 튜테가 무례하게도 웃음을 뿜었다.

"야, 진지하게 해! 자꾸 이러면 공격 마법을 날릴 거야!"

"하, 하지만…… 대치를 하니까 어쩐지 웃겨서……."

튜테는 어깨를 부들부들 떨며 웃음을 참다가 그럴싸해 보이는 자리를 찾아 이동하기 시작했다. 그러자 사피나는 튜테와 대치할 수 있는 위치로 따라 움직였고, 나는 그녀의 뒤를 따라 급히 자리를 옮겼다. 그걸 보고 튜테가 또다시 위치를 옮기고, 사피나가 위치를 옮기고, 내가 황급히 그 뒤를 따르고…….

우왕, 좌왕, 우왕, 좌왕, 우왕, 좌왕, 우왕…….

"우왕좌왕하지 마아아아아아아!"

나는 이 상황이 너무나도 한심한 나머지 가장 뒤에서 우가아아아, 하고 절규했다. 두 사람은 흠칫 놀라 굳어버렸다.

"헉, 헉……. 안 돼. 먼저 누군가 상대를 찾아야겠어."

문제를 발견한 우리는 일단 연습 상대부터 찾기로 했다.

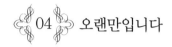# 04 오랜만입니다

(하지만 연습 상대라고 해도, 애당초 이건 비밀 행사잖아? 다른 학생한테 부탁해도 되는 걸까? 신뢰할 만한 사람이나, 외부인한테 부탁해야겠는데…… 그런 사람을 대체 어디에서 찾아?)

내가 연습 상대를 누구로 정할지 고민하고 있으니 누군가가 훈련소를 찾아왔다.

"오, 있다. 있어. 여, 메어리 양♪"

키가 큰 남성이 가벼운 투로 말하며 방 앞에 나타났다. 내가 잘 아는 남자이자, 이곳에 있을 리가 없는 사람이 시원하게 웃으며 손을 흔들고 있었다.

"카, 카리스 선배!"

전 소르오스 클래스 마스터이자 우리의 선배인 '카리스 엔초'였다. 학원을 졸업하고 기사(騎士)숙사에서 견습 기사 공부를 하고 있다고 들었는데?

"앗, 선배라고 부르는 건 이상하죠. 역시 엔초 님이라고 부르는 편이 나을까요?"

"아니, 선배라고 불러줘. 그렇게 불러줘야 나도 느낌이 사니까."

선배가 시원스럽게 실내로 들어와 우리 앞으로 다가왔다.

"어라? 뭘 하고 있어? 너도 들어와."

카리스 선배는 자신의 뒤에서 인기척이 느껴지지 않자 뒤를 돌아 출입구 쪽을 향해 외쳤다.

그러자 누군가가 한숨을 내쉬며 훈련소 안으로 걸어 들어왔다.

"앗, 앨리스, 숀배!"

너무나도 놀라서 이상한 목소리가 나와버렸다.

반짝이는 은테 안경과 찰랑거리는 아름다운 금발. 전 아레이오스 클래스 마스터 '앨리스 올딜' 선배였다.

뭐, 그런 일이 있었던 터라 조금 껄끄러웠지만.

그 소동 때문에 클래스 마스터를 박탈당하고 근신 처분을 받았는데, 그 뒤로 얌전히 졸업한 모양이다. 우리가 반가울 것 같지는 않았다.

"오랜만이네요."

"아…… 예. 오랜만입니다. 앨리스 선배."

마치 그런 일이 없었다는 듯이 그녀는 온화하게 웃으며 다가왔다.

"저기, 두 분이 왜 학원에 있는 거죠?"

내가 멍한 얼굴로 두 사람을 쳐다보고 있으니 궁금했던 사피나가 물었다.

"음, 좋은 질문이야. 뭐, 간단한 얘기지. 슬슬 무술대회가 있잖아? 그래서 매년 그랬듯 졸업생으로서 도와주러 왔지."

선배는 아주 명확하고도 시원하게 대답해주었다.

"두 분이…… 말인가요?"

사피나도 겸연쩍은지 앨리스 선배를 힐끔 쳐다봤다.

(그 마음 잘 알지. 왜냐면 소르오스 졸업생이라면 모를까, 앨리스 선배는 아레이오스 졸업생이잖아. 무술대회랑은 아무런 상관도 없다고…….)

"하핫! 눈치챘군, 역시 사피나 양이야. 그래, 앨리스 양은 아레이오스의 학생이었으니 무술대회와는 관련이 없지. 하지만 관련이 없다고 모른척할 상황이 아니거든.

""??""

카리스 선배가 빙빙 돌려서 말하자 나와 사피나는 고개를 갸웃거렸다.

"……요컨대 말이죠. 소동을 벌인 죄로 졸업 후에도 몇 년 동안 학원 행사에서 봉사하라는 처벌을 받았거든요. 그래서 여기 있는 겁니다."

앨리스 선배가 우후훗, 하고 웃으며 대답했다. 몸에서 어쩐지 수상한 아우라를 뿜어내고 있는데 기분 탓이겠지?

"나 참, 한창 언데드 연구를 진행하고 있었는데 성가시게……."

(역시 언데드 연구를 포기하지 않았구나…….)

앨리스 선배가 불쑥 푸념을 늘어놓자 나는 속으로 딴죽을 걸었다.

"그나저나 이게 무슨 일이야? 무술대회가 열리는 줄 알고 왔더니만 올해는 모든 학생이 참가하여 학원제를 열기로 했다면서? 전하께서 제안하신 거로군. 역시 굉장해."

카리스 선배가 왕자님에게 찬사를 보내자 나는 마음속으로 흐뭇하게 웃었다.

"그렇고 말고요. 아주 굉장해요! 특히 아레이오스 안에 언데드 연구 성과를 발표하려는 그룹이 있다니, 저도 조력을 아끼지 않겠어요!"

앨리스 선배가 눈빛을 반짝이며 불온한 소리를 내뱉자 나는 헛웃음밖에 나오지 않았다.

(선배, 제발 또 성가신 일을 벌이지 말아주세요.)

"그렇다고 해서 언데드와 관련된 수상한 술식을 남몰래 알려주면 못 써♪"

눈이 초롱초롱하던 앨리스 선배에게 카리스 선배가 장난하듯 가볍게 꿀밤을 먹였다. 흐뭇한 장면이건만, 뭔가 엄청난 소리가 나더니 그 직후에 앨리스 선배가 몸을 웅크렸다. 아무래도 진심으로 때린 모양이었다. 우리는 화들짝 놀라 말문이 막혔다.

"설마 카리스 선배가 앨리스 선배랑 같이 온 게……."

"그래. 그녀가 또 소동을 일으키지 않도록 감시해달라고 학원장께서 부탁하셔서 옆에 붙어 있는 거야."

(앨리스 선배는 반성할 줄을 모르나 봐……. 학원이 전혀 믿질 않고 있잖아. 저 사람은 신념이 확고해.)

아직도 이마를 문대며 몸을 부들부들 떤 채 웅크리고 있는 안타까운 선배를 나는 복잡한 심경으로 쳐다봤다.

"그런데 두 분이 왜 이곳에? 메어리 님한테 용무가 있는 것 같던데요."

우리 세 사람의 이야기가 이상한 곳으로 빠지자 보다 못한 사피나가 이야기를 되돌렸다.

"음, 좋은 질문이로군, 사피나 양. 메어리 양이 경비를 책임진다기에 조언과 도움을 주기 위해서 왔는데, 선생님들이 재밌는 얘기를 하더라고. 너희들, 태그전을 한다면서?"

(아니, 선생님들. 비밀로 하기로 한 거 아니었나요? 벌써 다 털어놨어요?)

나는 그렇게 생각하다가 눈앞에 있는 두 사람이 학생이 아니라 외부인이라는 사실을 깨달았다.

뭐, 여기저기 말하고 다닐 사람도 아니고…… 괜찮겠지.

그리고 그들이 무슨 이유로 그 화제를 꺼냈는지 짐작이 되었다.

카리스 선배는 자하와 마찬가지로 전투를 아주 좋아한다. 그렇다면 그 뒤에 어떤 전개가 펼쳐질지 훤히 보이잖아?

"어때? 전 소르오스, 아레이오스 클래스 마스터를 연습 상대로 삼아보지 않겠어?"

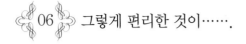

06 그렇게 편리한 것이…….

……그런 연유로 우리는 전 클래스 마스터 2인조와 대련을 벌였다.

결과부터 말하자면 우리가 패배했다. 뭐, 내가 바로 항복했기 때문이지만…….

나는 시종 사피나의 뒤에서 2계급 마법을 구사할 생각만 하고 있었다. 그리고 사피나는 나를 지키는 것에만 집중했다. 그 바람에 의사소통이 제대로 이루어지지 않았다. 예를 들자면 앨리스 선배가 사피나에게 공격 마법을 가하자 그녀는 오른쪽으로, 나는 왼쪽으로 몸을 날려 피했다. 바로 그때 앞이 비어버린 나를 향해 카리스 선배가 달려왔다. 나는 마법을 써야한다는 생각에만 사로잡혀 그 공격을 제대로 대응하지 못했고, 사피나도 나를 지키려고만 하다가 선배의 마법에 발이 묶이고 말았다.

그 결과 아무것도 하지 못한 채 허둥대다가 끝나고 말았다.

"흐음…… 생각보다 훨씬 싱거운데."

카리스 선배가 김이 샌 얼굴로 검을 집어넣었다.

(아무것도 못 했어. 태그전을 벌일 때는 자기 생각만 해서는 안 되는구나. 의사소통에 더 집중해야만 해.)

나는 비로소 태그전이 무엇인지 체험한 듯한 기분이 들었다. 그 어려움에 무심코 신음이 새어 나왔다.

"죄송합니다, 메어리 님. 제가 더 잘했으면 조금은……."

사피나가 꼬리와 귀를 축 늘어뜨린 강아지처럼 풀이 죽어서는 내 곁으로 다가와 사과했다.

"사피나 때문이 아냐. 이건 태그전이니까 내게도 책임이 있어."

"응, 그렇지. 너희는 연대하는 것부터 연습해야 할 것 같다."

내가 사피나를 위로하고 있으니 카리스 선배가 조언을 해주었다.

"연대요? 그러고 보면 선배는 아무런 논의도 하지 않은 것 같은데 어떻게 그렇게 호흡이 잘 맞아요?"

"그건 물론 나와 앨리스 양이 그렇고 그런 관계——쿠엑."

카리스 선배가 묘한 말을 하려고 하자 앨리스 선배가 활짝 웃으며 들고 있던 로드로 주저 없이 그의 정수리를 때렸다.

"농담은 그쯤 해두고. 사피나 씨는 메어리 님을 보호하면서 움직일 작정이라면 우선은 의사소통, 다시 말해 마음이 맞도록 노력해야만 해요."

머리를 문대는 카리스 선배를 곁눈으로 보며 앨리스 선배가 우리 곁으로 다가왔다.

"마음을 맞춘다고요?"

싱크로율. 그런 말이 떠올랐다. 내 머릿속에서 전생 때 봤던 모 인체형결전병기 애니메이션이 자연스럽게 떠올랐다.

"알겠습니다. 해볼게요."

"그래? 조금은 도움이 된 모양이군. 그럼 다음에 만났을 때를 기대할게."

마치 언제 맞았냐는 양 카리스 선배는 시원스럽게 웃으며 우리를 향해 엄지를 척 세웠다.

"감사했습니다, 선배."

역시 선배는 잘 두고 볼 일이다. 그런데 선배들은 돌아갈 채비를 하면서 문제 발언을 했다.

"자, 다음은 마기루카 양과 자하 군 곁으로 가자!"

"아니! 잠깐! 엇, 선배, 우리를 도와주러 온 거 아니었어요?"

카리스 선배가 신나게 말하자 나는 무심코 그를 불러 세우고서 물었다.

"응? 물론 도와줘야지. 불공평하지 않도록."

카리스 선배가 당연하다는 듯이 시원스럽게 웃으며 대답하자 나는 그저 헛웃음밖에 나오지 않았다. 카리스 선배와 앨리스 선배는 그런 나를 아랑곳하지 않고 방을 나갔다.

"그나저나…… 카리스 선배는 경비 책임을 맡은 메어리 님한테 조언을 해주려고 온 거 아니었나요?"

"앗, 그랬지. 그 선배는 대체 뭘 하러 온 거야! 본래 목적은 잊어버리고 싸우고만 갔잖아!"

남겨진 내 뒤에서 사피나가 무언가가 떠오른 것처럼 지적하자 나는 본래 목적을 떠올리고는 험악한 목소리로 외쳤다.

그 뒤.

나는 사피나와 싱크로율을 올리기 위해서 특훈을 벼르고 있었다.

(싱크로율을 어떻게 올리지? 그러고 보니 모 애니메이션에서는 모 귀국자녀와 주인공이 음악에 맞춰서 동작을 일치시켰는데. 좋았어!)

"사피나, 춤을 추자!"

"예?"

내가 뜬금없는 소리를 하자 사피나가 무심코 그녀답지 않은 목소리를 흘리고 말았다.

"어험…… . 아가씨, 이야기가 비약됐어요. 처음부터 차근차근 말씀하셔야죠."

튜테가 지적에 너무 성급했다는 걸 깨달은 나는 헛기침하고서 다시 설명하기로 했다.

"나랑 사피나가 더욱 잘 공조하기 위해서 음악에 맞춰서 똑같이 움직이도록 해보자."

"아, 예."

사피나가 고개를 갸웃거리면서도 승낙했다.

"일단 음악이 없으니까 튜테, 손으로 박자를 쳐줘."

"예."

"저기, 춤을 추라고 했는데, 뭘 어떻게 추면 될까요? 전 수업 시간 때 익힌 사교댄스밖에 못 추는데요."

튜테가 손뼉을 치려고 하자 사피나가 새삼스럽게도 자신의 레퍼토리를 공개했다.

그러는 나도 두 인생을 통틀어 춤을 춰 본 적이 거의 없었다 교양으로 익힌 사교댄스가 고작이었다.

"그럼 그걸 해보자."

나와 사피나는 나란히 서서 댄스 자세를 취했다.

원래는 사교댄스에는 상대가 있어야만 하지만, 그건 비워두기로 하고……

"그럼 갑니다. 하나, 둘!"

튜테의 손뼉에 맞춰서 나와 사피나는 나란히 우아하게 춤을 추었다.

춘다.

춘다.

춘다.

춘……다…….

"생각했던 거랑 뭔가가 다르잖아아아아!"

나는 머리를 싸쥐고서 몸부림을 쳤다.

"아가씨, 옆에서 보니까 그냥 사교댄스를 연습하는 모습으로밖에 보이지 않는데요. 이렇게 해서 두 분이 동조될 수 있다면 댄스 수업을 받으면서 진즉에 향상되지 않았을까요?"

"그렇겠네, 도중에 나도 어쩐지 댄스 수업을 받는 기분이 들었어."

(역시 본질을 모르는 수박 겉핥기식 지식으로는 안 되나?)

"그럼 어쩌지? 온종일 함께 행동한다거나?"

"저기……. 클래스가 달라서 근본적으로 불가능하지 않을까요?"

사피나의 한 마디에 내 방안은 몇 초 만에 창고 안에 처박혔다.

"아이 참, 그럼 어쩌란 말이야! 진짜, 어쩌란 말이야!"

"아, 아가씨! 절, 흔들지, 말아, 주세요오오오오!"

나는 근처에 있던 튜테의 어깨를 붙잡고 힘껏 흔들며 외쳤다. 튜테도 머리를 덜렁덜렁 흔들면서 항의했다.

"저기……, 그게, 어, 메어리 님. 저기, 무례한 말씀을 드리는 것 같아 죄송합니다만, 그…… '전달 마법'을 쓰면 되지 않을까요?"

""어?""

사피나가 조심스럽게 의견을 밝히자 나는 튜테를 흔들던 손을 멈추고서 그녀를 쳐다봤다.

"전달 마법? 그…… 멀리 있어도 서로 말을 주고받을 수 있다는 그거?"

"네."

사피나가 기뻐하며 고개를 끄덕였다.

"아가씨……. 그렇게 편리한 마법이 있다는 걸 잊고 계셨군요?"

나는 식은땀을 흘리며 튜테를 다시 쳐다봤다. 튜테는 나를 도끼눈으로 째려보고 있었다.

(압박감이, 튜테한테서 압박감이……! 애니메이션에 사로잡혀서 마법을 완전히 잊고 있었어!)

"그, 그그그그렇지…… 않을…… 걸……?"

목소리가 점점 작아지다가 결국 튜테의 압박감을 견뎌내지 못하고 나는 시선을 홱 피하고 말았다.

"…………."

"죄송합니다, 깜빡 잊었습니다!"

튜테가 내뿜는 무언의 압박감을 견뎌내지 못하고 나는 그녀의 귀에 들릴 만한 목소리로 자백하고서 사과했다. 그러자 튜테는 내 몸에서 떨어져 평소처럼 온화한 모습으로 되돌아갔다.

"그나저나 사피나는 어떻게 그런 걸 알아? 조사했어?"

나는 안도하면서 사피나에게 물었다.

"카리스 선배와 앨리스 선배도 사용하던 마법이거든요. 수업에서 배우기도 했고요. 하지만 메어리 님은 대단해요. 그런 상식에 구애되지 않고 새로운 방법을 모색하셨잖아요. 존경스러워요!"

진실을 모르는 사피나가 반짝이며 쳐다보자 나는 또 시선을 돌리고 말았다.

(하지만 이로써 상대방이 알아차리지 못하도록 의사소통을 할 수 있는 법을 알았으니 잘 됐어.)

나는 긍정적으로 생각하기로 했다.

한걸음 전진한 셈 치고서 억지로 기분을 끌어올렸다.

 ## 06 어, 어라?

나는 훈련장(운동장)에 서 있었다.

오늘은 경비 업무를 맡은 사람들이 모이는 날로, 내 뒤에는 튜테, 그리고 내 보좌역으로 사피나가 서 있었고 내 앞으로는 소르오스 학생들이 마치 군대처럼 대열을 갖추고 서 있었다.

참고로 아레이오스 학생들은 제일 뒤에서 잔뜩 겁을 먹고 바싹 굳어 있었다.

내가 무슨 말을 할 때마다 소르오스 학생들이 박력 있게 한목소리로 대답을 해대는 탓이었다.

(여기가 무슨 군대도 아니고. 이거야 원…….)

조금 떨어진 곳에서 카리스 선배와 경비 담당자인 이쿠스 선생님이 이 모습을 지켜보고 있었다. 이것도 작년까지는 이쿠스 선생님의 일이었지만, 올해는 전혀 움직일 기미가 없었다. 뭐, 문제가 벌어질 것 같으면 개입할 거라고 본인 입으로 말하긴 했는데…….

나는 한숨을 내쉬고서 대열을 쭉 훑어본 뒤 입을 열었다.

"우선 자기소개부터 하겠습니다. 올해 경비의 총책임자를 맡은 메어리입니다. 여러분, 잘 부탁드립니다."

"""잘 부탁드립니다!!"""

(그러니까 목소리가 크다고……. 의욕이 흘러넘치는 건 기쁘

긴 하지만.)

내가 인사하자 소르오스 학생들이 한목소리로 인사했다. 아레이오스 학생들은 깜짝 놀라 한걸음 물러섰다.

소르오스가 이런 곳이었던가? 나는 어이없어하면서 사피나를 쳐다봤다. 그녀도 뭔가 겁을 먹었는지 살짝 물러나 있었다. 아무래도 평상시에는 이러지 않는 모양이다.

"경비 훈련은 카리스 선배의 지도를 받으시면 됩니다. 소르오스 여러분은 앞으로 좋은 경험이 되리라 생각하니 열심히 해주세요."

""""핫!!""""

큰소리로 외치고서 일제히 자세를 똑바로 세운다. 완전히 군인처럼 행동하는 소르오스 학생들을 보면서 나는 한숨을 내쉬었다. 그러고는 완전히 얼어버린 아레이오스 학생들 쪽으로 시선을 돌렸다. 몇몇 사람들과 눈을 마주치자 나는 손짓을 했다.

"아레이오스 여러분들도 가까이 와주세요. 이제부터 경비반을 편성할 테니."

내가 손짓하자 병아리 마법사들이 창백해진 얼굴로 머뭇머뭇 다가왔다. 나는 그들을 가엾게 쳐다봤다.

"저기…… 메어리 님. 저희는 소르오스와 같은 경비 훈련은 받기 어려울 거 같은데요……."

아레이오스 학생 중 하나가 머뭇거리며 말했다.

(그 마음은 잘 알지. 저런 텐션 맥스 근육 바보들이랑 대인 훈

련을 했다가는 모두 한방에 KO를 당할 테니까.)

"예, 알고 있습니다. 여러분은 다른 일을 하실 테니 걱정하지 마세요."

"다른 일이요?"

"예, 그럼 2인 1조로 팀을 짜주세요. 사피나는 소르오스 학생들을 3인 1조로 나눠주고."

"예, 메어리 님."

나는 다독이듯 웃으면서 아레이오스 학생들에게 대답하고는 사피나에게 조를 편성해달라고 부탁했다. 그러자 그녀는 사전에 작성해둔 편성표를 보면서 나를 대신하여 조를 편성해나갔다.

조가 나뉘자 나는 아레이오스와 소르오스의 조를 각각 하나씩 한 반으로 묶어나갔다. 지금까지 이런 일이 없었는지 모두 의아해하면서도 순순히 따라주었다. 이윽고 소르오스 3명과 아레이오스 2명씩 묶인 혼합반이 만들어졌다.

"메어리 양, 이건 무슨 의도지? 지금껏 본 적이 없는 편성인데, 아레이오스 학생들도 소르오스 학생들과 함께 훈련을 시켜도 돼?"

과정을 지켜보던 카리스 선배가 의아한 얼굴로 다가왔다.

"아뇨, 마법사들은 연락 담당입니다. 경비 인력이 아니에요."

"""연락 담당?"""

내가 대답하자 카리스 선배는 물론 학생들도 이쪽을 쳐다봤다.

"예, 아레이오스 학생들은 정해진 시각마다 본부에 정기 연락을 하는 역할을 맡을 겁니다. 현장 대응이 어려운 문제가 생겼을 때도 마찬가지고요. 설령 늦는 한이 있더라도 반드시 본부에 연락해야 합니다.

"전령으로 삼아서 이리저리 뛰게 할 셈이야?"

"아뇨. 그냥 전달 마법을 쓰면 됩니다."

나는 불과 얼마 전에 알게 된 멋지고 편리한 마법을 이쪽에도 응용하자고 생각했다.

"아레이오스 학생 중 한 명은 소르오스 학생들과 함께 다니고 나머지 한 명은 본부에서 기다리는 거죠. 이렇게 하면 무슨 일이 생겼을 때 신속하게 연락을 주고받을 수가 있습니다. 무전기라고 생각하시면 돼요."

"'''''무전기?'''''"

내가 무심코 내뱉은 발언에 사람들이 고개를 갸웃거렸다.

나는 헛기침을 하고서 아까 내뱉은 발언을 없었던 것으로 했다.

마침 소르오스 학생 하나가 손을 들었다.

"메어리 님! 그럼 저희는 아레이오스 학생을 통해 본부의 지시를 받아 행동하면 되는 겁니까?"

"그, 그렇습니다."

나는 어쩐지 지휘관과 병사가 대화를 나누는 것 같아서 위화감이 들었지만, 그래도 웃으면서 대답했다.

이 작전은 두뇌마저도 근육으로 된 소르오스 학생들이 멋대로 판단하여 일을 그르치지 못하도록 막으려는 의도가 숨어있다. 카리스 선배와 이쿠스 선생님의 이야기로는 경비 담당 학생이 멋대로 판단한 탓에 일이 커진 경우가 적지 않았다. 그래서 이를 방지하기 위해 생각해 낸 것이 바로 인간 무전기였다.

(응, 내가 생각해도 나이스 아이디어!)

"저기, 전달 마법을 쓰는 게 저희 역할이라는 건 알겠습니다만, 전달 마법은 길게 유지하기가 몹시 어렵습니다. 더욱이 마력 소모도 커서 여러 번 쓰기도 어렵고, 한쪽이 말하면 다른 쪽에서는 듣기밖에 할 수 없으므로 연락 수단으로는 적합하지 않다고 배웠습니다만."

"물론 알고 있습니다. 그래서 여러분들은 경비 훈련 대신, 짧고 빠르게 전달할 수 있도록 전달 훈련을 할 겁니다."

아레이오스 학생이 머뭇머뭇 질문하자 나는 웃으면서 대답했다. 다들 내 말뜻을 이해하지 못한 얼굴이었다.

"간단히 말하자면 단어만으로 의미전달을 할 수 있으면 되는 겁니다. 훈련하면서 다 함께 전용 언어를 만들도록 하죠. 다행히도 이번에는 경비용으로 쓸 문구만 있으면 되니 만들기 쉬울 거예요."

내가 보충설명을 하면서 주변을 살피자 모두가 반짝이는 눈동자로 이쪽을 쳐다보고 있었다.

저 눈은 그것이다. '존경'이라는 이름의 눈. 지금까지 일을 저지를 때마다 빈번하게 봐왔기에 어쩐지 알 것 같다. 조금 슬

퍼졌다.

(왜 다들 참신한 걸 봤다는 표정이야? 이 정도는 보통 아냐? 휴대전화가 나오기 전에는 삐삐의 숫자만으로도 통했다고 했다기에 여기서도 무전기 정도는 괜찮겠다 싶었는데, 여기는 전달 내용을 간략화하는 방법조차 없어?)

나는 당연하다는 듯이 말을 내뱉은 것을 후회하기 시작했다. 그리하여 감탄하며 나를 쳐다보는 모두의 시선을 느끼며 경비 책임자로서의 첫날이 끝났다.

그리고 이튿날.

내가 고안해낸 연락 수단은 순식간에 다른 곳에서까지 채용되었다. 그리고 나는 어느새 통신 혁명을 일으킨 사람 취급을 받게 되었다.

(아, 아냐. 이건, 그래, 왕자님이 고안한 거야. 그런 거라고 해 줘요, 제발, 신니이이이임!)

학원제 준비를 시작한 지 얼마 지나지 않았는데도 나는 신님께 빌어야 하는 사태에 빠지고 말았다.

"자, 오늘도 특훈을 시작해보자."

"예, 메어리 님."

이제는 일과가 되어버린 나와 사피나의 훈련도 순조로웠다. 오늘은 둘이서 전달 마법으로 함께 움직이는 훈련을 하기로 했다.

전달 마법은 한 사람당 한 명까지다. 이를 사용하려면 계약 같은 것을 맺어야 하는데 그나마도 하루 지나면 효과가 증발하니 성가시기 그지없는 마법이었다. 그리고 당연하지만 두 사람 모두 전달 마법을 쓸 수 있어야 한다. 다행히도 사피나는 수업에서 배워 알고 있었지만.

나와 사피나는 계약의 말을 교환하여 전달 마법을 완성했다.

(어쩐지 전화번호를 주고받는 기분이란 말이지. 실제로 해본 적이 없어서 꽤 기뻐♪)

"자, 그럼 전달 마법으로 의사소통을 하면서 한 번 움직여볼까?"

"저기, 메어리 님. 전 마력이 별로 없어서 전투 중에 강화 마법에 전달 마법까지 쓰면 순식간에 바닥이 나버릴 것 같은데요."

"흐음, 그렇겠네. 그럼 기본 방침은 내가 전달하는 식으로 하자."

"예!"

일단은 시도해보고자 나와 사피나는 가상의 적을 향해 자세를 잡았다. 참고로 연습 상대가 되어줬던 두 선배는 마기루카와 자하 쪽으로 가는 날이라서 오늘은 없다.

'오른쪽 대각선 앞으로 이동'

내가 마법에 말을 실어서 보내자 곧바로 사피나가 오른쪽 대각선 앞으로 이동했다.

'왼쪽으로 이동.'

그러자 사피나가 오른쪽으로 이동하려다가 왼쪽으로 이동했다. 입으로 말을 내뱉지 않았는데도 눈앞의 소녀가 묵묵히 움직이자 어쩐지 재밌어졌다.

'휙 돌아서.'

내가 말하자 사피나가 의심하지 않고 귀엽게 회전했다.

'멍, 하고 짖어.'

"멍!"

아무런 의심도 없이 사피나가 강아지처럼 짖었다. 나는 귀여운 사피나를 보고는 무심코 입가가 풀어졌다.

"아가씨, 사피나 님을 가지고 놀지 마세요."

"헉! 내 생각대로 순순히 움직이길래 무심코. 미, 미안해. 사피, 나?"

눈치가 빠른 튜테가 지적하자 나는 나쁜 짓을 했다고 반성하면서 사피나에게 사과를 했는데, 그녀의 언동 때문에 문장 끝에 의문부호가 붙고 말았다.

"하아아아 ♪ 방금 저, 메어리 님이 시키는 대로 움직였어요오오오오♪"

그 당사자는 무슨 영문인지 뺨을 붉히고는 눈동자를 반짝거리며 하늘을 올려다보고 있었다.

"미안, 사피나. 여러 의미로 어서 돌아와 줘."

식은땀을 흘리면서 내가 손짓을 하자 그녀도 제정신을 차렸는지 이쪽으로 달려왔다. 부끄러웠는지 아직도 뺨이 붉었는데, 그 모습도 귀여웠다.

"잘했어, 잘했어. 착한 아이구나."

나는 텔레비전에서 봤던, 애완견이 시키는 대로 돌아왔을 때 머리를 쓰다듬어주는 장면을 떠올리고는 무심코 사피나의 머리카락을 부드럽게 쓰다듬고 말았다.

"어험! 아가씨."

"헉!"

내가 정신없이 손가락으로 사피나의 턱을 쓰다듬고 있으니 튜테가 헛기침을 했다. 그 바람에 나는 제정신을 차렸다.

(사피나가 무방비해서 그만 폭주해버렸네. 위험해, 위험해.)

"어험…… 자, 이제는 우리가 우왕좌왕하는 일은 없겠네. 하지만 마기루카와 자하도 이 방법을 알고 있을 테니 우리가 유리해진 건 아니겠지만."

내가 헛기침을 한 번 하고서 화제를 되돌리자 사피나도 아쉬워하면서도 고개를 끄덕였다.

"아! 혹시 자하가 전달 마법을 익히지 못했다거나?"

나는 문득 어떤 희망이 떠올라 물어봤다.

"글쎄요, 저한테는 그런 마법은 필요가 없다면서 안 배울 거라고 하긴 했는데, 지난번에 보니까 마기루카 씨가 험상궂은 얼굴로 자하 씨한테 무언가를 맹렬하게 가르치던데요."

"아아…… 그래……."

그 광경을 떠올렸는지 사피나가 쓴웃음을 지었다. 나는 뭐라할 말이 떠오르지 않아서 모호하게 대답하고 말았다.

"조, 좋았어! 그럼 본격적으로 특훈을 해보자."

"예. 그런데 뭘 하는 거죠?"

분위기가 미묘해지자 나는 억지로 이야기를 되돌렸다.

"으~음, 역시 필살기가 필요한데 말이야. 모처럼 태그팀을 꾸렸으니 합체 콤보 필살기가 딱 좋겠어. RPG에서 봤던 두 캐릭터의 합체 콤보가 멋있었거든!"

"알피지?"

내가 왜 흥분했는지 이해하지 못한 사피나가 어떤 단어를 되뇌며 고개를 갸웃거렸다.

"으음, 한 캐릭터가 콰지직, 하고 공격을 가해서 적의 발목을 붙잡은 순간, 다른 캐릭터가 그 틈을 놓치지 않고 콰과광, 하고 공격을 가하는 거지! 20콤보 이상 들어갔을 때는 가슴이 뻥 뚫릴 만큼 후련하다니까."

나는 흥분한 나머지 손짓까지 하면서까지 설명했다. 사피나는 더더욱 고개를 갸웃거렸다.

"아가씨, 너무 모호해서 무슨 뜻인지 전혀 모르겠어요."

"헉!"

오늘 몇 번째인지 모를 튜테의 지적을 듣고서 나는 제정신을 차렸다.

"어험……. 여하튼 우리 둘이서 한 사람을 무조건 쓰러뜨릴 수 있는 필살기를 만들어보자."

"예. 그런데 어떻게요?"

"으음, 한 캐릭터가 콰지직, 하고 공격을 가해서 적의 발목을 붙잡은 순간, 다른 캐릭터가 그 틈을 놓치지 않고 콰과광, 하고……."

"아가씨, 이야기가 또 옆길로 샜어요."

학습할 줄 모르는 나는 한동안 말을 잇지 못했다.

이래서는 안 된다. 나는 좀 더 구체적으로 상상하기로 했다.

"글쎄……. 예를 들어 우선 내가 땅 마법으로 상대방 중 하나를 공중으로 날려버릴게."

"예."

내가 생각하면서 말하자 사피나도 고개를 끄덕이며 대답했다.

"그러면 사피나가 날아간 상대에게 순식간에 접근하여 사삭, 하고 발도 공격을 날리고, 곧바로 몸을 거꾸로 돌려 또다시 사삭, 하고 발도 공격을 날리고……. 이런 공격을 약 10초 동안에 10번쯤 날려서 허공에 붙잡아두는 거야."

"아…… 예?"

"그리고 사피나가 콤보를 날리는 동안에 내가 강력한 마법으로 상대를 땅바닥에 냅다 꽂고서 연속 마법을 퍼붓는 거지. 그리고 마지막으로 사피나가 내려오면서 온 체중을 실어 묵직한 공격을 날려 끝장내는 거지! 어때?"

나는 '어때?' 하는 얼굴로 사피나를 쳐다봤다.

"저, 메어리 님…… 그런 걸 하려면 저는 인간을 그만둬야 하는데요……."

당장에라도 울 것 같은 사피나를 보고 나는 터무니없는 소리를 했음을 비로소 깨달았다. 내가 할 수 있을 것 같으니 당연히 사피나도 할 수 있을 거라고 착각했다.

(그렇겠지. 내 주위에 우수한 사람밖에 없다 보니 무심코 기준이 이상해졌어. 그건 불가능한 일이지.)

"미, 미안해. 나도 말을 하다 보니까 불가능할 것 같더라……."

나는 지금이 아니라 도중에 알아차린 것처럼 얼버무렸다.

(일단 게임에서 멀어지자.)

게임을 기준으로 삼으면 또 이상한 생각을 품고 말리라.

"여어, 열심히 하고 있군."

내가 으음…… 하고 신음하면서 생각하고 있으니 문 쪽에서 누군가의 목소리가 들렸다. 고개를 돌려보니 왕자님이 서 있었다.

"아, 레이포스 님."

우리는 일제히 예를 표했다. 왕자님은 웃으면서 실내로 들어왔다. 표정이 어딘가 겸연쩍어 보였다.

"메어리 양, 잠깐 괜찮을까?"

"예, 무슨 일이십니까?"

왕자님이 말하기 껄끄러운지 뺨을 긁적였다. 나는 고개를 갸웃거렸다.

"아, 그게…… 지극히 개인적인 얘기라서 장소를 좀 옮기고 싶은데 괜찮을까?"

"앗, 그럼 제가 자리를 비켜드리겠습니다. 전하."

"그, 그래야겠네요. 실례하겠습니다."

왕자님의 말을 듣고 무슨 생각을 했는지 사피나와 튜테가 밖으로 나가버렸다. 밖으로 나가던 두 사람이 희미하게 뺨을 붉히던데 이유가 뭐지?

나는 사태를 이해하지 못한 채 밖으로 나가는 두 사람을 지켜봤다. 그러고는 단둘이 남자 왕자님을 쳐다봤다.

"그래서 무슨 용건이신지요?"

"아, 그게…… 태그전 연습을 하고 있었군. 순조로운 것 같아서 다행이야."

"황공합니다."

어쩐지 에두르는 듯한 말투에 나는 괴이쩍은 눈으로 왕자님을 쳐다봤다. 그런 내 얼굴을 보고 왕자님은 부끄러운지 뺨을 붉히고서 시선을 돌리고 말았다.

"으음…… 저기…… 경비 업무 쪽도 순조로운 것 같네. 이쿠스 선생님도 참신한 경비 체제로 일이 순조롭게 풀리고 있다면서 감탄하셨어."

"감사합니다. 그런데, 그걸 말씀하시려고 굳이 이곳까지?"

"으…… 아니, 그게 아니고, 아까도 말했다시피 개인적인 이야기라서 지금 네게 말해야 하는데…… 저기…….."

왕자님이 평소답지 않게 우물쭈물했다. 평소의 그 늠름하던 왕자님이 아니라 횡설수설하는 또래 남자애처럼 보였다. 나는 더 의아해져 고개를 갸웃거렸다.

한동안 그 상태가 이어졌다. 이윽고 왕자님은 눈을 감고 심호흡을 한 뒤 스스로를 북돋듯 "좋아", 하더니 나를 쳐다봤다.

"메어리 양."

"예."

"전부터 네게 말을 할지 말지 망설였어. 말하기가 부끄러워서 질질 끌고 있었지. 하지만 이러면 안 되겠다 싶더라고. 앞으로 나가기 위해서는 네게 말해야만 한다고 결심하고서 여기로 왔어. 들어줬으면 해."

왕자님은 창피한지 뺨을 붉히고 있었지만, 내 얼굴을 똑바로 보고 있었다. 그 모습에 가슴이 두근거리자 나는 다음 상황을 상상하고 말았다.

(이게 뭐야. 잠깐만……. 단둘이서 할 얘기가 있다고? 왕자님이 부끄러움을 무릅쓰고 결심을 하면서까지 해야 할 개인적인 얘기는, 설마, 어?)

내 머릿속에서 순간 한 단어가 떠올랐다.

'고백.'

나는 그렇게 생각하고서 왕자님의 행동을 멋대로 해석하고 말았다.

(아니, 하지만…… 자, 잠잠깐, 잠깐만! 왕자님이?)

뺨이 단숨에 뜨겁게 달아오르는 것이 느껴졌다.

어떻게 반응해야 할지 몰라서 나는 동상처럼 굳어버렸다.

"그럼 용기를 내어 네게 말하도록 하지."

"…………."

"메어리 양."

"아, 옙……."

왕자님이 진지한 얼굴로 쳐다보자 나는 긴장한 나머지 목소리가 떨렸다. 심장이 터져버릴 것처럼 쿵쾅쿵쾅거렸다.

"…………."

"…………."

"어마마마께서 오셔."

"……예?"

진지한 표정을 지은 왕자님의 입에서 뜻밖의 말이 나왔다. 나는 그 말뜻을 이해하지 못하여 무례하게도 되묻고 말았다.

그 단어가 또 다른 파란만장한 사건의 막을 여는 것임을 깨닫지 못한 채…….

08 옵니다

한동안 정적이 흘렀다. 나는 멍한 표정을 지은 채 머릿속으로 정리했다.

(깜짝 놀랐네. 뭐야, 고백이 아니었잖아. 아이 참, 자의식과잉 이네. 창피해!)

일단 거기까지 정리하자 뛰던 가슴이 가라앉기 시작했다.

(그런데 으음, 어머니께서 오신다고 했었지? 뭐, 부모님이 참 관하러 학원에 오는 건 흔한 일이니 이상할 게…….)

그리고 곧 얼굴에 핏기가 가시기 시작했다.

눈앞에 있는 사람은 알디아 왕국 제1왕자님이다. 그렇다면 그 어머니는 물론…….

"어, 아, 저기…… 그건 즉…… 학원제를 참관하러 오신다는 건가요?"

"응."

내가 확인하듯 묻자 왕자님이 미묘하게 웃으며 대답했다.

"레이포스 님의 어머님께서?"

"그래."

"다시 말해 알디아 왕국의 왕비님께서 학원제를 친히 참관하 러 오신다는…….'"

"맞아."

현기증이 핑 돌아서 내가 한걸음 물러서자 왕자님이 나를 잡아주려고 황급히 앞으로 나왔다. 그러나 나는 땅을 단단히 딛고는 왕자님에게 괜찮다고 말했다.

"어, 어쩌다 그런 일이?"

"경솔하게도 부모님께 이번 학원제 얘기를 해버렸어. 내가 주도한다고 말하니 두 분께서는 더욱 기뻐하시며 흥미를 보이시더라고. 그래서 두 분 모두 당일에 행사를 보러 오신다는 이야기가 되어버렸다."

"폐, 폐하께서도 오시는 건가요?"

"음, 처음에는 그러려고 하셨는데, 아무리 그래도 두 분 다 자리를 비우실 수는 없다고 끈질기게 설득한 결과, 결국에는 한 분만 오시기로 했지."

"그래서 왕비님께서?"

"아바마마께서는 어마마마 앞에서 꼼짝도 못 하시지. 결정권은 늘 어마마마께서 쥐고 계셔."

당혹스러운 얼굴로 실웃음을 짓는 왕자님을 바라보면서 나는 어리둥절했다.

(음, 뭐, 성격이 다소 경박한 것으로 추정되는 폐하의 일화를 지금껏 변변히 듣지 못해서 의아하긴 했는데, 설마 폐하께서 공처가였어?)

왕자님의 말에 납득하면서도 일단은 그 생각을 잠시 제쳐두기로 했다. 나는 본론에 집중하고자 의식을 전환했다.

(왕비님께서 오신다는 것 자체는 일개 학생으로서 가슴 뛰는 일이긴 하지만, 그걸 지금 내게 말하러 왔다는 건 경비 책임을 맡은 내게 무슨 용건이 있는 걸까?)

"저기…… 물론 왕비님을 호위하는 사람들도 오겠죠?"

"응, 물론이지. 크라우스 경이 인솔하는 근위기사들이 올 거야. 다만…….."

"다만?"

"어마마마께서 학원 측에서도 호위를 보내 달라고 하셨어. 그것도 에스코트까지 할 수 있는 사람으로."

"그건 선생님의 일이 아닌가요?"

내가 말하자 왕자님은 쓴웃음을 지으며 고개를 가로저었다.

"학원장은 학생에 의한, 학생을 위한 행사이니 이것도 학생들이 해결하라고 모조리 우리한테 떠넘겼어."

(그 빌어먹을 에로 할아범이이이이이이!)

학원장의 발언은 학생의 자주성을 중시하는 것처럼 들리지만, 그저 귀찮은 일을 학생들에게 떠넘겼을 뿐이다.

"그래서…… 저기…….."

왕자님이 다시 주저하기 시작했다.

"또, 또 뭔가?"

"으음…… 그래서 말인데, 어마마마께서 그 에스코트로 너를 지명하셨어."

그 말을 듣고 두부 멘탈인 나는 현기증과 함께 의식을 잃었다.

왕비님께서 지명한 것을 감히 누가 거부할 수 있겠는가?

이미 무를 수 없는 '현실'이 되어 있었다.

의식을 되찾았을 때 나는 의무실에 있었다. 튜테가 쓰러진 나를 의무실로 옮겼다고 한다. 민폐를 끼친 왕자님과 사피나, 튜테에게 사과했다.

(크으으윽! 아까 그 얘기가 꿈이었다면 얼마나 좋을까. 하지만 이제는 피할 수 없는 이벤트가 돼버렸어! 우우, 어쩌지? 무슨 일이라도 벌어진다면 가문에 누가 될 텐데. 아니, 최악의 사태가 벌어질 수도⋯⋯. 아아아! 나 혼자서는 무리, 무리무리, 무리이이이이!)

나는 세 사람에게 걱정을 끼치지 않도록 겉으로는 태연한 표정을 지었지만, 속으로는 미치기 일보 직전이었다. 바로 그때 걱정하는 얼굴로 의무실에 들어오는 금발 롤머리 소녀가 시야에 들어왔다. 나는 마치 신의 계시라도 받은 것처럼 어떤 방안이 떠올라 침대에서 벌떡 일어서 그녀를 끌어안았다.

"마아아기루카아아아아아!"

"메어리 님이 쓰러졌──까아아앗!"

의무실에 들어오자마자 나에게 안기자 마기루카는 화들짝 놀라 제자리에서 굳어버렸다. 그녀의 뒤에 있던 자하까지 눈을 동

그렇게 뜬 채 굳어버렸다. 나는 그녀의 두 손을 쥐고 내 쪽으로 끌어당긴 뒤 애원했다.

"마기루카, 나랑 같이 지옥에 떨어지자!"

"가, 가가가, 같이, 예? 지옥?"

나는 무슨 영문인지 몰라 당황해하는 마기루카에게 아까 왕자님이 들려줬던 터무니없는 이벤트를 설명했다. 그러자 그녀의 얼굴이 점점 새파랗게 질려갔다.

"여, 열심히 하세요. 뒤에서 응원하도록……."

"함께 지옥에 떨어지자!"

마기루카가 내빼려고 하자 나는 강한 어조로 말했다.

"대체 지옥이 뭔데요?! 아니, 말하지 말아요! 좋은 뜻은 아닐 테니까!"

마기루카가 발걸음을 돌리려고 하자 나는 그녀의 허리에 팔을 두르고서 매달렸다.

"마기루카아아아! 우린 친구잖아? 곤경에 빠진 친구를 위해서 힘을 빌려줘어어어!"

글러 먹은 친구가 내뱉을 만한 말임을 잘 알고 있지만, 지금은 이러쿵저러쿵 따질 때가 아니었으므로 나는 길동무가 되어 달라며 떼를 썼다.

"이것과 그건 다른 얘기예요! 왕비님께서는 메어리 님을 지명하셨으니 레가리야 공작가의 이름에 누가 되지 않도록 힘쓰도록 하세요."

"매몰차게 굴지 말고! 제발, 같이——꺅!"

무심코 힘이 들어갔는지 달아나려고 하는 마기루카를 쓰러뜨리고 말았다. 그녀는 나를 안고서 엉덩방아를 찧고 말았다. 그러나 그런 걸 신경 쓸 때가 아니다. 마침 마기루카의 품에 안기듯 쓰러진 나는 그녀를 올려다봤다.

"메, 메메메, 메어리 님. 안 돼요! 이런 데서 이러지 마세요!"

내 시야에 울먹이는 마기루카의 얼굴이 가득 들어찼다.

"제발, 마기루카!"

나는 얼굴을 점점 가까이 들이밀며 애원했다.

"아, 알겠어요. 알겠으니까 이제 놔주세요!"

내가 무섭게 다그치자 결국 마기루카는 허락해주었다.

"진짜? 도와줄 거야?"

나는 달라붙은 채로 촉촉한 눈동자로 그녀를 쳐다봤다. 그녀는 뺨을 붉힌 채 고개를 연신 끄덕였다.

"고마워♪ 마기루카, 좋아해애애애애애!"

"…………!"

기쁜 나머지 나는 마기루카의 목에 팔을 두른 채 힘껏 끌어안았다. 그녀는 나오지도 않는 비명을 질렀다.

그날 밤.

나는 튜테가 취침 준비를 하는 동안에 의자에 앉아 학원에서 겪었던 일을 돌이켜봤다.

"오늘은 여러모로 일이 많아서 피곤했어."

"큰일이네요, 아가씨. 무술대회에서는 흥행을 위해서 태그전을 벌이게 되셨고, 아레이오스에서는 상담역을 맡으셨고, 운영본부에서는 경비의 책임자를 맡으셨고, 또한 왕비님을 에스코트하는 역까지 맡으셨으니."

튜테가 위로를 건네자 나는 정신이 퍼뜩 들었다.

"어라? 잠깐만. 나, 일을 너무 많이 맡은 거 아냐? 숲에 숨기려는 거 아니었어?"

"어~ 뭐, 숲속에서 가장 눈에 띄는 나무가 되어가고 있는 것 같은데요."

튜테가 말하자 나는 바닥을 내려다보며 두 손을 덜덜 떨고 있었다.

"이상해. 왜 이렇게 된 거야?"

"아가씨께서 본래 목적을 잊었기 때문이죠."

"…………."

나는 끽소리도 내지 못할 만큼 몰아붙인 메이드를 원망스럽게 쳐다봤다. 튜테는 다시 취침 준비를 하기 시작했다.

"아직은 혼자서 움직이고 계시니 숨기려면 숨길 수 있을 것 같긴 하지만, 앞으로 무슨 일이라도……."

튜테가 나를 보며 불길한 소리를 내뱉기 직전에 나는 의자에서 일어서 손에 잡히는 쿠션으로 그녀의 얼굴을 덮어버렸다.

"후~ 위험했어, 위험했어. 하마터면 플래그가 설 뻔했어. 아이 참, 어디서 파란의 신께서 얘기를 듣고 계실지 모르는데."

쿠션으로 얼굴을 덮었는데도 튜테가 뭔가 말하려고 하자 나는 쿠션으로 더욱 눌렀다.

"푸하아아악! 헉, 헉, 느닷없이 뭐 하시는 거예요. 숨이 막힐 뻔했다고요, 아가씨."

쿠션에서 어떻게든 고개를 빼낸 튜테가 호흡을 가다듬으며 나를 원망스럽게 쳐다보자 나는 짓궂게 웃고서 다시 의자에 앉았다.

"튜테가 이상한 플래그를 세우려고 하니까."

"……아가씨."

"뭐야?"

눈을 반쯤 뜬 채 어이없어하던 튜테가 느닷없이 활짝 웃었다. 나는 순간 멈칫했다.

"이대로 아무 일도 없으면 좋겠네요 ♪"

"말하지 마아아아아아!"

나는 들고 있던 쿠션을 튜테에게 던졌다. 그 쿠션은 활짝 웃고 있는 그녀의 얼굴에 제대로 적중했다.

09 만나는 거예요

왕비님께서 학원제를 친히 방문하신다는 이야기는 순식간에 학원 전체에 퍼졌다. 그리고 나와 마기루카가 에스코트를 맡게 되었다는 이야기도 덩달아 퍼졌다.

(위험했네. 에스코트를 혼자 맡았다면 온갖 소문이 퍼졌을 거야.)

"아가씨, 오늘 일정 말인데요."

"아, 예예."

학원으로 향하는 마차 안에서 튜테가 말하자 나는 자세를 고쳤다.

"점심시간에 아레이오스에서 선보일 공연과 관련한 상담이 두 건. 수업이 끝난 뒤에는 소르오스 분들의 경비 훈련을 시찰하셔야 하고요. 동시에 엔초 님과 의논을 하셔야 합니다. 그 뒤에는 사피나 님과 경비 예산을 조정하셔야 하고, 그 뒤에는 훈련소로 가셔서 태그전 연습을 하셔야 합니다. 그리고 왕비님을 에스코트하는 건으로 마기루카 님과……."

"잠깐, 잠깐, 잠깐만. 일정이 나날이 늘어가는 것 같은데? 오늘 하루에만 대체 얼마나 돌아다녀야 하는 거야?!"

"이래 봬도 조정하고 조정해서 줄인 거예요. 여하튼 이번 행사는 모두가 처음인지라 당찬 이미지가 있는 아가씨께 의견을 구하는 거겠죠."

나는 튜테의 이야기를 듣고 눈을 감고서 미간을 눌렀다.

(내게 당찬 이미지가 있다고? 나는 그런 거 없는데. 그야 아무것도 모르는 사람과 조금 알고 있는 사람을 비교한다면 후자 쪽이 잘하는 것처럼 보이겠지마는. 으으, 전생 때 남의 부탁을 받아본 적이 없어서 기쁜 나머지 무심코 일을 받고 만단 말이지! 하지만 일을 더 늘렸다가는 눈에 띌 텐데…….)

약간 불안해하면서 나는 일정으로 꽉 찬 하루를 시작하였다.

"그나저나 메어리 님, 다음 휴일에 시간이 있나요?"

"다음 휴일?"

수업을 마치고 이동하는 도중에 마기루카가 물었다. 나는 머릿속에 있는 일정표를 확인해봤다.

"이렇다 할 일정은 없는 것 같은데."

확인하려고 튜테를 쳐다보니 그녀가 긍정하듯 고개를 끄덕였다.

"응, 일정은 없어."

"그거 잘됐네요. 그럼 다음 휴일에 메어리 님이 부디 와주셨으면 하는 행사가 있어서요."

"아하~ 알았어. 어떤 행사인데?"

우리는 걸으면서 대화를 이어나갔다.

"왕비님께서 주최하시는 차담회예요."

마기루카가 애써 태연하게 말하자 나는 웃다가 발걸음을 뚝 멈췄다.

"어? 뭐라고?"

"왕비님께서 주최하시는 차담회요."

내가 어색하게 웃으면서 되묻자 마기루카도 발걸음을 멈추고서 웃으며 대답했다.

"어머, 마기루카도 참. 농담하지 마. 키득키득♪"

"우후후♪ 메어리 님도 참. 제가 이런 농담을 할 사람처럼 보이나요?"

멀리서 본다면 우리가 우아하게 미소를 지으며 담소를 나누는 것처럼 보일 테지만, 나는 그럴 만한 여유가 전혀 없었다.

우리는 웃으며 굳어버렸다. 한동안 정적이 우리 두 사람을 지배했다.

"나, 일정이……."

"아까 없다는 거 확인했습니다."

내가 변명을 하려는 순간, 마기루카가 가차 없이 말을 잘라버렸다. 그리고 다시 정적이 찾아왔다.

"어째서 그렇게 큰 행사에 내가 참석해야만 하는 거냐고~!"

조금 전까지 웃었던 나는 갑자기 울먹이며 마기루카의 어깨를 붙잡았다.

"메어리 님이 에스코트 역을 맡기로 하셨다는 이야기를 들은 왕비님께서 메어리 님의 얼굴이 보고 싶어지신 모양이에요. 그래서 다음 휴일에 급하게 차담회를 열기로 했어요."

"그, 그래도 초대장을 못 받았으니 무효야. 그렇지?"

"아마도 오늘이나 내일 초대장이 오지 않을까요? 혹시 모르니 제게도 의사를 확인해보라고 하셨고요."

(끄으으으응. 바빠 죽겠는데 휴일에도 속을 쓰리게 하는 행사에 나가야 한다니…….)

"무, 무무무, 물론 마기루카도 함께 참석하겠지? 너도 에스코트 역이니까."

"전 왕비님을 알현한 적이 있으니 새삼스럽게 안면을 익힐 필요가 없는데요, 앗!"

"제발, 마기루카! 같이 참석해줘어어어어!"

내가 쥐고 있던 어깨를 마구 흔들자 마기루카의 얼굴도 그에 맞춰서 덜렁거렸다.

"잠깐, 그만! 우웁, 기분 나빠요!"

"제발, 부탁할게에에!"

요즘에 목적을 이루고자 수단과 방법을 가리지 않는 것 같다는 생각이 들긴 하지만, 나는 멈출 생각이 전혀 없었다. 혼자서 왕바님을 알현할 수 있을 리가 없다. 무슨 일을 저지를 자신감이 가득했기 때문이다.

(실제로 왕자님과 처음으로 만났을 때도 일을 저질렀고.)

"알겠어요. 알겠으니까 흔들지 마세요!"

얼굴이 하얗게 질려가던 마기루카가 오늘도 뜻을 꺾어주었다. 나는 가슴을 쓸어내리고서 흔들던 손을 멈췄다. 마기루카는 아직도 어지러운지 안색이 좋지 않았다. 그리고 다리를 휘청거렸다.

"미, 미안해, 마기루카. 억지를 부려서."

"우읍……. 괜찮아요……. 애당초 메어리 님이 같이 가자고 부탁한다면 참석할 작정이었고요."

"……고마워, 마기루카."

나에게는 아까울 만큼 멋진 친구에게 고마워하면서 나는 활짝 웃으며 마기루카를 쳐다봤다. 그녀는 부끄러운지 시선을 돌리며 뭐라 중얼거렸지만, 목소리가 너무 작아서 전혀 들리지 않았다.

그리고 속이 쓰려질 것 같은 차담회 시간이 순식간에 찾아왔다. 나는 흔들리는 마차를 타고 왕궁으로 향하고 있었다.

(그러고 보니 예전에 한 번 왕궁을 방문했다가 마기루카의 방해로 돌아온 적이 있었지. 그때는 대기실에만 있다가 귀가했으니 실질적으로 이번이 첫 방문이라고 할 수 있으려나? 이번에도 그때처럼 발걸음을 돌릴 만한 구실이 생겼으면……. 무리겠지.)

왕궁이 점점 가까워질수록 현실에서 도피하고 싶어서인지 헛

된 기대감이 자꾸만 샘솟았다. 그러나 두부 멘탈인 나는 기대와 낙담을 거듭할 뿐이었다.

(하아~ 요즘에 꽤 차분해졌다 싶었는데, 역시 그렇게 쉽게 익숙해지지는 않는 모양이야. 이렇게 새로운 일이 터지면 불안이 멎지를 않아. 아아, 왕비님 앞에서 무례한 짓을 하면 어쩌지?)

나는 일어나지도 않은 일을 멋대로 망상하며 스스로 불안감을 부채질했다.

"어, 어쩌지, 튜테? 너무 긴장해서 손이 덜덜 떨려."

불안해진 나는 눈앞에 앉아 있는 튜테를 쳐다봤다. 그런데 그녀도 평소답지 않게 나처럼 덜덜 떨고 있었다.

"어, 어어어, 어쩌죠, 아가씨? 저, 저도 떨려요."

(튜테 같은 서민이 왕비님을 뵙는 건 그거야말로 구름 위에 사는 사람과 만나는 것과 다름이 없지. 나보다 더 긴장할 만도 해.)

우리는 긴장한 손을 맞잡았다. 아까보다 긴장감이 다소 줄어든 것 같아서 한동안 그러고 있었다.

"도착했습니다, 아가씨."

튜테가 내 손을 놓고 밖으로 나가 준비를 하기 시작했다. 잠시 뒤에 나도 마차 밖으로 나갔다. 마중하려고 나온 메이드들이 지난번처럼 나를 대기실로 안내했다.

방으로 들어가니 이미 마기루카가 있었다. 그녀는 소파에 앉아 있었는데 나를 보더니 일어서서 인사했다.

"안녕하세요, 메어리 님."

"아, 안녕, 안녕하세요. 마기루카."

"훗훗, 그렇게 긴장할 필요 없답니다. 오늘 차담회는 왕비님께서 개인적으로 마련하신 거라 왕비님 말고 다른 분은 오시지 않아요. 게다가 왕비님께서는 온화하시니까 어지간한 무례를 저지르지 않는 한 괜찮을 겁니다."

(어지간하지 않은 무례를 저지를 것 같아서 무서워.)

마기루카가 다독여주었지만, 나는 속으로 딴죽을 걸었다. 마기루카의 얼굴을 보고 긴장이 약간 풀린 모양이다.

잠시 뒤 왕궁 메이드가 준비가 다 됐다며 우리를 안내했다. 너무 긴장했는지 팔과 다리가 동시에 나갔다. 나는 어색하게 움직이면서 왕궁 내부에 있는 전망 좋은 정원으로 향했다.

아주 조용한 그 공간에는 호화로운 탁자가 놓여 있었다. 그 탁자를 에워싸듯 놓인 의자에 두 여성이 나란히 앉아 있었다.

한 사람은 어머니뻘이었고 다른 한 사람은 내 또래로 보였다.

(어, 어라? 개인적인 행사라서 왕비님 말고는 아무도 없다고 하지 않았나? 아, 혹시 왕비님이 두 분이신가?)

긴장한 나머지 황당한 결론을 내린 나를 아랑곳하지 않고 메이드가 우리를 데리고 왔다고 왕비님에게 보고한 뒤 곧바로 물러났다. 물론 튜테도 그 메이드를 따라 물러났다.

"오늘 이렇게 초청해주셔서 진심으로 감사드립니다."

마기루카가 공손하게 예를 표하자 나도 황급히 따라서 예를 표했다.

"아, 저기, 초대해주셔서 감사합니닷."

(말을 더듬은 것도 모자라서 혀까지 씹었어!)

고개를 숙이면서 귀까지 새빨개진 나는 수치심에 몸을 덜덜 떨었다.

"어머머, 귀여워라. 당신이 메어리로군요. 얼굴을 보여줘요."

아주 상냥한 목소리가 귀에 들렸다. 나는 예, 하고 대답하면서 고개를 들었다. 의자에 앉아 있는 왕비님(추정)이 생글생글 웃으면서 이쪽을 쳐다보고 있었다. 왕자님처럼 아름다운 금발을 위로 가지런히 올려 묶어두었다. 그녀의 푸른색 눈동자와 내 금색 눈동자가 마주치자 심장이 튀어나올 뻔했다.

"흐흠, 백은인가…… 아얏!"

누군가가 작은 목소리로 중얼거리는가 싶더니만, 타악! 하고 메마른 소리가 정원에 울려 퍼졌다.

슬쩍 고개를 돌려 보니 또래로 보이는 소녀가 머리를 싸쥐고 있었다. 어느새인가 왕비님의 부채가 접혀있었다. 아마도 부채로 소녀를 때린 모양이다.

그러나 나는 그보다는 부채에 맞은 소녀를 자세히 보고 굳어 버렸다.

허리까지 내려오는 그녀의 주황색 곱슬머리는 아래로 내려갈수록 분홍색으로 변하는 특이한 색을 가지고 있었는데, 그러나 이보다 나를 더욱 놀라게 한 것은——

머리에 난 뿔이었다.

소녀의 머리에는 아름다운 한 쌍의 뿔이 나 있었다.

"아, 아프다. 무슨 짓이냐!"

눈물을 찔끔 흘린 채 뒤통수를 문대며 옆에 앉은 여성을 째려보는 소녀의 눈동자는 핏빛처럼 새빨갰다. 그리고 입술 사이로 날카로운 어금니도 엿보였다.

나는 그렇게 생긴 사람을 알고 있다. 아니, 배웠을 뿐 만난 적은 없다. 그녀는 이 세계에서 '마족'이라 불리는 사람들이었다.

(우꺄아아아아! 마족, 마족이야아아아아! 진짜 실물이야아아아. 카메라, 누가 카메라 좀 가지고 와!)

드워프인 데오도라와 만났을 때 느꼈던 흥분이 긴장감을 뒤덮으며 마음속에 퍼져나갔다.

"어머, 놀라게 해서 미안하구나. 이 아이가 갑자기 놀러 온 바람에 합석을 시켰단다."

흥분한 내가 소녀를 물끄러미 쳐다보자 왕비님(한쪽이 마족이니 아마도 성인 여성이 왕비님이겠지)이 착각하여 설명을 해주었다.

"아, 아뇨, 당치도 않습니다."

나는 황급히 고개를 숙였다.

"후훗, 이쪽은……."

"내 이름은 '에밀리아 레리렉스.' 그 유명한 암흑의 섬, 레리렉스 왕국이, 윽!"

마족 소녀는 왕비님의 말을 중간에 끊고서 일어서더니 허리에 손을 댄 채 위엄 있게 자기 이름을 말하기 시작했으나 도중에 왕비님의 부채가 시원한 소리를 내며 그녀의 머리를 때렸다. 왕비님은 시종 생글생글 웃고 있었다.

"버릇이 없군요, 에밀리아."

(왕비님이 온후하다고? 저 웃음만 봐도 솔직히 무서워. 그리고 저 에밀리아라는 얘는 학습능력이 없나?)

지금까지의 긴장감이 거짓말처럼 날아가버렸다. 나는 머리를 싸쥐고 있는 불쌍한 미인을 뜨뜻미지근한 눈으로 지켜봤다.

✤10✤ 공주님이래요

알디아 왕국의 남쪽, 해안을 넘어 한참 떨어진 곳에 있는 섬.

머나먼 옛날, 신화시대에 빛의 여신과 어둠의 여신이 전투를 벌였다. 패배한 어둠의 여신이 추락한 그 섬을 사람들은 '암흑의 섬'이라고 부르기 시작했고, 그 섬에는 마족이 통치하는 나라 '레리렉스'가 탄생했다(에밀리아 왈).

"그래서 그 레리렉스 왕국의 공주가 바로 나다."

에밀리아가 자리에 앉아 자신의 나라가 어떤 곳인지 자세하게 말해주었다.

"뭐지, 백은? 뭔가 할 말이 있는 눈치인데?"

"아뇨, 저기……."

에밀리아는 의기양양하게 설명하다가 갑자기 도발적인 눈으로 이쪽을 쳐다봤다. 나는 무슨 말을 해야 할지 몰라서 그만 머뭇거리고 말았다.

(내 이름은 백은이 아니라 메어리라고 차마 말 못 하겠어. 왜냐면 상대는 왕국의 공주님이잖아.)

"에밀리아, 저 아이의 이름은 메어리란다. 그리고 째려보지 마. 저 아이가 무서워하잖니."

내 속내를 읽었는지 왕비님이 나를 대신하여 정정해주었다.

"흥! 우리한테 백은과 관련된 사람은 경계 대상이다. 너도 알잖아?"

에밀리아가 나를 향한 경계심을 누그러뜨린 것 같아 다행이긴 한데, 어째서 초면인 나에게 이토록 야멸차게 구는 걸까?

"신경쓰지 말아요, 메어리. 옛날 레리렉스 왕국의 왕, 다시 말해 마왕이라 불렸던 에밀리아의 아버님이 알디아 왕국의 영웅, 백은의 기사님한테 호되게 당한 탓에 그 이후로 왕족들은 은발을 지닌 사람을 '알디아의 하얀 악마'라 부르며 경계하고 있답니다. 입을 연 김에 말하자면 그때 마왕이 약해진 틈을 노려 알디아 왕국은 레리렉스 왕국과 불가침조약을 맺었고, 평화를 되찾게 되었죠."

"그, 그런가요……."

(우리 알디아 왕국이 그렇게 약삭빠른 나라였었나?)

그들이 백은의 기사님을 모 로봇 애니메이션에 등장하는 한 인물의 별명과 비슷하게 부르자 무심코 웃음을 나올 뻔했다. 나는 에밀리아에게 백은색 전신 갑옷을 가지고 있다는 말을 절대로 하지 말자고 생각했다.

"무례한 말씀을 드려서 송구스럽습니다만, 왕비님과 에밀리아 님께서는 사이가 좋아 보이시네요."

마기루카가 화제를 돌리고자 나도 궁금했던 것을 물어보았다.

"그녀는 나와 같은 학교에 다녔어요. 이른바 유학생이라는 거죠. 왕비가 된 뒤에도 이렇게 종종 갑작스레 얼굴을 보여서 정말로 곤혹스럽답니다."

왕비님은 한숨을 내쉬면서 삐져있는 에밀리아를 바라보았다.

"흥……. 내 주변에는 지루한 녀석들뿐이라서 심심하다. 이 나라에는 무언가 재미난 것들이 넘쳐나니까 심심풀이로는 딱이야."

"학우이신가요? 하지만……."

마기루카가 말끝을 흐리며 두 사람을 번갈아 보았다. 나도 마기루카를 따라 눈동자가 왔다 갔다 했다. 아무리 봐도 어머니와 딸이었다.

그리고 에밀리아와 눈이 마주쳤다.

"흐흠, 뭐냐? 내가 너무 어려 보여서 그러는 거냐? 백은. 아니, 메어리라고 했던가. 마족은 인간보다 수명이 길고 성장 속도도 마력으로 어느 정도 조절할 수 있지."

"그럼 어째서 젊은 모습을 유지하시는 거죠? 왕비님과 맞추지 않고요?"

에밀리아가 설명하자 지적 호기심이 왕성한 마기루카가 물었다.

"음? 그야 뻔하잖나! 젊은 내 모습을 언젠가 할머니가 될 이 녀석한테 자랑하려고……."

자신 있게 떠들던 에밀리아가 갑자기 말끝을 흐렸다. 왕비님에게서 무시무시한 살기가 뿜어져 나온 탓이었다. 이건 왕비님의 살기가 아니다. 굳이 말하자면 무장(武將)인 내 아버지, 페르디드가 분노했을 때 뿜어내는 살기였다.

"아하하……, 농담이다, 농담. '신창(神槍)의 무희'라 불리는 그대가 살기를 뿜어내면 난 몸이 부들부들 떨린다. 으음, 아아, 그렇지. 말은 그래했다만 다른 마족에 비하면 난 아직 어린 편이다. 겉모습을 보면 알 수 있지 않느냐. 아니, 그러니까 부탁이니 살기는 거둬다오."

식은땀을 삐질삐질 흘리면서 옆에 앉은 왕비님과 애써 눈을 마주치려고 하지 않는 에밀리아가 몸을 떨면서 사과했다.

'신창(神槍)의 무희'······. 귀족이니 평민이니 할 것 없이 유명한 사람이다.

섬광처럼 움직이는 창은 그 어떤 것이든 단번에 꿰뚫으며, 그 움직임은 마치 춤과 같다고 한다.

그녀의 이름은 '이리샤.' 지금은 왕비가 되어 '이리샤 네츠아 달포드'가 되었다.

(응, 국왕 폐하께서 왜 왕비님의 뜻을 거역하지 못하는지 그 이유를 알 것 같아.)

"자, 그녀의 이야기는 이쯤 해두기로 하고. 어떠니? 학원제 준비는 순조롭니?"

무시무시한 살기를 거짓말처럼 순식간에 없앤 뒤 왕비님이 생글생글 웃으며 우리를 쳐다봤다.

"예, 메어리 님의 조언 덕분에 차질 없이 진행하고 있습니다. 행사를 처음 치르는 사람처럼 보이지 않을 만큼 야무져서 다들 의지하고 있습니다."

"자, 잠깐, 마기루카. 과찬이야."

"그래, 다행이구나. 레이포스가 학원제를 주도하고 있다는 말을 했을 때는 솔직히 놀랐단다. 그 아이는 그런 행사에는 별로 흥미가 없었거든. 그런데 언제부터인가 적극적으로 변했더구나. 정말로 무슨 일이 있었던 건지."

왕비님이 눈을 가늘게 뜨고서 나를 쳐다봤다. 나는 노려보는 뱀 앞에 놓인 개구리처럼 애써 시선을 회피하며 웅크리고만 있었다.

"음? 뭐냐? 그 학원제라는 건? 처음 듣는 말인데."

아까 일을 완전히 잊어버린 것처럼 에밀리아가 흥미진진한 얼굴로 천연덕스럽게 물었다. 마기루카가 간략하게 학원제에 관해 설명하자 에밀리아의 눈동자가 반짝이기 시작했다.

"뭐냐, 그게! 몹시 재미있을 것 같구나! 나도 가고 싶다! 나도 뭔가 하고 싶다!"

"죄송합니다만, 학원 학생이 아니면 참가할 수 없습니다."

에밀리아가 흥분하여 말하자 마기루카가 미안해하며 거절했다.

(왕비님이 방문하시는 것만으로도 벅찬데, 타국의 공주님까지 방문한다면 나 방문을 걸어 잠그고서 잠들어버릴 거야.)

"그럼 견학만이라도 시켜다오!"

"에밀리아. 당신은 레리렉스의 공주 아닌가요? 마왕님의 허가를 받은 뒤에 알디아 왕국의 정식 절차를 거치는 게 순리일 텐데요?"

"에잇~! 아바마마께 말씀드렸다가는 형식을 들먹이며 나를 옥죄고 감시하려고 들 거다! 그랬다간 견학도 마음대로 못하지 않느냐! 나는 조용히 가겠다."

왕비님이 지당한 말씀을 하자 에밀리아는 떼를 쓰기 시작했다.

"당연히 안 되죠. 당신이 앉아 있는 공주 자리가 뭔지 좀 생각해 봐요."

"우우우우, 싫~다~싫~어어어어! 가~고~싶~어어어어어, 학원제에 가고 싶어어어어~!"

결국 공주님은 떼쟁이 아이처럼 팔과 다리를 바동거리기 시작했다. 여기 있는 사람 중에선 가장 나이가 많을 텐데…….

"안 된다고 하면 안·돼."

"우~우우우."

왕비님이 압력을 가하자 에밀리아가 신음하며 울먹였다.

"이리샤는 심술쟁이이이이이! 바보멍충이이이이이! 우아아아앙."

서민 수준까지 전락해버린 에밀리아는 어린애처럼 유치한 말을 내뱉고는 자리에서 일어섰다. 그러고는 그대로 우아아앙, 하고 울며 달려가, 날아가버렸다.

머리카락에 가려져서 몰랐는데, 아무래도 등 뒤로 날개를 꺼낼 수 있었던 모양이다.

(참 시끄러운 공주님이었어.)

"왕비님!"

정원에서 비행체가 날아가자 황급히 근위기사들이 달려왔다.

"시끄러운 공주님이 돌아갔을 뿐이에요. 쫓아갈 필요는 없습니다."

왕비님이 웃으면서 기사들을 맞이하자 그들은 '또냐'는 얼굴로 공손하게 인사하고서 원래 위치로 되돌아갔다.

"본의 아니게 차담회가 소란스러워졌군요. 여하튼 메어리, 마기루카."

"예."

"아, 예."

왕비님이 부르자 나는 황급히 자세를 고쳤다.

"학원제, 기대하고 있을게요."

(왕비님, 그건 왕자님한테 할 말이지 제게 할 말이 아닌 것 같은데요.)

입이 찢어져도 그 말만은 할 수가 없는 나는 웃음을 지으며 예, 하고 대답할 수밖에 없었다.

그리하여 어쩐지 요란했던 차담회가 끝났다.

귀가하는 도중에 왕궁 내 복도에서 마기루카가 복잡한 표정을 지었다.

"왜 그래? 마기루카."

"아뇨, 어쩐지 말이죠. 에밀리아 님이 이대로 얌전하게 계실 것 같지 않아서."

"괘, 괜찮아. 여러모로 어린애 같긴 해도, 명색이 공주님인데 허튼 행동은 하지…… 않으실 거야."

스스로 말해놓고도 왠지 자신이 없었다. 오늘 처음 만난 터라 에밀리아가 어떤 인물인지 잘 모르기도 하거니와 차담회 때 보여줬던 언동을 돌이켜보니 아무래도 걱정이 되었다.

"이대로 아무 일도 없이 평온하게 지나갔으면 좋겠는데요."

내가 굳어 있으니 마기루카가 해서는 안 될 말을 선뜻 내뱉고 말았다.

(으으으으으, 그러니까 플래그를 세우지 말아줘어어어!)

나는 마음속으로 몸부림치면서 왕궁을 뒤로했다.

11 필살기를 고안하는 중입니다

왕비님과의 면담을 끝낸 뒤 본격적으로 학원제 준비에 돌입했다.

학원제는 사흘에 걸쳐 진행된다.

첫째 날에는 무술대회 예선만 열리니 엄밀히 말해 학원제라고 하기에는 어렵다.

둘째 날에는 무술대회 예선과 아울러서 전야제가 열린다. 공연도 몇몇 예정되어 있다.

셋째 날에는 무술대회 결승 토너먼트가 열리고, 주 공연이 있다. 축제의 최고조라 할 수 있다.

그리고 마지막으로, 내가 무심코 "후야제는?" 하고 말을 꺼낸 탓에 학생들이 자유롭게 참가하는 댄스파티를 열기로 했다. 후야제가 뭐냐는 질문에 모닥불을 둘러싸고 포크 댄스를 추는 거라고 설명했지만 아무도 이해하지 못했다. 그리고 왕비님은 셋째 날에 방문하시기로 했다. 되도록 손님이 가장 적은 첫째 날에 와주시길 바랐는데…….

"태그전은 셋째 날 결승 토너먼트 때 하기로 했어."

"알겠습니다!"

사피나는 기뻐하며 대답했다. 우리는 지금 한창 태그전을 연습하는 중이었다.

오늘은 두 선배가 상대를 해주었다. 꽤 괜찮은 느낌이었다. 참고로 승부는 일부러 내지 않았다. 자칫 이겼다간 카리스 선배가 또 얼토당토않은 소문을 퍼뜨릴지도 모를까 두려웠다.

(처음에 비하면 훨씬 손발이 잘 맞긴 하지만 뭔가 결정적인 게 부족해.)

"역시 필살기를 만들까."

"필살기요?"

내가 휴식을 취하며 생각에 잠겨 있다가 불쑥 말을 흘리자 사피나가 되물었다.

"이런, 필살기라니. 아주 무시무시한 생각을 하고 있군, 메어리 양."

사피나의 말을 듣고 카리스 선배도 흥미를 보이며 다가왔다. 참고로 앨리스 선배는 아까부터 수상쩍은 책을 읽으며 이따금 에헤헤, 하고 웃고 있었다. 미모가 아까울 만큼 괴상한 웃음이었다.

(선배, 부탁이니 수상쩍은 짓을 궁리하고 있다는 내색만은 하지 말아주세요.)

나는 온몸으로 수상한 분위기를 폭발시키는 앨리스 선배를 못 본 척하고서 사피나와 카리스 선배 쪽으로 고개를 돌렸다.

"선배, 뭐 괜찮은 연대 기술이나 필살기가 없을까요?"

내 발상은 비약이 너무 심해서 현실적이지 못했고 사피나는 이런 걸 고안하는 것 자체가 서툴러서 우리는 아직도 이렇다 할

답을 내놓지 못하고 있었다. 그래서 연장자인 선배에게 묻기로 했다.

"흐음, 태그의 장점은 말할 것도 없이 연대야. 하지만 둘이서 무턱대고 공격해 봤자 도리어 당할 뿐이지. 으~음……."

카리스 선배가 팔짱을 끼고 신음하며 생각하기 시작했다. 나도 사피나도 덩달아 신음하면서 생각에 잠겼다.

"동시 공격은 어떤가요?"

책을 읽던 앨리스 선배가 시선을 이쪽으로 살짝 돌려 말했다.

"오호, 마법과 검의 동시 공격! 뭔가 좋아 보이네요."

"글쎄, 쉽지 않을걸? 호흡이 맞지 않으면 그냥 다른 공격 둘이 될 뿐이야. 상대도 피하던지, 막던지, 반격할 테고."

내가 손뼉을 치며 감탄하자 카리스 선배가 미묘한 표정을 지으며 말했다.

(으~음, 상대가 절대로 피하지 못하는 검과 마법의 동시 공격……. 그런 기술이 있으려나…….)

나는 전생 때의 기억, 애니메이션이나 만화에서 봤던 지식을 돌이키면서 무슨 수가 없을지 궁리했다. 그러다가 문득 머릿속에서 어떤 영상이 떠올랐다.

"아! 어쩌면, 가능할지도 몰라."

"오호, 대체 어쩌려고?"

내가 중얼거리자 카리스 선배가 흥미진진하게 물었다.

"죄송하지만 여기서부턴 비밀입니다. 대전 상대와 관련이 있는 분들은 사양하겠어요."

나는 웃으면서 사피나를 가까이 잡아당긴 뒤 카리스 선배에게서 멀어졌다.

"박정하네, 메어리 양. 뭐, 그럼 우리는 이만 물러나도록 하지. 달리 할 일도 있고 말이야."

카리스 선배가 하하하, 하고 시원스러운 웃음을 뿌리면서 앨리스 선배 쪽으로 걸어갔다. 몇 분 동안 대화를 나눈 뒤 앨리스 선배가 엄청나게 질색하는 얼굴로 다시 책을 쳐다봤다. 그러자 카리스 선배는 시원하게 웃으며 그 책을 집어 들더니 그대로 방을 나가버렸다. 앨리스 선배가 황급히 그를 뒤쫓았다.

"저기, 사피나."

"예?"

"칼을 휘두르는 방향을 크게 잡으면 대충 몇 개쯤 될까?"

"방향이요? 으음……."

사피나는 생각하면서 들고 있던 도로 가볍게 허공을 갈랐다.

"수평베기, 수직베기, 좌·우 사선베기에 각 역방향과 덤으로 찌르기까지 대충 아홉 가지 아닌가요?"

"그렇구나. 그럼 그 공격을 동시에 한다면 상대는 어떻게 나올까?"

"예? 동시에 아홉 번을요? 그, 그건 막지 못할 것 같은데요……."

"그래, 그걸 우리가 하는 거야!"

나는 주먹을 쥐고서 드높이 선언했다.

(뭐, 모 만화의 기술을 베꼈을 뿐이지만. 어쩐지 나 혼자서도 할 수 있을 거 같긴 한데, 그랬다가는 나만 눈에 띌 테니까 협력을 해야지.)

몇 분 동안 정적이 흘렀다.

"에에에에엥! 그, 그게 가능한가요? 제 팔이 몇 개라도 부족할 텐데요."

내 말을 듣고 동요한 사피나가 엉뚱한 소리를 했다.

"사피나, 예전에 언데드 소동 때 가속 마법으로 2연격을 날린 적이 있었잖아. 그걸 어떻게 승화시킬 수 없을까?"

"가속 마법으로 동시에 공격하라고요? 어느 정도는 되겠지만 9번이나 한꺼번에 하지는 못해요."

"마법을 쓰지 않고 2연격을 했으니까 마법을 쓰면 4연격까지는 어떻게 되지 않을까?"

"그럴지도 모르지만, 5연격을 넘기기는 좀……."

"괜찮아 나머지는 내가 마법으로 채울게."

"예? 서, 설마 메어리 님. 참격 마법을 동시에 다섯 발이나 날리실 건가요?"

"응. 사피나도 4연격을 성공시키고자 노력할 테니 나도 그만큼은 해야지."

내가 간단하다는 듯이, 아니, 실제로 가능하다는 자신감을 보이자 말하자 사피나가 어리둥절한 얼굴로 나를 쳐다봤다.

(괘, 괜찮겠지? 고작 마법을 연속으로 사용하는 것뿐이잖아?

누구든 가능한 일이야.)

"저기, 사피나도 무술대회 때 마법을 연속으로 사용했잖아. 그러니까 괜찮아. 뭐, 마력이 고갈되지 않도록 조심할게."

"그, 그렇죠."

"문제는 사피나의 4연격과 나의 5연발이 동시에 적중해야 한다는 건데……. 빗나간다면 두 공격을 상대가 모조리 막아낼 가능성이 있어. 아무래도 내가 참격 마법을 발동시킨 뒤에 사피나가 마법이 날아가는 타이밍에 맞춰 공격하는 게 좋겠지?"

"노, 노력하겠습니다!"

내 입으로 말해놓고도 어쩐지 황당한 소리를 한 것 같아 걱정이 들었다. 그러나 사피나가 의욕을 보였으므로 무모한 작전은 아닌 것 같아서 조금 안심했다.

"그럼 기술명은 나인 블레이드 크로스! 라고 하자"

"오오옷!"

완성되지도 않았는데 이름을 붙이는 건 조금 이른 감이 있지만, 사피나도 흥분했는지 뺨을 붉히며 목소리를 높였다.

"좋았어. 이름도 정했으니 당장 연습을 개시하자!"

우리는 우선 각자 따로 훈련을 시작했다.

"자, 간다."

몇 미터 떨어진 곳에 표적을 마련한 뒤 기합을 잔뜩 넣은 채 마법을 쏘는 자세를 취했다.

"소닉 블레이드! 소닉 블레이드! 소닉 블레이드! 소닉 블레이

드! 소닉 블레이드으으으으!"

내가 힘차게 외치자 여러 공기 칼날들이 표적을 향해 일정한 간격으로 날아갔다.

"대단해요, 아가씨. 한 번에 마법을 다섯 발이나 날리다니."

보고 있던 튜테가 칭찬했지만, 나는 뭔가 다르다는 걸 깨달았다.

"이게 아냐. 이건 그냥 연속 공격이잖아. 내가 상상했던 것과 달라."

방금 건 그저 마법을 다섯 번 썼을 뿐이다. 한 번에 다섯 발의 마법을 쏜 게 아니다.

나는 모 만화에서 봤던, 화염 마법을 손가락마다 하나씩 건 뒤에 동시에 날리는 기술을 떠올렸다.

"크크크. 이 손가락으로 참격 마법인 소닉 블레이드를 쏠 거다. 하나, 둘, 셋."

나는 어느 마왕군 간부처럼 사악하게 웃으면서 표적을 향해 오른손을 쥐었다가 손가락을 하나씩 펴나갔다. 그와 동시에 손가락 끝에 마법이 거는 상상을 했는데…….

"우햐아아아!"

도중에 소닉 블레이드가 제각기 엉뚱한 방향으로 날아갔다.

"괜찮으세요? 아가씨!"

마법이 폭주하여 화들짝 놀란 내가 엉덩방아를 찧자 튜테가 황급히 달려왔다.

"괜찮아, 괜찮아."

나는 쓴웃음을 흘리면서 손바닥을 펼쳐 튜테를 제지했다.

(으으…… 생각보다 어려운데. 확고한 이미지와 상당한 집중력이 필요하겠어. 잠깐이라도 정신이 산만해지면 마법이 엉뚱한 곳으로 날아가니, 하아…… 금방 할 줄 알았는데, 설마 정신력이 중요할 줄이야.)

시작한 지 몇 분 만에 좌절하려고 하는 끈기 없는 나.

"사피나~ 아까 그 얘기 말인데……."

나는 홀로 표적을 향해 연습하는 사피나에게 우는소리를 하려고 했으나 진지하게 열심히 기술을 연마하는 그녀의 모습을 보니 말문이 막혔다.

(이 멍청이 메어리. 잘 안 된다고 해서 곧바로 포기해버리면 어떡해. 노력, 그래, 노력하자. 사피나처럼.)

나는 머리를 가볍게 똑똑 때리며 연약한 자신을 꾸짖었다. 그간 나는 신께서 주신 치트 능력 덕분에 모든 마법을 쉽사리 습득해왔다. 어쩌면 노력을 등한시해왔는지도 모른다.

(생각해보니 힘 조절이 되지 않아 전전긍긍했을 때도 결국 튜테한테만 의지하고는 스스로 노력하려고 하지 않았지. 안 돼, 안 돼, 똑바로 하자.)

"우선 집중력. 그걸 단련해야 해! 좋았어, 해보자."

나는 큰소리로 기합을 불어넣었다.

그러나 나는 알지 못했다. 내가 시도하려는 마법의 바탕이

된 그 화염 마법이 만화 세계에서는 엄청난 대마법이라는 사실을…….

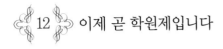

12 이제 곧 학원제입니다

"으으으."

구교사 담화실.

나는 탁자에 앉아 몸을 앞으로 숙인 채 숨을 멈추고서 긴장한 표정으로 눈앞에 있는 물체를 응시하고 있었다.

튜테와 둘이서 유유자적하게 시간을 보내고 있는 것이 아니라 한창 특훈을 하는 중이었다.

"앗."

긴장의 끈이 풀리자 나는 소리를 흘리고서 몸에서 힘을 빼버렸다. 내 앞에 카드가 어지럽게 흩어져 있었다.

"잘 안 되네. 카드 피라미드."

앉은 채로 팔과 다리를 쭉 뻗어 기지개를 켰다. 약간 볼썽사나워 보이긴 하지만, 나는 천장을 올려다보며 혼자서 푸념을 내뱉었다.

나는 집중력을 단련하고자 카드로 피라미드를 쌓으려고 애쓰는 중이었다. 이런 섬세한 작업은 끝까지 집중력을 유지하는 게 관건인데, 긴장한 나머지 힘 조절이 잘 안 돼서 고전을 면치 못하고 있었다. 나는 피라미드에 손가락을 살짝 댔을 뿐인데, 피라미드가 무너지기에는 충분했던 모양이다.

"하지만 집중력을 키울 수 있을 뿐만 아니라 힘 조절도 학습

할 수 있으니 일거양득 아닌가요? 아가씨, 힘내세요."

튜테가 나를 북돋우며 흩어져버린 카드를 모았다. 그리고 찢어질 것 같은 카드는 새것으로 바꿔주었다.

"그래, 좋았어, 힘내자!"

축 늘어져 있던 나는 자세를 똑바로 세우고는 카드를 집으며 다시 집중했다.

그로부터 한 시간, 나는 집중을 거듭하고 거듭한 끝에 비로소 피라미드의 토대를 쌓는 데 성공했다. 이제는 이 위로 카드를 쌓아나가면 되는데, 무척이나 섬세한 작업이라서 긴장과 초조함이 점점 극에 달해갔다.

(집중, 집중…… 집주우우우우웅.)

똑, 똑!

그때 누군가가 조심스럽게 노크를 했다. 그 바람에 집중력이 흩어지면서 어깨를 흠칫 떨고 말았다.

들고 있던 카드가 떨어지면서 지금껏 쌓아 올렸던 노력이 처참하게 무너져갔다.

"~~~!"

나는 그 광경을 애달픈 표정으로 지켜본 뒤 탁자 위에 철퍼덕 엎어졌다. 쓴웃음을 지은 채 그런 나를 지켜보던 튜테가 문 쪽으로 다가가 방문객을 확인했다.

"아가씨, 마기루카 님이세요."

"아, 응, 괜찮아, 들어와."

하나도 괜찮지 않은 나는 엎어진 채로 손을 휘이휘이 저었다.

"왜 그러고 있나요, 메어리 님. 남 보기 안 좋아요."

실내로 들어온 마기루카가 내 모습을 보고는 이상하다는 표정을 지었다.

"신경 쓰지 마. 집중력을 단련하다가 좀 지쳤을 뿐이야."

"집중력을 단련하고 있나요? 왜 또?"

"그건 말이지. 새로…… 어이쿠, 위험해라. 이건 비밀이야."

하마터면 대전 상대인 마기루카에게 비장의 패를 보여줄 뻔했다. 나는 황급히 몸을 일으켜 입을 다물었다.

"어머, 그래요? 제게 감추는 걸 보아하니 태그전과 관련이 있는 모양이군요."

"노코멘트."

마기루카가 속내를 엿보듯 눈을 가늘게 뜬 채 웃으면서 쳐다보자 나는 두 손을 교차하여 부정했다. 마기루카는 그런 나를 보고 키득키득 웃으면서 앞에 앉았다.

"그러고 보니 카리스 선배가 메어리 님과 사피나 님이 필살기 같은 걸 개발하고 있다고 하던데요?"

"아이 참, 그 선배는. 입이 가볍다니까."

예상대로 입을 나불댄 카리스 선배의 모습을 상상하며 한숨을 내쉬었다.

"태그전 이야기가 나와서 말인데, 그쪽은 어때? 잘 되고 있어?"

"예, 그 바보도 꽤 그럴듯해졌어요. 카리스 선배의 조력이 큰 도움이 됐거든요."

말이 나온 김에 상대의 정보를 캐내려고 했는데 마기루카가 교묘히 얼버무렸다. 역시 마기루카, 나와 달리 아주 냉정하다.

나는 감탄하는 눈으로 그녀를 쳐다보다가 위화감이 들었다. 그녀의 손목에 하얀 붕대가 감겨 있었다.

"마기루카, 다쳤어?"

"예? 아아, 이건, 괜찮아요. 연습하다가 손목이 삐끗했을 뿐이에요. 회복 마법을 쓸 정도는 아니니 금방 나을 거예요."

(험한 일에는 발을 담그지 않는 우아한 마기루카가 연습하다 다치다니, 희한한 일이네. 아니, 마법사가 손목을 다칠 만한 일이 있나? 검사도 아니고.)

"검과 마법……. 메어리 님이 굉장하다는 걸 새삼스럽게 통감했어요."

"어? 무슨 소리야?"

"……그냥 하는 얘기예요. 신경 쓰지 마세요. 그보다도 왕비 님 건 말인데."

생각에 빠져 있는 사이에 마기루카가 의미심장한 말을 한 것 같아서 되물었다. 그러나 그녀는 내 질문을 흘려넘기고서 본론을 꺼냈다.

"셋째 날에 방문하실 예정이니 어딜 돌아다니면 좋을지 나름

대로 계획을 세워봤어요."

"흐음."

나는 그녀가 내민 종이를 받아 훑어봤다.

"너무 으슥하거나 혼잡스러운 곳을 피해 몇 군데 견학을 끝낸 뒤에 마지막에 투기장에서 대회를 참관하실 예정이랍니다."

"투기장으로 갈 때는 우리가 모실 수가 없는데, 그때는 어떻게 하지?"

"그때는 전하께서 대신 에스코트 역을 맡기로 했으니 안심하세요. 메어리 님은 이 경로를 참고하여 경비 인원을 적절하게 배치하여 방문객들의 이동을 제한하거나 유도해주세요."

"응, 사피나와 각 경비반장과 논의해서 계획을 짜놓을게. 그러고 보니 크라우스 님도 오신댔지? 그분께 전달하면 되려나?"

"예, 그래서 준비한 거라."

"고마워. 정말 덕분에 살았어."

나는 내 앞에 닥친 일만으로도 벅찰 지경이었는데도 마기루카는 학원제 준비를 척척 도와주고 있었다. 그녀가 존경스러울 지경이었다.

"그러고 보니 태그전에 관해 물어보고 싶은 게 있어요."

"응, 뭔데?"

내가 종이를 튜테에게 넘기고 있으니 마기루카가 마침 무언가가 떠오른 것처럼 손뼉을 짝 치며 물었다.

"메어리 님은 시합 당일에 그 갑옷을 입을 건가요?"

301

"갑옷? 아아, 백은 갑옷 말이지?"

느닷없이 묻는 바람에 나는 순간 그녀가 무슨 소리를 하는지 이해하지 못했다. 골똘히 생각하다가 나와 관련된 갑옷은 백은 갑옷밖에 없다는 생각에 이르렀다.

(흐음, 무슨 일이 벌어졌을 때 갑옷 탓으로 돌릴 수 있으니 되도록 입고 싶긴 한데.)

"저희는 무장하고 나설 생각이거든요. 어떻게 할까요? 매직 아이템을 사용하실 건가요? 그 갑옷도 어떤 의미에서 매직 아이템이라고 할 수 있잖아요?"

"매직 아이템? 그건 사피나한테도 물어봐야 하는데."

그 갑옷은 매직 아이템이 아니라 그냥 백색광으로 된 평범한 갑옷이지만, 여러 상황을 얼버무리는데 이용한 바람에 어느새 착용자에게 여러 효과를 부여해주는 마법의 갑옷이란 소문이 퍼져 있었다. 마기루카가 그 갑옷을 매직 아이템으로 생각해도 이상할 게 없었다.

"사피나 씨와는 이미 이야기를 끝냈어요. 메어리 님이 하는 대로 따르겠다던데요."

"……여전히 손이 빠르네."

"메어리 님은 가뜩이나 몸 상태도 안 좋으니 저로서는 꼭 갑옷을 착용해주셨으면 좋겠어요. 그렇지 않으면 걱정이 돼서 전력으로 싸울 수 없을 테니까요."

(그게 그렇게 되는 건가? 상황을 얼버무리려고 무심코 변명거

리로 삼은 탓에 깜빡 잊고 있었어.)

"그렇겠네. 마기루카가 문제없다면야 써도 괜찮아."

"감사해요. 이제 마음 놓고 여러모로 준비할 수 있겠네요."

"어, 여러모로? 자, 잠깐. 그거 무슨 의미야?"

"후훗, 노코멘트예요."

마기루카가 웃으면서 아까 내가 그랬듯이 X표를 만들었다. 나와 달리 고상하게 두 손가락으로 만든 거였지만.

"대련이 참 기대가 되네요. 그럼 메어리 님, 저는 볼일이 있어서 이만 일어날게요."

내가 더 캐내려고 하자 마기루카는 보기 좋게 흘려버리고서 자리에서 일어나 방을 나갔다.

"진짜 무슨 꿍꿍이야? 마기루카."

나는 일말의 불안감을 느끼며 그녀가 나간 문을 응시했다.

이튿날.

"메어리 님! 4연격이 가능해졌어요!"

"벌써?!"

사피나가 기쁜 얼굴로 놀라운 말을 했다. 제아무리 사피나가 노력가라지만 너무 빨랐다.

"아, 대신 문제도 하나 있어요."

"뭔데?"

사피나가 주저하면서 오른팔을 내보였다. 그녀의 팔에는 상당히 오래된 것 같은 정교한 팔찌가 채워져 있었다. 팔찌에 박혀 있는 보석이 신비로운 빛을 발하고 있었다.

(얼핏 보니 비싸 보이는 골동품 같은데? 사피나의 취향은 아닌 것 같고…….)

"이게 뭐야?"

"카르샤나가에서 대대로 전해져 내려오는 매직 아이템이에요. 어제 아버님께 어떻게 해야 4연격 공격을 성공시킬 수 있을지 상담을 했더니 대련 때 왕비님께서 친히 참관하실 거라는 소리를 듣고 이걸 빌려주셨어요. 다행히도 매직 아이템을 쓸 수 있게 됐으니, 쑥스럽긴 하지만 써볼까 해서요."

사피나가 조금 곤혹스러워하며 팔찌를 찬 팔을 거두었다.

"효과가 뭔데?"

"잠깐이지만 몸놀림이 더욱 민첩해져요. 카르샤나가의 검술은 속도와 밀접한 연관이 있는 만큼, 선조께서 이걸 발견하신 이래 대대로 전해 내려오고 있는 물건이에요."

"오호~."

"그래서 말이죠. 이 팔찌와 가속 마법 덕분에 어떻게든 4연격을 할 수 있게 됐는데요. 팔찌의 효과가 고작 몇 분밖에 안 되는 데다, 그나마도 하루에 2번이 고작이래요."

"오호~ 그래도 대단하잖아. 매직 아이템이라기보다는 집안의 가보 같은 느낌이네. 뭔가 멋있어! 그런 아이템을 빌려주다니, 사피나의 아버님도 꽤 기대하고 있는 모양이군."

"그, 그럴까요?"

내가 말하자 사피나는 긴장과 기쁨이 뒤섞인 표정을 지었다. 그러고는 팔찌를 내려다보며 쓰다듬었다.

"좋겠다, 보구. 나도 뭔가 갖고 싶어졌어."

"메어리 님의 댁에는 이런 게 없나요?"

"글쎄? 들어본 적이 없어서."

(으음, 아버님이라면 기꺼이 전설급 아이템을 태연하게 꺼내 줄 것 같아 무섭단 말이지.)

나는 폭주한 아버지의 모습을 상상하며 실웃음을 지었다.

"아, 하지만 메어리 님한테는 백은의 기사님의 갑옷이 있잖아요."

내가 허탈하게 웃으며 낙담하자 그 행동의 의미를 오해한 사피나가 나를 위로해주었다.

"응, 그렇지. 하지만 그건 백은의 기사님이 착용했던 갑옷 같은 게 아냐. 편리한 기능이 달린 일개 은색 갑옷일 뿐이지."

나는 사피나의 말을 정정해주었다. 다들 오해가 쌓이고 쌓이다 보니 그 갑옷을 백은의 기사의 갑옷이라고 부르고 있는데, 노골적으로 부정하면 오히려 의심을 살 것 같아서 이렇게 누가 말을 꺼낼 때마다 정정하고 있다.

(헉! 잠깐만. 그렇다면 매직 아이템이 없는 건 나뿐이잖아? 큰일 났네! 어떻게든 해야 하는데. 아으…… 어디 내 멘탈을 완전 무적으로 만들어주는 편리한 아이템이 없으려나?)

나는 존재하지 않는 물건을 갈망하면서 오늘도 집중력을 높이는 훈련에 매진했다.

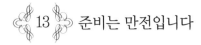
13 준비는 만전입니다

그로부터 며칠이 지났다.

학원제 개최일을 코앞에 두고 학원 전체가 드디어 축제 분위기에 젖어 들기 시작했다.

그리고 나는 여전히 훈련소에 있었다.

"간다, 사피나!"

"예!"

나는 외치고서 미리 준비된 표적을 향해 손을 뻗었다.

"소·닉·블·레·이·드!"

"가속."

나는 마법의 말을 한 글자씩 또박또박 읽으면서 손가락마다 마력이 깃들게 했다. 사피나는 팔찌를 반짝이며 앞에 마법진을 형성했다.

그날 이래 나는 어떻게든 5발을 한 번에 날릴 수 있게 됐지만, 집중력이 떨어져서 세 번에 한 번꼴로 실패하는 상황이었다. 굳이 말하자면 마음이 초조해지면 무조건 실패시킬 자신이 있었다. 도저히 완성했다고는 할 수 없는 수준이었다.

"나인 블레이드!"

내 손가락 끝에서 바람의 칼날 하나가 몸을 숙인 사피나의 위를 지나 일직선으로 날아갔다. 나머지 네 개의 칼날들은 제각기

네 방향으로 펼쳐지며 날아갔다. 그와 동시에 마법진을 통과한 사피나가 엄청난 속도로 튀어 나갔고 그녀는 추가로 가속 마법을 사용했다.

이윽고 사피나와 나의 마법이 표적에 도달한 순간.

"크로스!"

사피나가 외치면서 발도했다.

엄청난 충격파와 하늘을 가르는 듯한 날카로운 소리가 실내에 울려 퍼졌다.

표적은 무참하게 찢겨 잔해만이 남아 있었다.

"서, 성공했습니다. 메어리 님!"

"그러게."

기뻐하며 달려오는 귀여운 밤색 강아지 같은 사피나를 흐뭇하게 바라보며 내심 필살기의 위력에 감탄하고 있었다.

(대단하네, 사피나. 요 며칠 새 날아가는 마법에 맞춰 검을 휘두를 수 있게 되다니. 정말로 장래가 무서운 아이야.)

나는 천재소녀에게 감복했다.

그리고 뒤늦게 떠오른 다른 문제에 식은땀을 흘렸다.

(어쩌지? 생각보다 위력이 강한데…….)

2계급 초급 마법인 '소닉 블레이드'는 위력이라고 부를 것도 없는 약한 마법이다. 그래서 여기에 사피나의 검술을 얹어 봤자 위력은 크게 달라지지 않을 거라고 지레짐작했는데, 설마 이만한 위력을 가지고 있을 줄은 몰랐다. 기술을 완성하고 나서야 문제를 깨달은 것이다.

(아, 아마도 괜찮을 거야. 자하는 튼튼하니까. 그리고 무장하 겠다고 했고.)

나는 마음속으로 변명하면서 친구의 맷집을 전폭적으로 믿기 로 했다.

"메어리 님?"

내가 가만히 서서 마음속으로 문답을 하고 있자 사피나가 의 아하게 쳐다봤다. 그 시선이 내 의식을 현실로 데리고 왔다.

"음, 아아. 아무것도 아냐. 그런데 사피나, 이건 자하 씨한테 만 쓰도록 하자. 마기루카한테 썼다가는 큰일이 날 거야."

"그, 그렇긴 하겠지만 소르오스에서는 2학년 때부터 진검을 쓰기 때문에 대련 중에는 '전쟁 천사의 가호'라는 마도구를 사용 해요. 아마 저희가 시합을 할 때도 설치되지 않을까요?"

"뭔데 그게?"

"대련 중 크게 다치지 않도록 사람을 보호하는 마도구예요. 강력한 공격을 받더라도 그 사람의 마력을 이용해서 충격을 흡 수하니까, 어지간하면 마력 부족으로 기절하는 정도로 끝나요. 그런데 만약 이조차도 넘어서는 충격을 받으면 마도구가 얼마 나 버텨줄지 알 수가 없으니, 최악의 경우에는 치명상을 입을 수도……."

사피나가 표적을 바라보며 걱정스레 말했다. 그녀도 자하가 이 위력을 견뎌낼 수 있을지 걱정이 되는 모양이다. 더불어서 그 편리한 아이템이 어디까지 버텨줄지 알 수 없다는 점도 그녀의 불안감을 부채질하고 있었다.

"그, 그렇게 편리한 아이템이 있다면 괜찮겠지. 여차하면 회복 마법도 걸 수 있잖아……. 틀림없이 괜찮……겠지?"

"…………."

최악의 상황을 떨쳐내지 못한 우리는 미묘한 분위기를 자아냈다.

"아가씨, 슬슬 시간이 됐습니다."

그런 분위기를 지우듯 튜테가 말을 걸었다.

"아, 그렇지. 크라우스 님이 시찰하러 오실 시간이야. 가자, 사피나."

"예, 메어리 님."

나는 그 걱정을 나중으로 미루고 사피나와 튜테를 데리고 집행본부로 향했다.

그로부터 한 시간.

나는 행사 당일에 경비본부로 쓰일 구교사의 어느 방에 있었다.

의자에 앉아 탁자 위로 팔꿈치를 올린 채 깍지를 낀 손에 턱을 괴고 있었다. 사령관이라면 한 번쯤 해보고 싶은 포즈를 취하고서 나는 한껏 감동에 젖었다. 참고로 사피나에게는 지휘관을 맡겨 내 앞에 세웠다. 연락 담당 학생들이 내 지시를 받고자 근처에 대기하고 있다. 그리고 내 뒤에는 튜테가 서 있었다.

(아아, 완벽한 배치. 이제 멋있는 목소리로 지시만 내리면 완벽하겠어♪)

"에어리어D2, 패턴 옐로우, 타입A, 수4."

내가 혼자서 감동에 빠져 있을 때 앞에 앉은 아레이오스 학생 중 하나가 전달을 받아 큰 소리로 말했다.

현재 우리는 다른 학생들에게 소란을 피우는 역할을 맡긴 뒤에 경비 실전훈련을 벌이고 있었다.

"옐로우라면 말다툼 수준이군요? 학생 네 명이 개입하면 중재할 수 있을 것 같습니다. 메어리 님."

전달 담당 학생의 말을 듣고 사피나가 이쪽을 쳐다봤다.

"좋다. 섬멸하라──가 아니라 중재하도록."

앞부분 말을 듣고 사피나가 고개를 갸웃거리자 나는 황급히 정정했다.

"예."

사피나가 아까 그 전달 담당 학생에게 중재하라는 지시를 내렸다. 그 학생은 곧바로 본부의 지시를 현장으로 간략하게 전달했다.

"에어리어B4, 패턴 레드, 타입B, 수7."

"학생과 방문객 사이에서 다툼이군요. 더욱이 레드면 이미 큰 소란으로 번졌겠네요……. 숫자가 많으니 '긴급대응반'을 보낼까요?"

연락을 듣고 사피나에게 나에게 물었다.

"음, 카리스 선배가 맡은 반에 연락을."

"알겠습니다. 에어리어B4로 달려가도록 긴급대응반에 전달."

사피나가 말하자 다른 전달 담당 학생이 대답하고 마법을 발동했다. 카리스 선배가 인솔하는 긴급대응반은 내가 창설한 비장의 부대로, 졸업생으로 편성되어 있다. 기본적으로 이 부대는 일상 경비를 맡지 않는다. 일반 경비반이 감당할 수 없는 사태가 터졌을 때 달려가서 가세하는 것이 주임무다.

"이야, 훌륭하군요. 보고가 간략하고 아주 시원합니다. 전달 마법을 이렇게 활용할 수 있다니. 역시 아가씨군요. 흐음, 왕성에서도 도입해볼까요? 물론 발안은 아가씨 이름으로."

내 뒤에 서 있던 무섭게 생긴 아저씨, 자하의 아버지이자 기사인 크라우스 경이 감탄한 얼굴로 이쪽으로 다가왔다.

"아뇨, 아뇨, 저만의 공이 아닙니다. 다 함께 힘을 모아 이룬 성과이니까요. 이 체계를 굳이 도입할 생각이시면 학생들의 이름으로 부탁드리겠습니다."

나는 웃으면서 크라우스 경을 쳐다보며 넌지시 다 함께라는 단어를 강조했다. 그렇게 하지 않으면 나 혼자 만들었다는 오해를 사서 눈에 띄고 말 테니까.

(나도 학습을 한 거지. 에헴.)

"그나저나 정말 멋진 시스템이군요. 저희가 나설 기회가 없을 것 같습니다."

"학원 경비는 저희에게 맡기고 크라우스 님은 왕비님을 호위

하는 데에 전념해주세요."

"하핫, 그렇게 하도록 하겠습니다."

"에어리어A3, 패턴 그린, 타입 로스트, 수1."

내가 크라우스 경과 대화를 나누는 동안에 그런 소리가 들렸다.

(패턴 그린에다가 타입 로스트? 아무 일도 벌어지지 않았지만, 수상한 인물을 한 명 발견했다가 놓쳤다고? 으음, 그런 역할을 부탁했던가?)

나는 의아한 얼굴로 그 포즈를 다시 취한 뒤 튜테를 곁눈으로 봤다. 그러자 그녀도 이쪽을 보고는 내 속내를 눈치챘는지 고개를 가로저었다.

"그 에어리어에 그런 역을 맡은 학생을 배치한 적이 없습니다."

튜테가 내 귓가에 대고 속삭였다. 이번에 학생 배치는 튜테에게 맡겨졌다. 나와 사피나가 배치하면 어디서 무슨 일이 벌어질지 알기에 훈련이 되지 않기 때문이다. 참고로 튜테가 일부러 귓속말한 이유는 모두에게 비밀로 하고 싶어서가 아니다. 그저 내가 사령관 분위기에 취하고 싶어서 그렇게 해달라고 부탁했을 뿐이다.

(흐음……. 그렇다면 이대로 내버려 둘 수는 없겠지.)

"일단 근처에 있는 반과 함께 수색 범위를 넓혀서 그 수상한 인물이 아직도 있는지 확인하도록."

"알겠습니다."

나는 휴우, 하고 한숨을 내뱉고서 자신과 전달 담당 학생 사이에 있는 탁자 위에 펼쳐진 지도를 봤다. 이 지도는 부유 마법을 이용하여 다 함께 만든 학원 전망도다. 정확도는 떨어지지만, 그 위에 에어리어를 구분해놓아 경비 인원의 위치를 파악할 수가 있다.

(에어리어A3……. 거긴 왕비님이 방문하는 루트 중 하나야.)

나는 문득 그런 생각이 들었지만, 고개를 저어 떨쳐냈다.

(안 돼, 안 돼. 이상한 생각을 해서는 안 돼. 지금은 훈련에 집중, 집중.)

이윽고 주변을 살펴봤지만, 수상한 인물을 찾지 못했다는 보고가 들어왔다. 그 이후에는 별 탈 없이 진행되었다. 크라우스 경이 참관한 경비 훈련은 그렇게 무사히 끝났다.

(좋았어, 준비는 만전이야! 부디 아무 일도 벌어지지 않기를, 헉! 내가 직접 플래그를 세우면 어떡해!)

기대와 불안감 뒤섞인 와중에 드디어 학원 역사 최초의 학원제가 개최되었다.

✤ 14 ✤ 학원제 첫째 날입니다

　드디어 학원제가 시작되었다. 첫째 날은 무술대회 예선이 벌어지는 정도라서 방문객은 예년 수준이었다.

　(당연한 소리이긴 하지만, 경비는 첫째 날부터 빈틈없이 해야만 해.)

　나는 경비본부에서 빠져나와 한창 어슬렁어슬렁 산책하고 있었다.

　(땡땡이치고 있는 게 아냐. 사피나와 교대하여 쉬고 있는 거라고.)

　나는 누가 듣고 있는 것도 아닌데도 마음속으로 변명을 했다. 교내는 여러 가지로 장식이 되어 있었다. 현재 행사를 준비하느라 분주히 돌아다니는 학생들의 목소리가 들려왔다.

　학생이 주체인 만큼 대부분을 학생끼리 해결했지만, 대형 시설이나 전문가의 도움이 필요한 시설, 기자재 등은 상가 사람들의 손을 빌렸다. 이 학원은 귀족들의 자재가 다니는 곳이므로 다칠 위험이 있는 일은 가능하면 피하는 게 좋았다. 애초에 하나부터 열까지 모든 걸 학생들끼리 하기에는 한계가 있다.

　그런데 그 상가 사람들도 학생들이 고용한 건 아니다. 이른바 자원봉사였다.

　상가에 무슨 득이 될까 싶지만, 학원에서 홍보할 기회도 얻고,

운이 좋으면 귀족과 연줄을 댈 수도 있단다. 더불어서 이번에는 왕자님이 주최하는 행사니 어쩌면 왕가의 눈에 띌 수 있을지도 모른다. 뭐, 선행 투자라고 할 수 있으려나.

나는 분주한 교내를 쳐다봤다. 다들 이런저런 의논도 하고, 또 돌아다니며 즐겁게 준비하고 있었다. 내가 상상했던 문화제 풍경 그 자체였다. 염원을 이룬 나는 가슴이 두근거렸다.

(아아, 이게 꿈속에서도 그리던 학원제구나. 나도 다 함께 메이드 카페나 귀신의 집 같은 걸 해보고 싶었는데. 뭐, 여기서 그런 걸 할 사람은 없겠지.)

나는 아쉬운 마음을 품고 교사를 나와 중앙로로 나갔다. 그곳에는 길을 따라 여러 노점이 늘어서 있었다. 한창 준비하고 있는 곳도 있는가 하면, 이미 영업을 시작한 곳도 있었다. 무술대회장 근처에 있는 노점들은 대부분 영업을 시작했다. 구경하러 온 몇몇 방문객들이 흥미로워하며 노점 앞을 서성이고 있었다. 노점 중 한 곳에서 풍기는 아주 맛있는 냄새가 내 코에 닿았다.

(이건 과자를 굽는 냄새다! 쿠키인가?)

나는 냄새에 이끌려 노점 앞으로 갔다. 노점에서 여학생들이 즐겁게 과자를 만들고 있었다. 물론 그 뒤에서 전문가가 지켜보고 있었다.

"어서 오세요. 앗, 메어리 님."

나를 알아본 한 소녀가 말을 걸었다.

"어머, 피네르 씨? 여기에다가 가게를 차린 거예요?"

나를 보고 미소를 지은 피네르 씨. 마기루카가 만든 마초약학 연구회의 일원이자 맨드레이크 사건 때 우리를 도와줬던 사람이다.

"예, 마초로 만든 음료와 과자를 팔면 좋을 것 같다는 메어리 님의 조언을 듣고 다 함께 여러 시행착오 끝에 만들어봤습니다."

피네르는 기쁜 얼굴로 갓구운 쿠키를 나에게 내보이며 말했다.

아, 그러고 보니 그런 무책임한 말을 했었지…….

희미하게 풍기는 달콤한 내음에 넘어간 내 배가 공복을 호소하기 시작했다.

"아가씨, 배가 고프신가요?"

내 지갑 역할을 맡은 튜테가 앞으로 나와 물었다. 튜테는 눈치껏 물어본 걸 테지만 나는 먹보로 보일까 부끄러워 무심코 얼굴을 붉힌 채 허세를 떨었다.

"아, 아냐. 배가 고파서가 아니라 경비책임자로서 위생과 품질을 점검하고자 사려고 한 거야."

"그건 아가씨의 일이 아닌 것 같습니다만."

내가 즉석에서 꾸며낸 변명을 우수한 메이드는 눈을 반쯤 뜬 채 단칼에 부정했다. 나는 당황한 나머지 말문이 막혀버렸다. 그런데 피네르를 비롯한 다른 학생들이 흐뭇한 광경을 바라보듯 나를 따뜻한 시선으로 쳐다보고 있었다.

(으으, 이 메어리 레가리야. 모두의 기억 속에 먹보 캐릭터로 남을 생각 따윈 없다고! 응, 단연코!)

나는 모두에게서 등을 돌린 채 좋은 방법이 없는지 생각했다. 그냥 단념하면 끝나는 이야기였으나, 나는 어떻게든 저 달콤하고 맛있는 먹을거리를 손에 넣고 싶은 일념으로 변명거리를 궁리했다. 뭐, 그 시점에서 이미 아웃이지만.

"맞아, 이래 봬도 학원제를 발안한 사람 중 하나니까 여러모로 점검을……."

"지금 제 손에 정직한 사람만이 먹을 수가 있는 과자가 있습니다."

내가 머릿속에서 광명처럼 번뜩인 새로운 변명거리를 내뱉고자 뒤를 돌아보자 튜테가 어느새 쿠키 봉투를 들고 있었다.

"배가 고팠습니다. 먹고 싶었을 뿐입니다."

나는 곧바로 정직한 사람이 되었다.

"아~앙♪"

나는 신이 난 얼굴로 튜테가 준 쿠키 하나를 입에 가득 넣었다.

"음, 처음 맛보는 식감이야. 맛도 특이하고. 여러모로 신선해! 이 쿠키에는 뭐가 들었어?"

"예, 맨드레이크 즙입니다."

"큽!"

피네르의 미소가 담긴 대답에 나는 사레가 들릴 뻔했다. 나에게 맨드레이크라는 이제 트라우마에 가까웠다. 공포의 대상이라고 할 수도 있다. 그런데 그걸 먹었다니? 남학생들이 정신없이 뒤쫓아오던 기억이 되살아나고 말았다.

"아, 괜찮아요. 아종의 즙이 아니니까 매료 효과는 없어요, 오히려 몸에도 좋죠."

"아가씨, 괜찮으세요? 이걸 마시세요."

사레가 들려 기침을 하는 내 등을 문대면서 튜테가 방금 산 음료수를 건넸다.

"고, 고마워. 튜테."

나는 튜테가 건네준 음료수를 크게 들이켰다. 그리고 혀를 자극하는 엄청난 쓴맛에 얼굴을 찡그리고 말았다.

"써어어어어어!"

나는 겪어본 적 없는, 인류가 받아들일 만한 물건이 아니라는 생각이 들 만큼 쓴맛에 무심코 비명을 지르고 말았다. 영애의 체면을 지키기 위해 구역질하지 않았다는 것만으로도 자신을 칭찬해주고 싶을 지경이었다.

"그건 사람에게 좋다는 마초를 잎부터 뿌리까지 다 갈아서 만든 자신작입니다. 뭐, 죽을 만큼 쓴 게 단점이긴 하지만요. 몸에는 아주 좋으니까 몸이 계속 찾게 될걸요?"

피네르가 자신만만하게 술술 설명했다. 나는 거친 숨을 몰아쉬면서 들고 있던 컵을 튜테에게 척 내밀었다.

"좀, 튜테. 아까부터 콩트 같은 상황이 자꾸 이어지는 것 같은데, 혹시 일부러 그러는 거야? 너, 일부러 그런 거 맞지?"

"콩트가 뭔지는 잘 모르겠지만, 그, 그렇지 않아요. 우연입니다, 우연. 그러니까 아가씨, 컵을 들고서 슬금슬금 다가오지 마세요."

내가 무섭게 다가가자 튜테가 쓴웃음을 지으면서 뒷걸음질 쳤다.

"튜테. 우리는 주종 관계를 초월한 운명공동체잖아? 이 운명을 공유하자♪"

나는 활짝 웃으면서 색깔이 음산한 액체가 담긴 컵을 튜테에게 들이밀었다.

"차, 참아주세요, 아가씨~!"

"앗, 거기 서라, 튜에에에에에! 괜찮아, 죽지는 않을 거야. 몸부림칠 만큼 무지무지하게 쓴 액체가 위장을 돌아다닐 뿐이라고오오오오!"

나는 짓궂은 표정을 짓고서, 달아나기 시작한 튜테의 뒤를 쫓았다.

몇 분 뒤. 창백해진 얼굴로 이따금 헛구역질하는 튜테를 데리고서 나는 흐뭇한 얼굴로 노점이 늘어선 길을 걸었다.

"아아, 좋구나, 노점. 여기에 야키소바와 타코야키, 오코노미야키, 빙수, 사과 사탕, 초콜릿 바나나, 솜사탕만 있으면 최고일 텐데."

"우읍……. 아가씨께서 말씀하신 것들은 제가 전부 모르는 것

뿐인데요. 그거 전부 음식인가요?"

부활하기 시작한 튜테가 의아하다는 얼굴로 이제는 대놓고 먹보 캐릭터가 돼버린 나에게 물었다.

"그래, 전생의 기억 속에 있는 음식들이야. 축제 때 먹는 군것질거리인데, 난 먹어본 적이 없어서 말이지⋯⋯."

"그런가요? 그럼 슬며시 찾아볼 테니 자세히⋯⋯."

튜테가 그 음식들이 어떤 것인지 자세히 물으려고 하자 그 목소리를 덮어버리듯 앞에서 웅성거리는 소리가 들려왔다. 나는 소동이 난 방향으로 시선을 돌렸다.

로브에 후드를 깊이 눌러쓴 매우매우매우 수상쩍은 인물이 노점 학생과 이야기를 나누고 있었다. 내용은 잘 들리지 않았으나, 목소리를 들어보아 젊은 여성인 듯했다.

휴식 중이긴 하지만 저런 수상한 사람을 못 본 척할 수는 없다. 나는 마음을 다잡고서 소란의 중심으로 들어갔다.

"무슨 소란이죠?"

나는 냉정하고도 멋있게 중재에 들어갔다.

"⋯⋯⋯⋯⋯."

순간 침묵이 흘렀다. 모두 내 등장에 놀란 듯했다.

"저지먼트——가 아니라 경비 담당자입니다. 소란을 피우는 건 금지예요."

나는 영애들이 수를 놓아준, 경비임을 증명하는 완장을 모두에게 내보이며 무심코 나올 뻔한 단어를 간신히 삼켰다.

(흐흐~흠♪ 멋있게 등장해서 완장도 보여주고. 제법이야, 나.)

"아가씨, 일단 들고 계시는 그 과자를 비롯해 다양한 먹을거리부터 제게 넘겨주시지 않을래요? 다들 물러나고 계시잖아요."

먹을거리가 든 온갖 상자와 봉투를 안은 채 자기 멋에 취한 나에게 튜테가 뒤에서 조용히 현실을 일깨워주었다.

"으~~~~!"

귀까지 새빨개진 나는 소리 없는 비명을 지르고서 안고 있던 전리품을 황급히 튜테에게 건넸다.

"어험! 경비 담당자입니다. 소란을 피우는 건 금지예요."

"""시치미를 딱 떼고서 마치 없었던 일처럼 다시 시작했다."""

노점 주변에 있던 사람들이 신랄한 판죽을 걸었다. 나는 식은땀을 흘리면서도 억지로 돌파했다.

"그, 그래서 대체 무슨 소란인가요?"

"어, 아, 그게, 이 손님이…… 어라?"

노점에 있던 학생이 누군가를 가리키려다가 그 누군가가 없다는 걸 깨닫고는 두리번거리기 시작했다. 조금 전까지만 해도 있었던 로브를 두른 매우매우매우 수상한 여성(?)이 홀연히 사라져버렸다.

(그러고 보니 지난번 훈련 때 놓쳤던 그 인물도 온몸에 로브를 두르고 후드를 썼다고 했었지. 정체를 감추고 은밀히 뭘 하는 거지?)

나는 어쩐지 이야기 속에서나 등장할 법한 악의 조직이 음모를 꾸미고자 은밀히 돌아다니는 것 같아서 불안해졌다.

"그래서 왜 다투고 있었는데요?"

"그게…… 주문을 받고 꼬치를 굽고 있었는데, 그걸 기다리지 못하고 손님이 화염 마법을 요리에 날리려고 하는 바람에……."

내 머릿속에 있던 악의 조직이 소리를 내며 무너지더니 엄청나게 유치한 조직으로 바뀌었다. 나는 머리가 지끈거렸다.

(자기가 주문한 요리를 숯으로 만들 셈이야? 누구야, 그렇게 유치한 생각을 한 녀석이. 키를 보니 우리랑 같은 또래인 것 같던데……. 정체를 숨겼으니 우리 학생이 아닌 건가? 하지만 지금은 일반인이 입장할 수 있으니 외부인이 들어오더라도 이상할 게 없는데, 굳이 얼굴을 감춰…….)

나는 거기까지 생각하고서 불길한 결론에 이르렀다.

(……있다. 우리와 키가 비슷하면서도 학원제에 흥미가 있고, 또 정체를 감춰야만 하는 사람이. 최근에 봤었지.)

왕궁에서 만났던 하이 텐션 공주님이 있었다. 그러나 나는 곧 그 생각을 밖으로 쫓아내고자 고개를 흔들었다.

(아니~, 아냐, 아냐. 아무리 그래도 아닐 거야. 좋아, 정했어. 못 본 척하기로 하자. 괜히 긁어 부스럼 만들 거 없어.)

자칫 잘못 건드렸다가는 소동이 벌어질 거라 판단한 나는 본부에는 보고하지 않고 이 안건을 묻어두기로 했다.

(아아, 왠지 성가신 일을 묻어두려는 높으신 양반들의 심정을 조금 알 것 같아.)

그리하여 나의 학원제는 어쩐지 불~길한 예감을 풍기며 시작되었다.

❦ 15 ❦ 학원제 둘째 날입니다

학원제 둘째 날.

첫날보다 방문객 숫자도 늘었고, 활동하는 학생들의 숫자도 확 늘었다. 주변에서 활기가 넘치는 목소리가 들려왔다.

"사람이 많이 늘었네."

"그러네요."

나는 차를 즐기면서 경비본부에서 대기 중이었다. 맞은편에는 사피나가 앉아 있었다. 현재 이렇다 할 큰 문제가 생기지 않아서 우리는 편안한 시간을 보내고 있었다.

"사피나, 내일은 왕비님 에스코트도 있고 시합도 해야 하니 학원제를 제대로 둘러볼 수가 없을 거야. 그러니 오늘 같이 돌아볼래?"

내 꿈 중 하나가 친구와 함께 학원제를 둘러보는 것이었다. 나는 그 꿈을 실현하고자 사피나에게 말을 걸었다.

"좋네요. 아, 근데 둘 다 자리를 비워도 괜찮을까요?"

"괜~찮아. 우리한테 무슨 일이 생겼을 때를 대비해 지휘관 대리를 하나 만들어놨어. 게다가 생각보다 평화로운 것 같고."

나는 정기보고를 하는 전달 담당 학생들을 봤다. 착실하게 일을 하고 있긴 하지만, 그들의 표정에서는 긴장감이 느껴지지 않았다.

(평화는 좋구나. 앞으로 아무 일도…… 어이쿠, 큰일 날 뻔했네. 그런 생각을 하면 안 돼.)

나는 경솔한 생각을 했다고 자책하며 홀로 몸부림을 쳤다.

"메, 메어리 님? 왜 그러세요?"

"으응, 아무것도 아냐."

나는 이내 자세를 똑바로 고치고서 애써 온화한 표정을 지으며 사피나를 쳐다봤다.

"휴식 시간이네. 그럼 우린 휴식할 테니까 뒷일을 부탁해."

"""예~.""""

"다, 다녀오십시오!"

내가 자리에서 일어서자 느긋한 목소리가 들려왔다. 그런데 홀로 잔뜩 긴장해서는 불안한 얼굴로 인사를 하는 소르오스 학생이 있었다. 지휘관 대리였다. 나는 그의 앞에 가서 어깨에 손을 올리며 방긋 웃었다.

"어깨에 힘을 빼. 훈련했던 대로만 하면 괜찮아. 그럼 잠시 이곳을 맡길게."

"아, 옙! 하얀 희군."

"자, 잠깐. 왜 무릎을 꿇어? 내가 무슨 공주님이야?"

느닷없이 지휘관 대리가 무릎을 꿇고서 예를 표하자 나는 황급히 일어서라고 했다. 그는 일어선 뒤에 아까와 달리 의욕만만하게 업무를 시작했다.

(하아…… 피곤해. 처음에는 나를 기사 대장처럼 대하길래

칭찬 몇 번 해줬더니 이젠 공주님 취급을 하려고 들 줄이야. 뭐, 공주와 기사 관계는 어떤 의미에서 모두의 꿈일지도 모르겠지만, 현실의 공주는 남자애들이 상상하던 것과는 다르다고 생각해~.)

나는 사피나 곁으로 돌아가면서 어떤 장난꾸러기 공주님을 떠올리고는 헛웃음을 흘렸다.

"마~기루카 짜~앙♪ 지금 한가해?"

"그만두세요, 그 어수룩한 말투."

나는 사피나와 튜테를 데리고서 구교사 집행본부에 얼굴을 내밀었다. 본부에 있는 메이드에게 문을 열어달라고 부탁하고서 실내에 들어가자마자 명랑한 목소리로 말하자 이마에 손을 댄 채 고개를 숙이고 있는 마기루카가 한숨을 내쉬며 대답했다.

"어머머, 나랑 마기루카 사이인데 너무 매몰찬 거 아냐? 그래서 지금 한가해?"

"한가한 건 아니지만, 지금부터 교내를 잠깐 둘러보려고 하던 차였어요."

"마침 잘됐네. 같이 돌아다니자♪"

내가 손뼉 치며 들뜬 얼굴로 말하자 마기루카는 자리에서 일어서 어이없다는 눈으로 쳐다봤다.

"말해두겠는데 놀러 가는 게 아니에요. 저는 클래스 마스터로서 다들 제대로 하고 있는지 확인하려고——."

"예, 예. 알고 있어요. 자, 어서, 어서♪"

"아니, 잠, 잠깐만요. 진짜 알고 있어요?"

나는 젠체하며 무언가 말하려는 마기루카의 팔을 잡고 그녀의 몸을 다짜고짜 당기면서 방을 나갔다.

(마기루카는 한숨을 돌릴 시간이 필요해. 모처럼 열린 학원제이니 즐겨야지.)

"그래서 어딜 보러 갈 거야?"

"……일단 아레이오스 학생들이 행사 중인 곳 전부요."

마기루카가 구속에서 벗어나고자 멀어지더니 자세를 고치고서 모두와 함께 걷기 시작했다.

"그거 좋네. 다들 뭘 하고 있을까 궁금해. 앗, 그리고 보니 마기루카는 피네르 씨가 하는 노점에 가본 적 있어?"

"아뇨, 그러고 보니 모임 사람들이 가게를 냈다는 이야기를 들었던 기억이 있어요."

"저도 아직 못 가봤어요."

마기루카와 사피나의 대답을 들은 나는 활짝 웃으며 말했다

"그 노점에서 자랑하는 주스가 있거든. 그거 꼭 한 번 마셔봐♪"

""오호~.""

"아…… 아가씨……."

튜테가 두 사람에게서 고개를 돌린 내 얼굴을 보자 경악하며

물러났다. 틀림없이 나는 짓궂은 아이처럼 히죽 웃고 있었겠지.

"네? 뭐라고요?"

그때 갑자기 마기루카가 미간을 찌푸리며 말했다.

"어?! 미안! 악의는 없었어. 그냥 우연히…….."

나는 장난이 들킨 줄 알고 반사적으로 사과했다. 그러나 자세히 보니 마기루카는 내가 아니라 하늘을 올려다보고 있었다. 그리고 입을 다문 채 굳어 있었다.

"어? 어라? 이~봐요, 마기루카~."

내가 마기루카에게 조심스럽게 다가가자 그녀가 이쪽으로 고개를 돌렸다.

"미안해요. 자하 씨에게서 연락이 왔어요. 메어리 님, 잠깐 힘 좀 빌려주세요."

"어? 나?"

나는 스스로 가리키면서 의아한 표정을 지었다.

마기루카는 우리를 학교에 있는 숲 앞으로 데리고 갔다. 그곳에는 수십 명쯤 되는 학생들과 방문객들이 줄을 서 있었다. 나는 사람들 틈으로 슬쩍 들여다보고 마기루카가 왜 날 데려왔는지를 알아챘다.

사람들 앞에 자존심이 드센 그리폰이 있었다.

(그러고 보니 자하 씨가 소르오스에서 그리폰 탑승 체험을 한다고 했었지.)

저 그리폰은 소르오스 학생의 기승 훈련을 맡고 있기에 사람을 태우는 실력이 좋다는 모양이다. 그걸 이용해 방문객이나 다른 학생들도 그리폰에 태워주면 좋지 않을까 하고 생각한 바보가 이 탑승 체험을 기획으로 내놓았는데, 아무리 훈련에 익숙한 그리폰이라도 자존심을 버린 건 아닌지 도통 일반인을 태우려 하지 않았다.

(뭐, 구경거리 취급을 받고서 좋아할 동물은 없겠지만.)

그래서 난항을 겪던 자하가 결국 도움을 요청했는데, 그게 하필 나였다.

그리폰과 처음 만났을 땐 "무슨 바보 같은 소리예요. 내가 말한다고 순순히 들을 리가 없잖아요" 하고 말하며 실소했는데, 그리폰 곁으로 가서 내가 부탁한다고 말하자 땅바닥에 달라붙을 정도로 몸을 바짝 엎드리던 기억이 있다. 소녀로서는 참 쓸쓸한 기억이다.

그 당시를 돌이키고 있으니 자하가 우리를 알아보고 달려왔다.

"메어리 님, 와줘서 살았어. 그리폰이 줄을 선 손님을 보더니 의욕을 잃어 꼼짝도 하지 않아. 얘기 좀 해줘."

"얘기 좀 하라니요? 난 마수사가 아니에요. 내 말을 어떻게 알아듣겠어요?"

나는 자하를 따라 그리폰에게 다가갔다. 인기척을 느꼈는지 앉아 있던 그리폰이 황급히 일어섰다. 농땡이를 부리고 있다가 갑자기 상사를 발견하고는 부산을 떠는 부하 같아서 어쩐지 귀여웠다.

"자, 메어리 님. 잘 부탁해."

"아, 좀, 자하 씨. 밀지 말아요."

감개에 젖어 있으니 자하가 나를 그리폰 쪽으로 밀었다. 예전에 필사적으로 달아나던 그리폰의 모습이 떠올라서 약간 불안해졌다. 그러나 아무래도 내가 익숙해졌는지 도망치지는 않고, 그저 나와 시선을 마주치지 않으려고 두리번거리고 있었다. 그 모습이 어쩐지 귀엽기도 하고 우스워서 나는 웃음을 키득 흘렸다.

"그리폰 씨, 왜 그래요? 축제는 이제 막 시작인데요."

나는 그리폰의 커다란 부리를 부드럽게 쓰다듬었다.

"당신도 학원의 일원으로서 축제를 띄우기 위해서 힘을 빌려주세요. 당신이 사람을 우아하게 태우고서 하늘을 나는 모습을 내게 보여줘요. 알았죠?"

무심코 경비 담당 학생에게 칭찬하던 버릇이 나오고 말았다. 내가 부드럽게 타이르며 쓰다듬자 그리폰은 흠칫 떨면서도 고개를 숙이고서 무릎을 꿇었다. 그렇게 내가 쉽게 쓰다듬을 수 있는 자세를 취한 뒤 그리폰은 그대로 눈을 감았다.

""""오오오오오.""""

뒤에서 환호성이 울렸다. 나는 제정신을 차렸다. 줄을 선 학생들과 방문객들이 반짝이는 눈으로 이쪽을 쳐다보고 있었다.

"아름다워. 저 그리폰과 마음을 나누는 모습은 그야말로 하얀 희군이야!"

"저 아이가 하얀 희군인가? 그럴 만도 하네."

"메어리 님, 근사해요!"

모두가 이구동성으로 나에게 찬사를 날렸다.

(어, 어라? 어쩐지 이상한 오해들을 하는 것 같은데? 모두가 상상하는 것만큼 아름다운 장면이 아니에요. 그냥 내가 무서워 다리를 부들부들 떨다가 저도 모르게 무릎을 꿇었을 뿐이거든요. 그리고 고개를 숙인 것도 그냥 체념해서 그런 것뿐이에요. 오히려 나야말로 충격이라고요!)

나는 억지웃음을 지으며 그리폰에게서 손을 뗐다. 그러고는 근처에 있는 자하에게 "그럼 뒷일을 부탁해요" 하고 말하면서 경보를 하듯 빠른 걸음으로 일행 곁으로 돌아갔다.

아무래도 자포자기했는지 그리폰이 의욕을 내기 시작했다. 기수를 맡은 소르오스 학생과 손님을 태우고서 하늘을 우하하게 한 번 선회하고는 되돌아오는 행동을 반복하기 시작했다.

"살았어. 역시 메어리 님이야."

자하가 안도한 얼굴로 이쪽으로 다가왔다.

"맞다. 기왕 온 거 다들 한 번 타보고 갈래? 꽤 재밌어."

"어? 그럴까? 생각해보면 한 번도 타본 적이 없네. 저기, 다들 어때?"

나는 소르오스에 딱 1년만 있었기에 2학년부터 하는 기승 훈련은 해본 적이 없었다. 마수를 타고 하늘을 날면 마법으로 하늘을 나는 것과는 또 다른 감동을 느낄 수 있을 것 같아 기대하며 친구들의 얼굴을 보니 마기루카와 사피나가 창백해진 얼굴로 고개를 연신 가로저었다.

(아~ 마기루카는 고소공포증이지. 그리고 사피나는 그리폰을 무서워하니까.)

두 사람의 얼굴을 보고 나는 금세 눈치챘다.

"사피나는 아직도 그리폰이 싫어?"

"아, 아뇨. 기승 훈련을 받아서 저기, 어떻게든 익숙해졌습니다만 저기, 그게, 저……."

익숙해졌다는 말이 무색하게 그녀는 당혹스러워했다.

"왜 그래?"

"으음, 저기…… 부끄럽긴 하지만…… 저기, 노, 높은 곳은, 젬병이라……."

사피나도 고소공포증이었어? 나는 몸에서 힘이 쭉 빠져버렸다. 그런데 사피나의 말을 들은 마기루카가 눈동자를 반짝이며 부끄러워하는 사피나의 손을 꼭 쥐었다.

"부끄러워할 거 없답니다, 사피나 씨! 누구든 서투른 게 있기 마련이니까요. 난 사피나 씨의 마음을 아~주 잘 알아요."

"마기루카 씨!"

동지를 얻은 마기루카가 사피나를 위로했다. 마음이 통했는지 사피나도 촉촉한 눈동자로 마기루카를 쳐다보며 손을 쥐었다. 어쩐지 두 사람 주변만 반짝거리는 효과에 휩싸인 것 같아 나는 헛웃음밖에 나오지 않았다.

"그래서 메어리 님은 어쩌실 건가요?"

"그럼 나만 탈게."

나는 두 사람을 내버려 두고 뒷일을 튜테에게 맡긴 뒤 자하를 따라 기승 체험장으로 향했다.

내가 맨 뒤에 가서 줄을 서자 무슨 영문인지 다들 어서 앞으로 가라며 양보해주었다. 나는 정중하게 거절했다. 공작 영애라고 해서 특별대우를 하면 안 돼, 절대로!

그런데 다들 이렇게…….

"당신이 그리폰을 탄 모습을 어서 보고 싶어."

"하늘을 달리는 하얀 희군! 틀림없이 아름답겠지. 아아, 빨리 보고파."

내 예상을 뒤집는 말을 했다.

나는 모두가 권하는 대로 계속해서 앞으로 나갔고, 정신을 차려보니 가장 앞에 서 있었다.

"어라? 벌써 메어리 님인가? 다른 사람한테 양보하라고 억지를 부린 건 아니겠지?"

"무, 무슨 무례한! 난 그럴 생각이 없었는데 다들 앞으로 미는 바람에 이렇게 된 거예요!"

자하가 무례한 말을 하자 나는 얼굴을 붉히고서 항의했다. 자하는 "그럼 됐고" 하더니 나를 에스코트하여 그리폰에게 다가갔다. 안장을 얹은 그리폰이 이쪽을 보더니 몸을 흠칫 떨었다. 내가 아하핫, 하고 쓴웃음을 짓자 자하가 멋지게 안장에 걸터앉아 이쪽으로 손을 내밀었다.

"앞에 탈래, 뒤에 탈래?"

나는 자하가 무슨 말을 하는지 몰라 멍한 얼굴로 그의 손을 쳐다봤다.

(생각해보니 다른 손님들과 서로 양보하느라 다들 어떻게 그리폰을 탔는지 전혀 못 봤네.)

나는 말을 타는 이미지를 상상했다.

(앞에 탄다. 즉 자하의 앞에 앉으면 그가 뒤에서 고삐를 쥔다. 필연적으로 내 몸은 자하의 품속에.)

나는 그런 광경을 상상했다. 그러자 김이 나올 만큼 얼굴이 화끈거렸다.

(아니, 아니, 아니, 아니. 그렇게 창피한 짓을 할 수 있을 리가 없잖아. 그럼 뒤에 탄다. 옆으로 걸터앉아 그의 등을 붙잡으면 되려나? 응, 그거라면 어떻게든 될 것 같네.)

"그럼 뒤로."

나는 자하의 손을 잡고서 그대로 몸을 옆으로 돌린 채 뒤쪽에 걸터앉았다.

(아, 어쩐지 둘이서 자전거를 타는 것처럼 두근거려. 자전거가 아니지만, 설마 이런 형태로 달콤한 꿈을 체험하게 될 줄이야.)

나는 부끄러워져서 고개를 숙였다. 그러고는 자하의 셔츠를 살짝만 쥐었다.

"좋아, 간다."

자하가 외치자 그리폰이 달리기 시작했다. 그리고 순식간에 하늘로 날아올랐다. 바람을 가르는 기분에 젖은 나는 어느새 부끄러움을 내던지고서 오옷, 하고 소리를 지르며 넋을 잃고 주변 풍경을 감상했다.

부유 마법과는 다른 바람을 가르는 감각. 약동감 넘치게 요동치는 그리폰의 등에 타고 있으니 하늘을 날고 있구나, 하는 느낌이 들어 환희했다. 그러나 거기까지였다.

"아, 어라? 야, 왜 그래?"

자하가 의아한 얼굴로 그리폰에게 물었다.

하늘로 올라간 그리폰이 등에 물컵이라도 올려놓은 양 몹시 신중하게 하늘을 나아갔다.

그래서 바람을 가르는 감각이 사라졌고, 하늘을 달리는 약동감도 폭삭 줄어들었다.

느렸다. 엄청나게 느렸다.

날고 있다기보다는 호버링을 하는 게 아닌가 싶을 정도였다.

옆으로 앉아 있는 나는 고개를 앞으로 돌려 확인하는 대신에 하아, 하고 한숨을 내쉬었다.

그 원인이 나라는 것이 뻔했기 때문이다. 내가 다치지 않도록 그리폰이 배려해주는 거겠지.

(마수가 배려하는 나란 존재는…….)

"희한하네. 조금 전까지만 해도 빨리 끝내자는 듯이 엄청난 속도로 날았는데. 왜 그래? 속도를 좀 내봐. 앗, 알았다."

자하가 무언가 떠올랐는지 고개만 이쪽으로 돌렸다.

"이거 메어리 님 때문인가?"

"그렇겠죠."

실망한 나는 아무 생각도 하지 않고 대답했다.

"아, 역시. 메어리 님, 의외로 무겁구나."

자하가 웃으면서 내뱉은 최악의 말 때문에 분위기가 싸늘해졌다.

"하! 뭐라고요?"

내가 곁눈으로 자하를 째려보자 엉뚱한 그리폰이 몸을 부들부들 떨기 시작했다. 달콤한 기분은 어디론가 사라져버리고 살벌한 본위기가 이 부근을 지배했다.

"내가 뭐라고요? 저기, 자하 씨?"

내가 고개를 서서히 앞으로 돌리며 살기를 내뿜자 자하도 알아차렸는지 땀을 뻘뻘 흘리며 고삐를 세게 쥐었다.

"그, 그그, 글쎄 뭐라고 했더라? 야, 똑바로 날아, 그리폰."

그리하여 달콤한 하늘 여행은 한 사람과 한 마리를 부들부들 떨게 만들고, 그 바람에 하늘을 느릿느릿 날게 되었다는 안타까운 결말로 끝이 났다.

16 마주쳤습니다

우리는 단죄의 시간을 맞이하려고 하고 있다.

범인은 자하. 그리고 이곳은 피네르가 운영하는 노점이다.

"자하 에렉실 백작 영식. 당신의 발언은 메어리 레가리야 공작 영애의 마음에 깊은 상처를 입혔습니다. 죗값을 호되게 치러야 합니다. 따라서 아주 진하게 농축된 이 가게의 추천 주스를 단숨에 마시는 벌을 내리겠습니다!"

나는 자하 앞에서 드높이 선언했다.

"으엑, 고작 무겁다고 말했을 뿐이잖아?"

"최악이에요."

"최악이에요."

자하가 질색하며 컵을 받아들자 마기루카와 사피나가 차갑게 쳐다보며 싸늘한 말을 내뱉었다. 역시 자하도 그 분위기를 견디지 못하고 쩔쩔맸다.

"자하, 순순히 죄를 인정하고 벌을 달게 받는 게 이로울 거야."

도중에 합류한 왕자님이 사정을 듣고는 고개를 저으며 한숨을 내쉬었다.

"아~ 진짜~ 알겠어! 마시면 되잖아, 마시면!"

"원샷♪ 원샷♪"

자하는 자포자기하는 심정으로 그 걸쭉한 음료수를 단숨에 비웠다.

그리고 얼굴이 파란, 아니, 보라색으로 변한 자하가 입을 틀어막은 채 인적이 없는 수풀로 전속력으로 달려갔다.

"이것으로 한 건 해결!"

나는 그 모습을 바라보며 외쳤다. 그런데 자하가 사라진 수풀 속에서 망토 같은 것이 눈에 비쳤다. 뭔가 해서 다시 고개를 돌렸을 때는 아무것도 없었다. 나는 기분 탓으로 여기고서 다시 일행 쪽으로 시선을 돌렸다.

"하아~, 후련하다. 자, 다음은 어디로?"

고오오오오!

내가 시원한 마음으로 모두에게 말한 순간 지축을 뒤흔드는 듯한 소리가 울려 퍼졌다.

"뭐, 뭐지?"

소리가 난 쪽으로 시선을 돌리자 그리 멀지 않은 곳에서 무언가가 불쑥 일어서는 모습이 보였다.

"메어리 님!"

사피나도 이상을 알아차리고서 나를 쳐다봤다.

"사피나, 넌 본부로 돌아가서 지휘를 맡아! 난 현장으로 갈게. 마기루카, 자하 씨, 힘을 빌려……."

"자하는 아직 복귀하지 못했어. 내가 보고 있을 테니 너희들끼리 먼저 가."

내가 모두를 둘러보다가 한 사람이 부족하다는 사실을 깨닫고서 말끝을 흐리자 왕자님이 자하 대신 대답했다. 천하의 자하가 아직도 부활하지 못하다니 그 음료수가 얼마나 위력이 대단하기에? 어쩐지 무서워졌다. 그러나 그에게 음료수를 먹인 건 나였으므로 차마 불평을 할 수가 없었다. 나는 왕자님에게 뒷일을 맡기고서 현장으로 가기로 했다.

"마기루카, 저게 뭐 같아?"

나는 먼발치에 있는 거대한 물체를 쳐다보며 뒤따르는 마기루카에게 물었다.

"얼핏 봐선 골렘 같긴 한데, 학생들이 벌인 이벤트가 아니라는 건 확실하네요. 학생이 저만한 골렘을 만들 수 있을 리 없어요."

"어서 현장으로 가자!"

현장은 이미 혼란에 빠져있었다.

우리는 도망치는 사람을 피해 그들과 반대 방향으로 나아갔다. 도중에 완장을 찬 한 경비반이 나와 합류했다.

"메어리 님!"

"무슨 일이에요?"

"원인은 모르겠습니다. 골렘 전시회에서 갑자기 거대한 녀석이 나타났습니다."

경비반 리더의 이야기를 들으니 그 물체는 마기루카가 짐작했던 대로 골렘으로 판명되었다.

"무슨 소리예요? 전시회 사람들이 저걸 만든 건가요?"

"아, 아닙니다. 저희는 아무리 해도 저렇게 거대한 골렘은 만들지 못합니다. 기껏해야 인형 정도 크기입니다."

내가 경비반을 붙잡고 묻고 있자니 누군가가 끼어들며 대답했다.

"누구시죠?"

"아, 전 전시회 책임자입니다."

내가 의아한 얼굴로 그쪽을 쳐다보자 학생이 자신의 신분을 밝혔다.

"그럼 저건 뭐죠?"

"그게…… 마법진을 이용하여 골렘을 생성하는 과정을 방문객들한테 보여주고 있었는데, 망토를 입은 사람이 그런 장난감은 시시하다, 기왕 골렘을 만들 작정이라면 이 정도는 돼야지, 라면서 갑자기 주문을 외우더니 마법진이 그에 반응하여……."

"……저게 나타났다는 거군요."

"……예……."

학생이 송구스러워하며 말끝을 흐리자 나는 가엾은 눈으로 그를 쳐다본 뒤 뒷일을 맡겨달라고 했다. 그러자 그 학생은 고개를 끄덕이고서 그대로 고개를 숙였다.

(이~ 망토오오오! 못 본 척해줬더니만, 소동을 일으켜? 붙잡아서 엉덩이를 팡팡 때려주마!)

나는 주먹을 불끈 쥐고서 표적을 노려봤다.

"여러분들은 주변 손님들과 학생들이 피난할 수 있도록 유도하세요. 이곳에는 아무도 얼씬하지 못하게 하시고요. 저건 저와 마기루카가 어떻게든 할게요. 추후 지시는 본부에 있는 사피나에게 받으세요."

"예, 조심하시길."

리더는 경례한 뒤 그대로 부하들을 데리고서 사람들이 도망칠 수 있도록 유도하기 시작했다.

나는 그 광경을 지켜보면서 골렘에게 다가갔다.

"어라? 그대는 백은 아닌가?"

위에서 그런 목소리가 들려와 고개를 들었더니 거대한 골렘의 어깨 위에 누군가가 서 있었다. 그런데 역광이 비쳐서 누군지 알 수가 없었다.

"누구냐!"

나는 무심코 진부한 대사를 내뱉고 말았다.

"크~ 크크크! 애써 정체를 감췄는데 내가 내 입으로 에밀리아라는 걸 알려줄 것 같으냐, 이 바보야."

(바보는 당신이야아아아아아아!)

망토 인간이 의기양양하게 말하자 나는 마음속으로 마구마구 딴죽을 걸었다. 어쩐지 피곤이 몰려오는 기분이었다. 내 긴장감을 돌려줘.

"그럼 뭐라고 부르면 좋을까요? 공주님."

"으~음, 그렇지~. 날 '마녀 공주'라고 부르도록 해라."

(공주님이라고 불렀는데도 눈치를 못 챘네. 그리고 '마녀 공주'는 에밀리아 공주의 별명이잖아. 당신, 정말로 정체를 감출 생각이 있긴 한 거야? 일부러 그러는 거지? 일부러 그랬다고 말 해애애애!)

나는 어깨를 더욱 축 늘어뜨렸다.

"메, 메어리 님……."

마기루카가 황당함과 당혹스러움이 반씩 섞인 눈으로 나를 쳐다봤다.

"괜찮아, 아무 말도 하지 마. 그냥 본인이 원하는 대로 놔둬."

나는 한숨을 한 번 내쉬고 마음을 다잡고는 고개를 들었다.

"대체 무슨 목적으로 이런 황당한 소동을 벌인 거죠?!"

"크~ 크크크! 학생들이 허접한 골렘을 선보이길래 내가 친히 진짜 골렘이 무엇인지 보여주려고 했다. 그대도 한 번 보도록 해라. 이 몸의 골렘을!"

마침 태양이 구름에 가려지면서 골렘의 모습이 내 눈에 들어왔다.

그리고 나는 눈을 어디에 둬야 좋을지 당혹스러워졌다.

"어떠냐? 이 조형미! 그야말로 예술 아니더냐!"

새되게 웃는 마녀 공주의 말을 들은 나는 할 말을 잃어버렸다.

5m쯤 되는 높이에 머리는 달걀처럼 타원형이고 눈을 째져 있었으며 입은 반쯤 헤 벌리고 있었다.

솔직히 말해서 엄청나게 어설픈 조형이었다.

골렘은 생성자의 마력과 이미지에 따라 크기와 형태가 달라진다. 애매한 이미지로는 골렘을 생성할 수가 없으며, 머리부터 발끝까지 세세하게 만드는 건 엄청난 고행길이다. 그래서 골렘은 대개 아주 단조로운 모습이 나오기 마련이다.

이야기가 벗어났는데, 저런 어설픈 얼굴 때문에 내가 눈을 어디에 둬야 좋을지 헤매고 있는 게 아니다.

문제는 그 아래였다.

그녀의 골렘은 미술책에서나 보던 다비드상의 우락부락한 근육을 가지고 있었다.

우락부락 마초의 거대한 나체가 그곳에 있었다.

일부러 두 번 말했다.

"파……."

"파?"

내가 얼굴을 붉히고서 말을 흘리자 에밀리아가 되물었다.

"파렴치해애애애애애애!"

"뭐라! 파렴치하다니, 그게 무슨 무례더냐! 예술이라고 해라, 예술이라고! 자, 봐라. 세세히 재현된 이 근육미를!"

골렘이 무슨 포즈를 취하고 있는 모양인데, 나는 보지 않았다. 특히 하체는 절대 사절이었다.

"볼 수 있을 리가 없잖아, 이 파렴치한 사람 같으니! 어린 소녀한테 대체 뭘 보여주는 거야아아아아아!"

부끄러운 나머지 나는 상대가 공주라는 사실을 잊고서 험한 말을 내뱉고 말았다.

"안심해라! 그 점을 고려하여 하반신은 재현하지 않았다!"

"어떻게 안심을 하냐고오오오! 아니, 고려했다면 그냥 처음부터 만들지마아아아아!"

에밀리아가 엄지를 경쾌하게 척 세우자 나는 그녀를 올려다보며 외쳤다.

"나 참, 순진하구나. 고작해야 근육미가 흐르는 남자의 신체 아니더냐. 난 어렸을 적부터 매일 이 몸의 근육이 어떠냐? 아름답지? 하고 자기 근육을 과시하는 아바마마를 보며 자라왔다."

(당신 아버지의 머리가 걱정이네. 아니, 공주의 아버지라면 마왕이잖아? 매일 딸한테 자기 몸을 과시하는 국왕이라니……. 괜찮을까? 마족의 나라…….)

아직 본 적이 없는 우리나라의 경박한 국왕 폐하를 제쳐두고 나는 마족의 나라를 진심으로 걱정했다.

"좋아, 알겠다. 그대들이 이 근육의 아름다움을 더욱 즐길 수 있도록 강렬하게 끌어안아 주마.”

“트라우마에 걸리겠다아아아아!”

내가 외치자 그와 동시에 골렘이 우리를 향해 팔을 뻗었다.

“어스 월!”

마기루카가 외치자 골렘 앞에 흙벽이 솟아올랐다.

흙벽에 부딪친 주먹이 흙벽과 함께 무너져 내렸다. 피처럼 끈적한 진흙 같은 것을 흘리고 있는 팔 역시 기괴했다.

“어디서 얄팍한 짓을! 우선 그대들한테 뜨거운 포옹을 선사해 주마아아아아!”

후드 속에서 사악한 웃음을 흘리며 에밀리아가 마기루카 쪽으로 골렘을 움직였다.

“하도록 내버려 둘까 보냐아아아!”

나는 골렘을 향해 손을 내밀었다.

“노바 플레어어어어어!”

“앗! 안 돼요, 메어리 님!”

마기루카가 제지하는 목소리와 나의 외침이 겹쳐졌다.

콰아아아아아아앙!

폭렬 마법이 골렘에게 작열하여 상반신이 상공으로 날아가 버렸다.

어깨에 타고 있던 공주님을 완전히 잊고 있었던 나는 자신이 무슨 짓을 저질렀는지 비로소 깨달았다. 얼굴이 창백해졌다.

"야단났네, 어쩌지? 마기루카, 공주님이⋯⋯."

"그보다는 빨리 여기서 벗어나요!"

좌아아아아아아아아!

마기루카의 말을 이해하지 못한 내 머리 위로 무언가가 쏟아지기 시작했다.

골렘의 잔해였다.

골렘이 진흙으로 만들어져 있었던 모양이다. 내가 상공으로 날려버린 상반신이 진흙으로 변하여 우리를 향해 쏟아졌다.

무슨 일이 벌어졌는지 깨닫기까지 나는 마기루카를 바라본 채로, 그녀는 도망치려는 자세를 취한 채로 굳어 있었다.

결국, 우리는 그대로 진흙을 뒤집어썼다. 살짝 끈적거려서 더욱 기분이 나빴다.

"푸하하하하핫! 꼬락서니하고는 ♪"

우리가 진흙투성이가 되어 굳어 있자니 위에서 웃음이 들렸다. 고개를 드니 날개를 꺼내고서 상공에서 자지러지게 웃고 있는 에밀리아가 보였다.

(조금이라도 걱정한 내가 바보지.)

허공에서 자지러지게 웃고 있는 에밀리아를 격추해버리고 싶어졌다. 나는 수치심에 벌벌 떨면서 주먹을 불끈 쥐었다.

"하아~아, 웃긴다, 웃겨 ♪ 으음, 재밌었다. 오늘은 이만 돌아 갈까? 그럼 또 보자꾸나~ ♪"

웃다가 눈물이 핑 돌았는지 후드에서 무언가를 꺼내 훔치고서 에밀리아는 만족스러운 얼굴로 붕 떠올랐다.

"야, 거기 서어어어어! 다음에 만나면 엉덩이를 팡팡 때려줄 거야아아아아! 각오하라고오오오오!"

허무하게도 나의 절규가 하늘에서 메아리칠 뿐이었다.

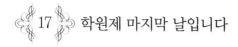 17 학원제 마지막 날입니다

학원제 셋째 날.

드디어 막바지다.

오늘 방문객 숫자는 역대 최고였다. 학원제는 대성공을 거두었다고 말해도 과언이 아니었다.

사람이 많아진 만큼 경비 업무가 벅차지겠구나 싶었을 때 크라우스 경이 근위 병사를, 카리스 선배가 졸업생들을 파견해주었다. 덕분에 무사히 경비를 유지할 수 있었다.

더욱이 오늘은 왕비님이 방문하시는 날이다. 무슨 일이 벌어진다면 큰일이다.

들은 바에 따르면 왕족이 학원을 방문하는 일 자체가 대단히 드물다고 한다. 그나마도 정치적인 이유였지, 학부모로서 오는 건 이번이 처음이었다.

그리고 당연한 이야기지만 왕비님이 이토록 사람이 많고, 아무나 드나들 수 있는 무방비한 학원에 오신다고 한 순간부터 호위와 경비는 비상사태였다.

(어느 세계든 나라와 나라가 있으니 분쟁의 씨앗은 늘 도사리고 있는 법이지. 알디아 왕국이 일본처럼 섬나라였다면 이렇게 걱정할 필요는 없으려나? 하지만 지금은 왕비님보다 더 골치 아픈 존재가 있는데.)

짐작한 대로 에밀리아다.

그 말괄량이 공주가 왕비님이 방문하신 동안에 소동을 일으킨다면 여러모로 큰 문제다.

(큭, 어제 붙잡아뒀더라면…….)

나는 경비본부, 지휘관석에 앉아 고개를 숙이고 있었다.

일단 오늘은 얼굴을 가리고서 문을 지나려는 방문객이 있다면 불러 세우라고 지시를 내려두었다. 그러나 지금껏 그런 사람은 없었다. 그렇다면 아마도 하늘에서 몰래 내려오지 않을까?

경비 인원에게 하늘도 경계하라고 말해두기는 했지만, 무리라는 걸 잘 안다. 상대도 바보가 아니니 당당하게 나타나지는 않겠지.

왕비님이 학교를 방문하시는 시각이 시시각각으로 닥쳐오고 있다. 문제를 조속히 해결하고 싶다. 에밀리아가 무언가 일을 저지르기 전에…….

"에어리어C2, 마녀 공주입니다. 하늘에서 당당하게 내려왔다고 합니다."

(말도 안 돼애애애애애!)

전달 담당이 예상치 못한 보고를 하자 나는 숙이고 있던 고개를 획 들었다.

"경비 인원은 그녀한테 손을 대지 말고 그대로 동향만 감시하도록. 왕비님이 오시기 전에 직접 처리하겠어!"

나는 결단을 내리고서 의자에서 일어섰다.

"예."

연락 담당 학생이 현장에 있는 전달 담당에게 지시를 전했다. 나는 발걸음을 돌려 튜테를 쳐다봤다.

"나가자, 튜테. 무장 준비."

"알겠습니다."

튜테는 목례를 하고서 나보다 먼저 구교사의 어느 방으로 달려갔다. 나는 우아한 발걸음으로 그녀를 따라갔다.

상대가 에밀리아 공주라면 이제 사정을 봐주지 않겠다. 왕비님이 방문하시기 전에 붙잡아서 엉덩이를 팡팡 때려줄 테다. 상대는 썩어도 마족이다. 인간보다는 마법에 정통할 테니 그녀가 철저히 저항하면 무슨 일이 벌어질지 알 수 없다. 즉, 만약의 사태가 벌어졌을 때 변명을 하려면 갑옷을 입어야 한다.

나는 방 한편에 당당하게 서 있는 전신 갑옷 앞에 섰다.

요즘에 묘하게 자주 입을 일이 생겨서 이 갑옷을 여러모로 개량해놓았다.

그 기능 중 하나가 입고 있지 않아도 사람 형태를 유지할 수 있는 기능이다. 뭐, 데오도라가 전문용어를 과다하게 쓰면서 설명해주었지만, 나는 전혀 알아먹을 수가 없었다. 간단하게 말하자면 백은광에 축적된 마력을 이용하는 마법술식 덕분에 사람 형태를 유지할 수 있는 모양이다. 그러나 강한 충격을 받으면 분리되어 버리므로 그냥 세워놓기 편해지는 보조 기능이다. 그리고 그 기능을 어떻게 활용할 수 없을까, 하고 궁리하다가 번

뜩인 생각이 바로 간편 탈착이었다.

덕분에 이제 모든 부위가 붙어 있어서 타인의 손을 빌리지 않더라도 편하게 입고 벗을 수가 있게 되었다.

(이거 여러모로 써먹을 구석이 있겠네. 훗훗훗.)

'표적이 에어리어E4로 이동 중입니다.'

갑옷을 다 입어갈 무렵, 사피나가 전달 마법으로 상황을 알려주었다.

'알았어.'

나는 전달 마법으로 응답한 뒤 전신 갑옷을 달그락거리며 바깥으로 나왔다. 나는 고개를 들어 하늘을 올려다봤다. 달리는 것보다는 날아가는 편이 더 빠를 것 같다고 판단해서였다.

(다들 학원제에 푹 빠져 있으니 내가 하늘을 날아가더라도 눈치채지 못하겠지.)

"조심하세요, 아가씨."

"다녀올게, 튜테."

나는 튜테에게 인사하고서 목적지 에어리어 쪽으로 몸을 돌렸다.

"갑옷 영애, 출격!"

캐터펄트가 없어서 대단히 아쉬웠지만, 나는 힘껏 뛰어올랐다. 그러자 상상했던 대로 내 몸이 상공으로 떠오르기 시작했다.

(갑옷을 입길 잘했네. 흥분해서 예상보다 더 높이 날아올랐네. 남들이 봤다면 뭐라고 했을지.)

"레비테이션."

나는 부유 마법을 발동시켜 공중에 머문 뒤 주변을 둘러봤다. 뭐, 당연하지만 나를 제외하고 하늘에 있는 사람은 없었다. 나는 목표 지점을 보았다. 인파를 유유히 헤치며 나아가는 망토 인간을 확인했다.

그 여유로운 모습을 보니 어제 겪었던 굴욕이 되살아나 몸이 뜨거워졌다.

"차아아아았다아아아! 이 말괄량이 공주우우우우!"

나는 외치면서 목표를 향해 급속도로 하강했다. 팔짱을 낀 채 두 다리를 모아 떨어지는 모습이 마치 목표물을 향해 드롭킥을 날리는 것 같았다.

"호오? 어디냐? 위냐!"

공주라는 단어에 반응한 망토 인간이 발걸음을 멈추고서 주변을 두리번거리다가 이쪽으로 고개를 들었다. 고개를 든 덕분에 얼굴이 훤히 보였다. 틀림없는 에밀리아였다.

"이런, 망할!"

나를 본 에밀리아가 화들짝 놀랐다. 자신을 향해 위에서 갑옷 인간이 날아오고 있으니 당연하지만.

내 발바닥은 그대로 그녀의 얼굴을 향해 날아가 정통으로 얼굴을 밟았다.

"푸엑!"

귀여운 목소리와 함께 땅바닥이 아닌 부드러운 무언가에 착지한 나는 당당한 자세를 풀지 않은 채 식은땀을 흘렸다.

(마, 말도 안 돼. 피할 줄 알았는데, 왜 그대로 굳어버린 거야.)

나는 어차피 피할 줄 알고 착지하기 직전에 부유 마법을 발동했다. 현재는 망토 인간의 얼굴 위에 발을 올린 채 날고 있는 상태였다. 마법을 쓰고 있으니 그렇게 무겁지는 않겠지만, 발바닥과 얼굴이 충돌했을 때 상당한 충격을 받았을 것이다. 더욱이 팔짱을 낀 채 남의 얼굴 위에 서 있는 광경은 구도적으로도 위험했다.

주변 사람들도 입을 벌린 채 멍하니 우리를 보고 있었다.

(아, 이거, 진짜 야단난 거 아냐? 어제 느낀 굴욕 때문에 정신없이 달려들긴 했는데, 공주님의 얼굴에 발차기를 날린 거잖아. 앗, 그래, 이건 사고야. 착지하려다가 우연히 공주님과 부딪친 거야. 미~안해요, 에헤헷♪ 응, 그렇게 가자.)

나는 부유 마법을 써서 수평으로 스스슥 이동한 뒤 땅바닥에 착지했다. 그와 동시에 에밀리아가 뒤로 꺾인 몸을 확 세웠다. 그 바람에 깊숙이 눌러쓴 후드가 벗겨지면서 얼굴이 훤히 드러났다.

오렌지색과 분홍색이 섞인 투톤헤어, 두 개의 뿔, 새빨간 눈동자, 그리고 입술 사이로 보이는 날카로운 어금니. 빨개진 코와…… 앗, 코피가 좀 났네요, 공주님.

(구경꾼들이 저 뿔을 보고 마족이란 걸 눈치챘다면 큰 소동이 벌어질 거야. 빨리 얼굴을 가려야 해.)

그러나 손님들은 처음에만 놀랐을 뿐, 이내 '아, 퍼포먼스인가?', '기사와 마족의 싸움을 연출한 모양인데?' 하고 멋대로 오해하기 시작했다.

학원제가 한창인 학원 안에서 학생들은 손님을 끌거나 스스로 즐기기 위해서 다양한 복장을 하고 돌아다니는 중이다. 우리도 그중 한 사람이라고 여긴 모양이다.

나는 살짝 안도했다. 그러고는 아직도 굳어 있는 에밀리아를 쳐다봤다. 어쩐지 낯빛이 창백했다.

"아⋯⋯."

"아?"

비로소 정신을 차린 에밀리아가 덜덜 떨리는 손가락으로 이쪽을 가리켰다. 나는 그녀의 입에서 흘러나온 말을 되뇌었다.

"알디아의 하얀 악마다아아아아아아아아!"

공주님이 절규했다.

"어, 저기⋯⋯."

"꺄아아아아아아아아! 먹힌다아아아아!"

내가 한 걸음 다가가자 에밀리아는 도저히 공주답지 않은 비명을 지르며 달아나기 시작했다.

"아, 이봐, 거기 서!"

잡으러 왔는데 이대로 놓칠 수는 없었다. 다행히도 내가 발로 찬 것을 항의하지 않았으므로 이대로 흐지부지 넘기기로 했다.

(그리고 보니 마족들이 백은의 기사를 하얀 악마라고 부른다

고 했지? 그런데 먹힌다는 말은 뭐야?)

마음속으로 딴죽을 걸면서 나는 도망치는 에밀리아를 쫓았다.

"장난을 치는 아이는 하얀 악마한테 먹힌다는 말이 사실이었더냐아아아아! 싫도다아아아아아!"

(하하하…… 마족의 나라에서는 아이가 장난을 쳤을 때 백은의 기사를 들먹이며 혼을 내는 모양이네.)

에밀리아가 도망치면서 그렇게 외치자 나는 헛웃음을 흘리며 쫓았다.

이따금 이쪽을 돌아보는 에밀리아는 울먹이고 있었다. 의기양양하던 기세는 어디로 사라졌는지 모르겠다. 살짝 장난을 치고 싶어진 나는 그녀와의 거리를 단숨에 좁히고서 낮은 목소리로 귓가에 속삭였다.

"잡아먹어버리겠다!"

"꺄아아아아아아아아! 엑셀 부스트으으으."

반쯤 미쳐버린 에밀리아가 가속 마법을 걸어 나에게서 달아났다.

"내게 오지 마아아아! 플레임 레인!"

에밀리아가 외치자 그녀의 앞에 작은 불꽃 여러 개가 나타나 나에게 쏟아졌다. 나는 그걸 피하려다가 뚝 멈췄다.

(여기서 내가 피해버리면 주변 사람들이 맞거나 가게에 불이 붙을지도 몰라. 저 공격은 모조리 받아내자. 백은광 파워, 전개!)

나는 입고 있는 갑옷에 마력을 흘렸다. 그러자 그에 호응하여 갑옷이 하얀빛을 희미하게 발하기 시작했다. 나는 그대로 피하지 않고 달려갔다. 화염구는 갑옷에 부딪히면서 그대로 사라졌다. 갑옷의 내구력과 무효화 스킬 덕분이었다.

"우하하하핫! 무다 무다 무다 무다 무다 무다아아아아!"

"우갸아아아아아아!"

내가 크게 웃으면서 그대로 돌진하자 에밀리아는 공주로서의 체면을 모조리 내던지고서 줄행랑을 치기 시작했다.

(그렇게 무섭나? 하얀 악마가…….)

에밀리아는 펄쩍 뛰며, 달리며, 마법으로 견제하면서 학원 안을 도망 다녔다. 나는 끈질기게 에밀리아를 쫓았다.

응, 무서울 만도 하겠네, 이건.

그러나 이젠 놀아줄 시간이 없었다. 그녀를 슬슬 붙잡지 않는다면 왕비님이 오시고 말 것이다. 마중을 나가야만 하기에 이렇게 오랫동안 술래잡기를 할 수가 없다.

결국 에밀리아가 날개를 펼쳐 떠올랐다.

"이이이이, 이렇게 된 이상 모조리 재로 만들어주마아아아아!"

하늘로 날아오른 에밀리아가 살짝 맛이 간 눈으로 아래를 노려보며 두 팔을 높이 쳐들었다.

"5계급 마버어어업!"

에밀리아가 외치자 높이 쳐든 두 손끝에서 커다란 마법진이 나타났다. 나는 그녀와 같은 높이까지 뛰어오른 뒤 부유 마법으로 머물렀다.

(응? 아까 계급을 말한 것 같은데?)

"모조리 태워주겠다! 버밀리온 노바아아아아아!"

그녀가 팔을 아래로 휘두르자 새빨갛게 물든 거대한 화염구가 나를 향해 날아왔다. 나는 에밀리아가 쏜 마법이 얼마나 무서운 것인지 모른 채 장난치는 기분으로 응전했다.

"디바인 브레이커어어어어!"

나는 가벼운 마음으로 화염구를 향해 주먹을 휘둘렀다.

그리고 그리 힘이 실리지 않은 주먹에 닿은 화염구가 파아아앙, 하고 화려하게 터져버렸다. 내 무효화 스킬 때문에…….

"아니이이이이이이이이!"

이해가 되지 않는지 에밀리아가 나에게 목소리를 높여 항의했다.

"훗훗훗, 디바인 브레이커는 그 어떤 것도 무조건 분쇄할 수 있는 신의 기술이다."

(심심풀이로 이름을 그냥 붙여본 건데, 멋있으니 채용하자.)

그런 스킬이나 마법은 이 세계에 존재하지 않지만, 나는 아이들끼리 장난을 치는 기분으로 말해버렸다. 그러니 납득할 리가…….

"디바인 브레이커……. 참으로 무시무시한 기술이도다……!"

(앗, 덜컥 믿어버렸다.)

"하지만 이번에야말로 재로——."

"뭘 재로 만들 건가요?"

에밀라아가 무언가를 하려고 했을 때, 기척도 없이 그녀의 뒤로 다가간 사람이 있었다. 여긴 공중인데도.

"뭐, 으갸아아아!"

황급히 뒤를 돌아본 에밀리아가 그대로 얼굴을 부여잡고서 이상한 목소리를 냈다.

"나 참, 이 아이는 장난이 너무 심하다니까."

태연한 얼굴로 에밀리아에게 아이언 클로를 걸고 있는 사람은 이 나라의 왕비인 이리샤 님이었다.

"와, 왕비님!"

나는 황급히 허공에서 무릎을 꿇었다.

"얘기는 마기루카한테서 들었어요. 수고했어요, 메어리."

"아, 아뇨, 마중을 나가지 못해 황공합니다. 저기, 전철이 연착하는 바람에."

왕비님이 느닷없이 등장해서 나는 패닉에 빠졌다. 체험한 적은 없지만 어디선가 들은 변명거리를 내뱉고 말았다.

"후후훗, 이런 데서 긴한 얘기를 하기에는 뭐하니 내려가도록 하죠."

"이, 이거 놔라, 이리샤. 머리가, 머리가!"

"얌전히 있어요."

아직도 아이언 클로에 걸려 있는 에밀리아가 왕비님에게서 벗어나고자 발버둥을 쳤다. 그러자 왕비님이 웃으면서 손에 더욱 힘을 주었다.

"우갸아아아아! 두뇌가아아, 머리가, 찌그러진다아아아아!"

왕비님이 그대로 아래로 내려가자 나도 뒤를 따랐다.

지상으로 내려오자 에밀리아의 몸이 축 늘어져 있었다.

"이 아이한테 모자를 씌우고 메이드복을 입히도록 하세요. 이 곳에서는 내 메이드로서 데리고 다닐 테니."

"알겠습니다."

왕비님이 축 늘어진 에밀리아를 메이드들에게 마치 인형을 건네듯 한 손으로 가볍게 넘겼다.

(우와아아아……. 절대로 거역하면 안 되는 사람이네…….)

나는 에밀리아를 살짝 동정하며 멍하니 서 있었다. 그러자 내 옆으로 마기루카가 다가왔다.

"왕비님, 알트리아 학원제에 오신 것을 대단히 환영합니다. 학생들을 대표하여 저희가 안내해드리도록 하겠습니다."

마기루카가 가장 격식을 차린 예를 표하자 나는 황급히 갑옷을 입은 채로 숙녀의 예를 표했다.

"우후후, 어머머, 아주 늠름한 안내인이네요."

내가 갑옷 차림으로 예를 표하자 왕비님이 키득 웃으며 말씀하셨다. 그때야 비로소 갑옷을 입고 있음을 깨닫고서 나는 황급히 투구를 벗고자 바둥거렸다.

"죄, 죄죄죄, 죄송합니다. 이렇게 뒤숭숭한 옷차림으로 맞이해서. 당장 갈아입도록 하겠습니다."

겨우 투구를 벗은 나는 새빨개진 얼굴로 눈을 이리저리 굴렸다.

"그대로 있어도 좋습니다. 백은의 기사……. 이토록 늠름한 사람이 안내해준다니, 아주 든든하군요. 그렇지요? 크라우스."

왕비님이 미소를 지으며 근처에 서 있던 사납게 생긴 아저씨의 이름을 불렀다.

"왕비님의 말씀이 지당하십니다."

크라우스 경도 빙긋 웃으며 고개를 숙였다.

(어라? 어쩐지 왕가에서 백은의 기사를 공인한 것 같은데? 지, 지나친 생각이겠지. 응, 기분 탓이야, 기분 탓.)

전개가 너무나도 갑작스러워서 내 사고가 따라가지 못했다. 나는 그저 시키는 대로 움직였다.

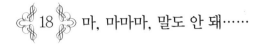# 18 마, 마마마, 말도 안 돼······

　지금 우리는 미리 정해둔 경로를 걷고 있다.

　"이처럼 학원에서 배운 지식을 승화, 연구한 결과를 노점이나 전시회를 통해 많은 분께 선보이고 있습니다. 어른이 보기에는 유치하시겠지만······."

　"아뇨, 멋진 시도예요. 창피한 일이 아니에요."

　마기루카가 설명하자 왕비님이 주변을 둘러보며 칭찬하셨다. 나로 말할 것 같으면 한창 수치심에 벌벌 떨고 있는 중이었다. 머릿속이 새하얬다. 그도 그럴 것이 지금 내 주위에 진짜 기사들이 서 있기 때문이다.

　훌륭한 기사 갑옷을 입은 멋진 기사들보다 앞서 걷는 전신 갑옷을 두른 자그마한 소녀. 명품 옆에 놓인 조악한 짝퉁 같은 느낌이 들어 창피하기 그지없었다.

　(아아, 이리저리 돌아다녔는데, 땀 냄새가 나지 않으려나? 괜찮겠지······ 아, 아마도.)

　사람들에게서 최대한 거리를 두고 싶었지만 그럴 수가 없었다. 점점 불안해졌다.

　"그나저나 경비를 맡은 학생들을 멋지게 통제하고 있군요, 메어리."

　"햐!"

갑자기 이름을 불린 탓에 나는 흠칫 떨며 새된 목소리로 대답했다.

"⋯⋯다들 전달 마법으로 본부와 연락을 주고받으며 지시에 따라 움직이고 있습니다."

"어머, 전달 마법? 그걸 이용할 줄은 상상도 못 했습니다. 메어리는 대단히 총명하군요."

"아, 아뇨, 이건 전하께서⋯⋯."

"예, 메어리 님 덕분에 경비뿐만 아니라 학원 내부에서 연락하기가 수월해져서 저희에게도 도움이 됐습니다. 최고책임자이신 전하께서도 메어리 님이 여러모로 보좌를 해줘서 큰 도움이 되었다고 말씀하셨습니다."

"어머어머, 어머머♪ 그 아이가."

내가 필살기, 모조리 왕자님 덕분으로 떠넘기기 전법을 발동하려던 순간 마기루카가 끼어들어서 나를 추켜세우고 말았다.

(부탁이니 날 추켜세우지 마!)

친구나 고귀한 분들에게 칭찬을 듣는 건 솔직히 기쁘지만, 여러모로 일을 저질렀던 경험으로 미루어보아 이것은 나에게 아주 불길한 패턴이었다. 이거 보통 부끄러운 게 아니라고. 어떻게든 화제를 바꾸고 싶은데⋯⋯.

"자, 잠깐, 지금 방문하실 곳을 확인하고 오겠습니다."

화제를 돌릴 수가 없는 나는 그렇게 달아났다. 왜냐면 나는 말재간이 좋지 못하니까. 그리고 스스로 무덤을 팔 것 같은 예감이 들었으니까.

나는 어느 전시 공간을 지나려다가 발걸음을 멈추었다.

이유는 간단하다.

그곳이 묘지였기 때문이다.

자세히 보니 종이로 만든 가짜였다. 진짜가 아니었다.

그러나 내가 발걸음을 멈춘 이유는 풍경도 풍경이거니와 어쩐지 불~길한 예감이 들어서였다.

"아, 저기~, 언데드 연구회 전시장에 무슨 용건으로?"

전신 갑옷을 입은 사람이 전시장 앞에서 장승처럼 서 있자 연구회 학생이 겁을 내며 말을 걸었다.

(묘지+언데드=앨리스 선배)

순식간에 그러한 계산이 끝난 나는 불길한 예감이 더욱 커졌다. 나는 투구를 벗어 얼굴을 드러낸 뒤 완장을 보였다.

"경비 담당자입니다. 이 전시물은 당신들이 만든 건가요?"

내가 경비 인원임을 알자 학생은 평상심을 되찾았다.

"아뇨, 배경은 상가에서 제작한 겁니다. 저희는 연구 자료를 전시했을 뿐이지요."

"그럼 전시회를 열 때 은테 안경을 쓴 언니가 쓸데없는 참견을 하지는 않았나요?"

"혹시 앨리스 선배를 말하는 겁니까? 그분께는 감사하고 있습니다. 근사한 지식을 전수해주셨거든요. 거기에 무슨 소환진 같은 것도 그려주셨습니다."

"소환진?"

나는 무심코 되물었다.

"예, 진짜 소환진을 깔아 놔야 분위기가 산다면서 선배가 그려주셨어요. 하지만 언데드 소환진을 그리 쉽게 그릴 수 있을 리가 없으니 아마도 그냥 그럴듯하게 그린 가짜겠죠."

학생이 즐겁게 웃으며 말하는 모습을 보고 있자니 내 얼굴에 핏기가 가시는 게 느껴졌다.

(아니, 아니, 아니, 그 사람은 거기에 인생을 걸고 있단 말이야! 그럴듯하게 그리기는커녕 진짜라고, 그거! 그 선배, 터무니없는 걸 선물로 남기고 갔네!)

먼저 오길 잘했다. 왕비님이 오시기 전에 그 위험한 소환진을 지워야만 한다.

"그 소환진은 어디에 있죠?"

"예? 안쪽에⋯⋯."

내가 묻자 학생은 조금 초조해하며 뒤를 돌아봤다. 그러고는 말끝을 흐렸다. 그곳에서 망토로 온몸을 숨긴 사람이 땅바닥에 그려진 소환진에서 무언가를 하고 있었기 때문이다.

"에에에에밀리아아아아아아!"

나는 학생을 밀쳐내고서 망토를 향해 호통을 쳤다. 왕비님의 지시로 현재 메이드복을 입고 있어야할 그녀가 망토를 두르고 있는 것으로 보아하니 몰래 빠져나온 모양이다. 나는 또다시 장난을 치려고 하는 그녀를 전력으로 막으려고 했다.

내 목소리를 듣고 놀란 표적이 작업을 중단했다. 나는 저공비행으로 단숨에 거리를 좁혔다.

"윽!"

놀란 망토 인간이 무언가를 꺼내어 나에게 휘둘렀다. 내가 갑옷을 두른 팔을 뻗어 막아내자 무언가가 부서지는 소리가 울렸다.

그러나 나는 개의치 않았다.

공주님이 또 소동을 일으키지 못하도록 따끔하게 한 방 먹여주겠다는 일념뿐이었다.

"메테오 스트라이크(물리)!"

나는 들고 있는 투구를 볼링공을 굴리듯 목표물의 몸통을 향해 힘껏 내던졌다. 투구를 정통으로 맞은 망토 인간이 뒤로 휙 날아가 땅바닥을 굴렀다.

"헉, 헉, 나 참. 앨리스 선배도 그렇고, 에밀리아 공주님도 그렇고, 허구한 날 소동을 일으키려고……."

"내가 뭘 어쨌단 말이냐?"

내가 숨을 고르며 푸념을 늘어놓자 뒤에서 귀에 익은 목소리가 들렸다. 나는 할 말을 잃었다.

"엇! 어라? 에밀리아 공주님!"

나는 뒤를 돌아봤다. 그러고는 메이드복을 입은 소녀와 땅바닥에 뻗어 있는 망토 인간을 번갈아 봤다.

"어라? 에밀리아 님이 아니면 저 망토 인간은 대체?"

나는 다시금 뻗어 있는 사람을 쳐다봤다. 이미 그쪽에는 크라우스 경이 서 있었다. 나는 몸을 숙여 망토를 걷어내는 그에게 다가가 함께 속을 들여다봤다. 그러자 몸집이 작은 남자 하나가 기절해 있었다.

"이 녀석, 무기를 가지고 있군. 아마도 어딘가……."

크라우스 경의 말대로 이 남자는 부러진 대거를 갖고 있었다. 허리에도 여러 자루의 대거와 나이프를 차고 있었다.

"어떻게 들고 왔지? 입구를 감시했으니 학원 안으로는 가지고 들어올 수가 없었을 텐데……?"

당연하지만 방문객은 무기를 소지한 채 학원으로 들어올 수 없다. 이것만은 선생님들이 눈에 불을 켜고서 감시했을 것이다. 더욱이 오늘은 근위기사님들까지 가세해서 감시했으니 놓쳤을 리가 없다.

"아마도 학원제가 시작되기 전에 침입하여 숨어있었겠지요."

의문을 품었던 나는 크라우스 경의 추측을 듣고서 짐작 가는 바가 있었다.

(그러고 보니 학원제가 시작되기 전에 수상한 인물을 놓쳤다는 보고가 있었지……. 에밀리아가 아니었던 건가. 그러고 보면 어제도 얼핏 본 것 같고.)

"왕비님을 노린 건가……. 아니면 공주님인가……."

일어선 크라우스 경이 중얼거렸다. 그 소리는 곁에 있는 내 귀에만 들렸다. 나는 불안한 눈으로 그를 올려다봤다. 그걸 눈치 챘는지 크라우스 경이 빙긋 웃으며 내 어깨에 손을 올렸다.

"그나저나 역시 아가씨군요. 사전에 감지하여 첩자를 붙잡다니 아주 대단합니다. 역시 백은의 기사님이로군요."

"예?"

크라우스 경이 내뱉은 말을 순간 이해하지 못한 채 나는 목소리를 뒤집었다.

"아, 아뇨, 전 그저 부끄러움을 견디지 못하고 앞서 달려갔는데, 우연히 수상한 전시물을 발견했고, 그 안에 앨리스 선배가 놔두고 간 선물이 있다는 걸 알고서 그걸 지우려고 했더니 수상한 망토가 있어서 영락없이 공주 전하가 또 장난을 치시는 줄 알고 천벌을……."

나는 기관총처럼 말을 쏘아낸 뒤 숨을 거칠게 몰아쉬었다. 크라우스 경이 또 웃으면서 내 어깨를 두드렸다.

"그래도 대단합니다."

"정말로 대단해요, 메어리. 이거 포상을 내려야만 하겠군요."

왕비님의 목소리가 들리자 나는 황급히 그쪽으로 몸을 돌렸다.

"아, 아뇨, 당치도 않습니다. 포상을 바라고 한 일이 전혀 아닌데. 학원제의 치안을 지키는 경비책임자로서 당연한 일을 했을 뿐입니다. 게, 게다가 공작가 영애로서 왕가에 도움을 드린 것은 더할 나위 없는 영광인데, 어떻게 포상을……."

스스로 생각해도 괜찮은 변명이었다. 이렇게 말했으니 벗어날 수 있을 거다.

"그 겸손, 그 충의, 마음에 들었습니다. 더더욱 당신의 공적에 포상을 내려야만 하겠군요. 이 건은 후일 다시."

(그마아아아안! 왕비님이 내리신 포상을 받으면 난 학원제라는 숲 밖으로 뛰쳐나오는 꼴이라고! 더는 숨을 수가 없게 된단 말이다아아아아아! 뭔가, 뭔가 좋은 변명거리가⋯⋯.)

마음만 초조한 나는 입만 뻐끔거리고, 눈만 이리저리 돌릴 뿐이었다. 왕비님은 그런 나를 흐뭇하게 쳐다보셨다.

(안 돼애애애애! 좋은 방법이 떠오르지 않아아아아!)

"왕비님, 이곳은 저희에게 맡기시고, 조금 이르긴 하지만 먼저 투기장에 들어가시는 게 어떻겠습니까? 그쪽에 마련된 특별 관람석은 경계가 엄중하니 안전합니다."

"그래야겠네요. 그럼 메어리, 마기루카, 안내를 부탁해요."

"예, 왕비님. 그럼 가죠, 메어리 님."

"어, 아, 저기, 잠깐만. 제 얘기를."

모두 이 이야기가 끝난 것처럼 행동을 개시했다. 마기루카는 내 팔에 자기 팔을 얽은 뒤 그대로 끌고 갔다. 나는 아무것도 못 하고 그곳을 떠났다.

✼19✼ 드디어 시합입니다

투기장에 도착한 우리는 관객석 최상층, 특별관람석, 이른바 VIP석으로 왕비님을 안내해드렸다. 그곳은 개인실이라서 훤히 드러난 다른 관람석과는 달리 격리된 상태라고 할 수 있다.

"둘 다 고생했어. 하지만 이제부터 모의전을 해야 하니 아직 끝난 건 아니지만."

"전하의 기대에 부응할 수 있도록 최선을 다하겠습니다."

왕자님이 치하하자 마기루카가 예를 표했다. 나도 갑옷을 입은 채로 뒤이어 숙녀의 예를 표했다.

그런 내 모습을 보고 왕자님은 미소를 지으며 발걸음을 돌려 특별관람석에 들어갔다.

나는 휴우~ 하고 한숨을 내쉬었다. 이제야 지금껏 심신을 옥죄던 긴장감이 풀렸다.

"자, 저도 준비하러 가볼게요."

마기루카가 그렇게 말하고서 나에게서 멀어졌다.

"고, 고마워, 마기루카. 일을 다 떠맡겨서. 아, 나중에 뭔가 답례를 할게, 뭐가 좋아?"

내가 감사 인사를 하자 마기루카가 발걸음을 멈추고서 뒤를 돌아보더니 눈을 가늘게 떴다.

"아뇨, 개의치 마세요. 하지만 굳이 원하는 게 있다면 딱 하나."

"뭔데, 뭔데? 뭐든지 할게. 말해봐, 말해봐♪"

내가 기뻐하며 묻자 마기루카가 한걸음 다가와 내 귓가에 얼굴을 가져갔다. 주변에서 들으면 안 되는 내용인가?

"이번 시합, 봐주기 없기입니다."

"어?"

나는 흠칫 놀라 마기루카의 얼굴을 보려고 했다. 그러나 그녀는 곧바로 나에게서 떨어져 등을 돌리고 말았다. 마기루카가 어떤 표정으로 그 말을 했는지 나는 알 턱이 없었다.

"그럼 잘 부탁합니다. 메어리 님."

마기루카가 뒤도 돌아보지 않고 나에게서 멀어져간다. 나는 방금 그녀가 한 말이 무슨 의미인지 이해하기가 어려웠다. 굳은 채로 그녀가 시야에서 사라질 때까지 지켜봤다.

"아가씨?"

조금 떨어진 곳에 대기하던 튜테가 의아해하며 말을 걸자 나는 현실로 되돌아올 수 있었다.

"어, 아, 으으음, 아무것도 아냐. 우리도 돌아가서 사피나와 합류하자."

나는 쓴웃음을 흘리며 마기루카와 반대쪽으로 발걸음을 옮겼다.

(아까 무슨 뜻으로 그런 말을 한 거야, 마기루카? 봐주지 말라니, 왜 그런 소리를…….)

마기루카의 속내를 헤아릴 길이 없었다. 그녀가 했던 말이 귓가에 자꾸만 맴돌았다.

　우리가 배정받은 대기실에 가니 이미 사피나가 준비를 하고 있었다. 튼튼한 수갑을 차고 있고 가슴에는 플레이트를 착용했다.

　"사피나, 벌써 준비하고 있어?"

　"앗, 메어리 님. 그게, 마, 마음이 초조해서."

　내가 말을 걸 때까지 내가 온 것을 알아차리지 못했는지 사피나는 황급히 하던 행동을 멈추고서 이쪽을 쳐다봤다.

　(이기든 지든 상관없다고는 해도 역시 긴장이 되네. 더욱이 왕자님과 왕비님이 보고 있잖아. 대충 싸울 수는 없어. 특히 사피나는 가문의 명예가 달려 있으니.)

　그러나 나 역시 지켜야 할 가문의 명예가 있다는 것을 깨달았다. 그 순간부터 긴장이 되기 시작했다.

　"".............""

　(아아아, 시합을 앞둔 대기 시간은 왜 이렇게 피가 마를 듯이 긴장되는지 모르겠네. 우우, 너무 긴장돼서 구역질이 날 것 같아.)

　"사, 사피나가 중무장한 모습은 처음 보네."

　"중무장이라뇨. 메어리 님만 하겠어요?"

　"아, 그런가? 나, 전신 갑옷을 착용했지."

수다를 떨지 않으면 긴장감에 짓눌릴 것 같아서 억지로 화제를 던졌다. 사피나와 함께 대화를 나누며 쓴웃음을 짓자 분위기가 조금이나마 누그러진 것 같았다. 나는 이대로 이야기를 계속하기로 했다.

"그러고 보니 경비 쪽은 괜찮을까?"

"저기, 지휘관 대리와 교대한 뒤에 계속 경비를 하라고 지시해뒀습니다. 하지만 이제 이 투기장 이벤트가 마지막이라서 모두 이곳에 모여 있죠. 교내에서는 벌써 뒷정리에 들어간 구역도 있다고 해요."

"그런가…… 이게 마지막이구나. 섣불리 움직이지는 않겠군."

긴 것 같기도 하고, 짧은 것 같기도 한 시간이었다. 나는 그런 기분에 젖으며 천장을 올려다봤다.

"아, 맞다. 그러고 보니 메어리 님, 적을 사로잡으셨다면서요? 굉장하네요."

사피나가 기뻐하는 얼굴로 가볍게 손뼉을 치고서 화제를 던졌다. 그러나 미안하게도 내 기억 속에서 지우고 싶은 사건이어서 그다지 언급하고 싶지 않았다.

"고, 고마워. 우연이야, 우연."

"그나저나 적이 학원 내에 있었다니. 혹시 우리가 그 망토 인간한테 휘둘리는 바람에 여러 가지를 못 보고 놓쳤는지도 모르겠어요."

사피나의 말에 어쩐지 불길한 예감이 든 나는 아무 말도 할 수 없었다.

분위기가 점점 무거워지고 있다는 걸 깨닫고서 나는 화제를 돌리려고 궁리했다. 그러나 좋은 얘깃거리가 떠오르지 않았다. 무거운 분위기 때문에 긴장도가 올라가고 말았다.

"이제부터 시합에 관한 작전을 얘기해보는 게 어떨까요?"

"그거야, 튜테! 작전, 작전♪ 사피나, 의논하자."

무거운 침묵이 흐르는 와중에 튜테가 동아줄을 던졌다. 나는 곧바로 그 동아줄을 붙잡았다.

"예. 으음, 평소의 자하 씨라면 공격 중심으로 나올 거고, 마기루카 씨는 그에 호응, 또는 원거리 공격을 할 것 같은데요?"

사피나도 튜테가 내려준 동아줄을 붙잡았다.

"그렇겠지, 그 두 사람의 성격을 생각하면. 그렇다면 자하 씨의 움직임을 봉쇄하면서 마기루카와 근접으로 싸우는 편이 가장 좋지 않을까?"

나는 투구를 벗은 상태에서 턱에 손을 대고는 천장을 바라보며 고민했다.

"제가 자하 씨를 상대하며 발을 붙들어둘 테니 그때 메어리 님이 마기루카 씨에게 직접 공격을 가하는 거예요. 메어리 님은 마법사인 동시에 검사이기도 하니까 그걸 적절하게 섞는 게 무난하지 않을까요? 그리고 자하 씨를 필살기로……."

사피나는 작전을 말하면서도 어쩐지 석연치 않은 표정을 지었다.

"무슨 마음인지 알겠어. 천하의 마기루카가 그걸 모를 리가 없지. 뭔가 방책을 마련했을 거야. 아~아, 두 사람의 정보를 카리스 선배한테서 더 수집했으면 좋았을 텐데."

그 뒤로 진득하게 의논해봤지만 뾰족한 수가 떠오르지 않았다. 무난한 작전을 세웠을 즈음에 담당 학생이 우리를 부르러 왔다.

"드디어 시작하는구나~. 힘내자, 사피나!"

나는 사피나에게 손을 내밀었다.

내가 갑작스럽게 동작을 취하자 그녀는 고개를 갸웃거렸다. 뭘 어떻게 해야 하는지 모르는 눈치였다.

(아, 그런가? 이 세계에는 그런 걸 안 하나?)

"사피나. 내 손등 위에 네 손을 얹어. 다 함께 기합을 불어넣는 거야. 자, 튜테도 같이."

"예? 저도 말인가요?"

"당연하잖아. 너도 함께 훈련해온 팀원이니까. 자, 둘 다 빨리, 빨리♪"

나는 손을 내민 채로 두 사람을 재촉했다. 그러자 두 사람은 얼굴을 한 번 마주 본 뒤, 키득 웃으며 내 손 위에 손을 포갰다.

일단 파이팅이라고 외치면 다 함께 오오~, 하고 말하라고 알려준 뒤 나는 포개진 손을 쳐다봤다. 두 사람 모두 나를 따라서 손을 쳐다봤다.

"좋았어, 그만큼 연습을 했으니 자신을 갖고 힘껏 부딪쳐보자.

379

이 시합, 이기⋯⋯자는 건 아니고, 신나게 즐겨보자!"

나는 두 사람을 한 번 둘러본 뒤 다시 포개진 손을 쳐다봤다.

"간다! 파이티이이이잉!"

"'오오오오오!'"

내가 외치자 두 사람이 힘차게 소리를 내질렀다.

(아아아아아 ♪ 이거, 해보고 싶었는데. 꿈을 이뤘어어어어 ♪)

나는 고양된 기분으로 두 사람에게서 떨어진 뒤 그 기세를 이어 안내 담당이 기다리는 복도로 나갔다.

우리가 시합장 출입구 앞에서 대기하고 있으니 왕자님이 VIP석에서 모습을 드러냈다.

"시합장에 있는 모두한테 전한다!"

왕자님이 확성 마법이 부여된 마도구로 주변에 울리도록 크게 말하자 시합장이 조용해졌다.

"결승전이 무사히 마무리됐고 이제 수상식만 남은 지금, 시합을 하나 선보이고자 한다. 이제부터 펼쳐질 시합은 소르오스와 아레이오스, 양쪽 모두한테 유익하리라고 생각한다. 모두 관전해주길 바란다."

왕자님이 말을 마치고 VIP석으로 들어가자 시합장이 소란스러워졌다. 안내 담당 학생이 우리를 시합장으로 인도했다.

아까 그 고양감이 어디로 사라졌는지 왕자님의 소개말을 들으니 긴장감이 되살아났다. 내 멘탈은 참 두부처럼 여리구나.

침을 꿀꺽 삼키고서 전신 갑옷을 달그락거리며 시합장으로 걸어갔다. 웅성거림이 점점 커지더니 주변에서 감탄하는 목소리가 솟았다.

"저 갑옷은 설마 백은의 기사님? 그러기에는 작은데?"

"저건, 하얀 희군……과 옆에 있는 사람은 카르샤나 양이지?"

"소르오스와 아레이오스 학생이 왜?"

모두의 목소리가 장작이 되어 두근거리는 내 심장에 불을 질렀다.

그리고 앞쪽, 우리와 반대쪽에 있는 출입구에서 다른 조가 나타났을 때 나는 숨을 스읍, 하고 삼키고 말았다.

그곳에는 자하와 마기루카가 서 있었다.

그들이 나타나서 놀란 것은 아니다. 그들의 차림이 나를 경악하게 했다.

자하는 사피나가 착용한 것과 비슷한 장비를 손과 가슴에 착용하고 있었다. 이 정도는 예상했던 바다.

그러나 중요한 건 손에 뭘 들고 나왔느냐였다.

방패.

그렇다, 자하는 뜻밖에도 방패와 검을 들고 있었다.

정교한 방패가 햇볕을 받아 반짝이고 있었다. 아무리 봐도 주변에서 쉽게 구할 수 있는 방패가 아니었다. 굳이 말하자면 용사의 방패 같은 전설급 아이템처럼 보였다.

그리고 마기루카.

그녀 역시 무장을 하고 있었다. 정교하게 세공된 하얀 수갑을 왼손에 차고 있고, 오른손에는 호화로운 지팡이를 들고 있었다. 이상한 건 지팡이치고는 너무 길다는 점일까. 그녀의 키를 훌쩍 넘을 정도였다. 또한 팔찌와 목걸이, 귀걸이 등 할 수 있는 것은 전부 달고 나왔다. 멋을 부리려고 한 게 아니다. 매직 아이템으로 온몸을 도배한 거다.

"어…… 두 사람 모두 뭐야? 그 꼴은?"

실례인 걸 알면서도 나는 무심코 두 사람을 가리켰다.

"매직 아이템을 사용할 수 있다고 해서 가지고 왔습니다. 아, 미리 말해두겠는데, 이거 전부 보구입니다. 할아버님의 컬렉션에서 빌려왔죠."

"보, 보구라고!"

마기루카가 태연하게 엄청난 소리를 내뱉자 나는 무심코 되물었다.

보구! 이름만 봐도 알 수 있듯 엄청난 가치를 자랑하는 아이템이다. 학원에 다니는 일개 학생이 사용할 수 있는 물건이 아니다. 그런 아이템을 왜 줄줄이 착용하고서 이 시합장에 나타난 거야…….

여담이긴 하지만 매직 아이템은 하급, 상급, 보구급, 전설급, 신화급으로 등급이 나뉜다. 하급과 상급은 양산하기 쉬워서 널리 쓰이고 있고, 전설급과 신화급은 신이나 그에 필적하는 존재가 만든 것이라 아주 희소하다. 보구급은 사람이 제작한 아이템 중에서 최고봉이라 일컬어지는 아이템이다. 이렇게 말하면 이해하기가 쉬울까?

"예. 연구를 핑계로 쓸데없이 긁어모은 할아버님의 컬렉션을 빌렸습니다. 역시 무기는 장식하기보다는 써야 한다고 생각하거든요."

"어…… 그거, 허락은 받은 거지?"

"할아버님께서는 학원제를 흥행시키기 위해서라면 협력을 아끼지 않겠다고 약속해주셨어요. 이것도 흥행을 위한 수단 중 하나. 할아버님께서도 틀림없이 기뻐하고 계시겠죠."

"다시 말해서 무단으로 가져왔다는 거군."

(지금쯤 VIP석에서 왕비님과 함께 보고 있을 학원장이 거품을 물며 쓰러지지 않았을까. 뭐, 모든 일을 우리한테 떠맡긴 벌이라고 생각하세요.)

"아, 저기~, 메어리 님. 실은 제 것도 보구에요. 이 정도도 갖추지 않으면 메어리 님의 발목을 붙잡을 것 같아서……."

내가 하하하, 하고 헛웃음을 흘리고 있으니 옆에 서 있는 사피나가 자신이 소지한 매직 아이템을 보이며 자진 신고했다. 점점 갈수록 목소리가 작아져서 마지막 말은 듣지 못했지만.

"다들 죄다……. 말도 안 돼……."

나는 깊은 한숨을 내쉬며 어깨를 축 늘어뜨렸다.

(너희들 대체 누구랑 싸우려고 나온 거야? 그런 걸 써야만 상대할 수 있는 무시무시한 상대가…….)

그때 나는 깨달았다.

"서, 설마, 그 장비. 대(對)메아리용이라고 말하지는 않겠지?!"

"물론 대메아리 님용이죠! 백은의 기사님의 후예 소리까지 듣고 있는, 상상을 초월하는 메아리 님과 대적하려면 이 정도쯤은 있어야 해요!"

"이렇게 입고 있긴 하지만, 난 백은의 기사가 아니라고! 제발 알아줘어어어!"

그러나 내 애원은 시합장에 들끓고 있는 웅성거림과 환호성에 파묻혔다. 나는 전신 갑옷을 입은 채로 웅크리고 앉아 땅바닥을 긁적이기 시작했다.

(이제 집에 가고 싶어. 나, 울 거야.)

시합이 시작되기도 전에 정신적으로 호되게 얻어맞은 나는 위축되고 말았다.

20 시합 개시예요!

"지금부터 소르오스, 아레이오스 학생들의 태그전을 시작하겠습니다! 양쪽의 안전을 위해 전쟁 천사의 가호를 기동합니다! 양쪽 앞으로."

심판이 외치자 관객석에서 오오오! 하고 잇달아 목소리를 높였다. 웅성거리는 것 같기도 하고, 환호성을 지르는 것 같기도 했다. 여하튼 커다란 함성이 에워싸자 침울했던 내 마음이 강제로 긴장되기 시작했다. 두 팀은 서로 적당한 거리를 두고 섰다.

"그럼, 시작!"

심판의 호령과 함께 우리는 자세를 취했다.

'선수필승 공격 패턴A.'

내가 사피나에게 전달 마법으로 말을 보내자 그녀가 곧바로 움직이기 시작했다. 미리 연대 패턴을 의논하여 간략화해두었다.

마기루카와 자하가 탐색을 하고자 옆으로 조금씩 이동하는 순간에 사피나가 느닷없이 찌르고 들어갔다.

"탐색전도 안 하기냐!"

놀라서 소리를 지른 자하가 금세 진지한 표정을 지었다. 아마도 마기루카가 전달 마법으로 무언가 지시를 내렸겠지.

"발도!"

"파이어 볼!"

자하는 사피나의 발도 공격을 방패로 막아냈다. 그러나 이미 자하가 막을 걸 예상한 사피나는 곧장 옆으로 비켜섰다. 자하가 다음 공격에 대비하고자 몸을 그쪽으로 돌린 순간, 사피나가 자하의 눈앞에서 싹 사라졌다. 그리고 그녀의 뒤에 숨어있던 내가 곧장 자하에게 화염구를 날렸다.

"아이스 랜스!"

자하가 사피나에게 정신이 팔려서 기습 공격에 대응하지 못할 줄 알았으나, 곧장 얼음의 창이 날아와 화염구를 상쇄했다.

마기루카의 실력이었다.

(역시 마기루카. 잔재주는 통하질 않나?)

나는 전설의 검(웃음)을 뽑고서 자하에게로 달려갔다

'공격 패턴C.'

내 지시를 전달받은 사피나가 자하의 검을 도로 튕겨내고서 뒤로 펄쩍 물러났다. 그러고는 검을 칼집에 집어넣었다.

"자하! 옆!"

마기루카가 외쳤다. 아무래도 전달 마법을 연속으로 쓰지 못하는 모양이다.

그러나 자하는 곧장 나를 알아차렸다.

내가 찌르기 공격을 날리자 자하가 방패로 대응했다.

"검과 마법을 모두 쓸 줄 아는 메어리 님이 역시 가장 성가셔!"

"실례군요! 레이디한테 성가시다는 말을 하다니!"

자하가 찌르기 공격을 검으로 튕겨내자 나는 후퇴하면서 항의했다. 이것도 작전 중 하나다.

"발도!"

나를 의식하고 있던 자하를 향해 교대하듯 사피나가 발도 자세로 달려들었다.

"쳇! 이쪽도 성가시네."

"어스 월."

자하가 사피나의 간격 밖으로 달아나고자 물러서자 사피나와 그의 사이에 흙벽이 솟아올랐다.

그러나 사피나는 아랑곳하지 않고 도를 뽑아 일격으로 그 벽을 갈랐다.

'돌아와.'

공격이 먹히지 않자 나는 사피나를 불러들였다. 그녀는 상대를 보면서 한달음에 내 곁으로 돌아왔다.

잠시 거리를 두고 대치하는 우리 주변에서 커다란 환호성이 터져 나왔다.

"굉장해! 검사와 마법사가 협력하여 싸우다니 처음 봤어."

"역시 하얀 희군과 카르샤나 양이야. 참으로 아름다운 연대였어."

"하지만 그 공격을 받아친 상대도 대단해. 역시 클래스 마스터들이야."

그 말들이 내 귀에도 들려서 살짝 낯이 간지러워졌다.

(자하의 방패 솜씨가 벼락치기로 준비한 것치고는 꽤 수준급

인데. 어쩌면 오랫동안 익힌 기술일지도 몰라.)

"사피나, 자하 씨의 저 방패술에 대해 아는 거 있어?"

"에렉실가는 기사로서 왕가를 지키기 위해 방패를 쓴다는 얘기를 들은 적이 있어요."

나는 앞에서 자세를 취하고 있는 사피나에게 물었다. 그녀는 이쪽을 보지 않고 대답했다.

(과연, 벼락치기로 익힌 게 아니라 그저 지금까지 쓰지 않았던 것뿐인 거였나? 게다가 저 방패는 그리 쉽게 깨질 것 같지 않네.)

"옵니다, 메어리 님!"

사피나의 목소리를 듣고 나는 생각하는 것을 멈추고서 눈앞에 집중했다. 무수히 많은 얼음 화살이 이쪽을 향해 쏟아졌다. 그 틈을 이용해 자하도 다가오고 있었다.

'특수 방어.'

""엑셀 부스트.""

나와 사피나는 동시에 가속 마법을 걸었다. 그 뒤에 사피나가 그대로 쏟아지는 얼음 화살을 향해 도를 뽑았다.

"발도, 연격."

사피나는 잔상이 보일 만큼 놀라운 속도로 쏟아지는 얼음 화살을 베어나갔다. 그 순간에도 자하가 거리를 좁혀오고 있었다.

"오버 라이트!"

우리와 자하의 사이에 강력한 섬광이 번쩍였다.

"어설퍼!"

자하가 그렇게 말하고서 방패로 눈을 보호했다.

그러나 나는 그 순간을 노리고 있었다.

"캐스트 오프!"

섬광이 사라지자마자 자하가 방패를 내렸다. 그의 눈앞에 새하얀 전신 갑옷이 서 있었다.

"잡았다아아아아!"

자하가 망설이지 않고 갑옷으로 달려들었다.

"그게 아니에요, 자하!"

검을 휘두른 자하와 마기루카의 목소리가 겹쳐졌다.

촤아아아아아앙!

자하의 공격을 받은 갑옷이 그대로 쓰러졌다. 갑옷 안은 이미 텅 비어있었다.

"아닛!"

"인법, 공선술(空蟬術)."

(후하하하핫! 이게 바로 가속 마법을 활용한 고속 탈착술이다 아아아아! 이게 가능하도록 갑옷을 개조하여 원터치로 벗을 수 있도록 연습해뒀지. 아직 불완전해서 손과 발 부분은 벗지 못했지만, 결과는 성공적이야!)

경악하여 소리를 지르던 자하가 떨어진 곳에서 소리가 들리자 그쪽으로 몸을 돌렸다.

자하의 눈에 갑옷을 벗은 나와 왼쪽으로 우회하고 있는 사피나의 모습이 비쳤을 테지.

(좋아! 자하의 발이 멈췄어. 마기루카도 놀라서 대처가 늦어. 지금이 기회야!)

'필살기!'

나는 사피나에게 그렇게 전달하고서 마법을 발동시킬 준비를 했다.

(빨리, 빨리! 자하가 움직이기 전에! 마기루카가 뭔가 하기 전에! 빨리, 내가 시작해야만 사피나가 움직일 수 있어!)

초조했다.

(표적을 향해 소닉 블레이드를 다섯 발 날려야만 해. 더욱이 상대가 움직인다면 도중에 궤도를 바꿀 수가 없어. 제자리에 멈춘 지금 말고는 기회가 없어. 사피나도 기다리고 있어. 그러니까 빨리 마법을 쏴야해!)

그러나 생각하면 생각할수록 초조해져 갔다.

지금 나는 마법을 쏘지 않으면 사피나에게 폐를 끼치고 만다는 일종의 연대책임에 휩싸이고 말았다.

(쏴야해! 빨리 쏴야해!)

"나, 나인 블레이드!"

내 외침과 함께 마법이 발사되었다.

그리고 결국 저질렀다.

다섯 발이 나가야 할 마법이 한 발밖에 나가지 않았다.

마법을 쏴야 한다는 생각에 너무 사로잡혀서 머릿속에서 다섯 발이란 걸 잊어버린 것이다.

"앗!"

"큭, 엇!"

사피나가 아무런 의심 없이 하루에 두 번밖에 쓰지 못하는 귀중한 아이템을 써서 가속했다. 그리고 마법이 한 발밖에 발사되지 않아 놀란 그녀는 추가로 가속 마법을 걸지 못하고 그저 2연격 발도만을 날렸다.

허공을 가르는 날카로운 소리와 무언가가 딱딱한 물체에 부딪치는 충격음이 주변에 울려 퍼졌다. 우리의 불완전한 필살기는 자하가 옆으로 돌린 방패와 검에 막히고 말았다.

"기회군!"

사피나를 향해 방패를 들고 있던 자하가 외치자 방패가 빛을 발하기 시작했다.

"실드 배니쉬."

도오오오오오옹!

"큭!"

자하가 외치면서 들고 있던 방패를 다가오는 사피나를 향해 휙 내밀었다.

그러자 방패에서 엄청난 충격파가 터져나왔다.

충격파를 그대로 받은 사피나는 마치 종잇장처럼 뒤쪽으로 날아가버렸다.

"사피나!"

나는 땅바닥을 나뒹굴고 있는 사피나를 그저 멍하니 쳐다보며 이름을 외칠 수밖에 없었다.

"이 녀석은 단순한 방패가 아냐. 이 녀석은 받아낸 충격을 흡수하여 축적하지. 그리고 그걸 단숨에 방출할 수가 있는 보구야."

자하가 자랑하듯 방패의 특징을 늘어놓았다. 하지만 나는 자하의 목소리가 들리지 않았다.

아니, 할 수 없었다.

그저 눈앞에 쓰러진 사피나만 응시하고 있었다.

예전에도 이런 적이 있었다.

소르오스에 있었을 때, 사피나를 다치게 했을 때도 이런 식이었다.

(내 탓이야. 내가 실수를 해서 사피나가.)

그때와 달리 과호흡 상태에 빠지지는 않았지만, 그래도 실수를 저질렀다는 죄책감이 머릿속을 가득 채웠다.

사피나가 휘청거리며 일어섰다. 그러나 그녀의 입에서는 피가 뚝뚝 떨어졌고, 수갑과 플레이트에는 금이 갔다. 그 짧은 순간에 수갑을 교차시켜 충격파를 완화한 모양이다.

'메, 메어리 님! 마기루카 씨를!'

'어?'

'어서요! 찬스예요, 전 신경 쓰지 말고요!'

사피나가 처음으로 전달 마법으로 전한 말이 내 머릿속을 휘돌았다. 나는 시키는 대로 생각하기보다 먼저 마기루카 쪽으로 달리기 시작했다.

자하는 사피나를 향해 달려가고 있다. 마기루카를 지킬 사람이 없다.

내가 마기루카를 공격한다면 자하는 그녀를 방어하러 돌아서야만 한다.

바로 그때, 나와 마기루카의 눈이 마주쳤다.

그녀의 입꼬리가 올라가는 것을 본 나는 오싹해졌다.

그와 더불어 나는 그녀를 공격하려던 찰나에 마기루카가 다칠지도 모른다는 생각을 하고 말았다. 결국, 나는 아슬아슬한 순간에 힘을 빼고 말았다.

"리벡탈의 수갑이여, 이 몸에 향상의 빛을! 나의 피를 빨아들여라!"

마기루카는 호화로운 수갑을 뻗어 주문을 힘차게 외웠다.

"맥시멈 트리플 부스트."

맥시멈 트리플 부스트는 공격력과 방어력과 속도를 동시에 올려주는 4계급 마법의 강화판이다. 마기루카가 쓸 수 있을 리가 없다. 즉 매직 아이템이다. 마기루카의 수갑과 장식품들이 피 같은 붉은색으로 빛나기 시작했다. 마기루카의 표정이 일그러졌고 수갑 사이로 피가 흘렀다.

(마기루카의 피를 빨아들여 마법 계급을 억지로 끌어올린 건가!)

그리고 내가 휘두른 검이 무언가와 부딪쳤다.

자하의 방패나 검이 아니었다.

지팡이였다.

내 검을 막아낸 것은 마기루카가 든 쓸데없이 긴 지팡이였다.

"엇?!"

"접근전이 가능한 마법사는 메어리 님뿐만이 아니랍니다!"

마기루카는 말이 떨어지기 무섭게 내 검을 쳐내고서 그대로 내 배를 향해 지팡이를 휘두르려고 했다.

내가 빠르게 뒤로 물러서자 이번에는 마기루카가 지팡이로 찌르기 시작했다.

새삼스럽게 깨달은 것인데, 그녀의 지팡이는 평범한 지팡이같이 장식이 달린 게 아니었다. 지팡이 양끝으로 타격을 가할 수 있도록 만들어져 있었다.

그래서 자하가 이쪽으로 되돌아오지 않은 것이다. 마기루카가 자신의 몸을 스스로 지킬 거라고 확신한 거다.

(그러고 보니 예전에 마기루카가 손목을 아파하던데. 설마 봉술을 연습했던 거야?)

마기루카의 공격을 피하면서 나는 그녀가 이 짧은 기간에 얼마나 노력을 기울여왔는지 깨달았다. 아직 서투르기는 하지만, 기초는 확실히 다져놓았다.

(이만하면, 됐겠지…….)

나는 발을 멈췄다.

이쯤에서 패배하자고 마음먹었기 때문이다.

"졌습……."

"그렇게 또 양보할 건가요?"

"응?"

내가 눈을 감고 항복을 선언하려는 순간, 마기루카가 낮은 목소리로 말했다. 놀란 나는 눈을 뜨고 그녀를 쳐다봤다.

마기루카는 지팡이로 찌르려다가 도중에 멈춘 채 울먹이며 나를 노려보고 있었다. 그녀가 평소답지 않게 분노를 드러내자 나는 숨을 삼키고 말았다.

"아까 검을 휘두를 때 힘을 뺐죠? 강화 마법을 걸긴 했지만, 그래봤자 제 팔 힘은 자하와 비슷한 수준이에요. 메어리 님이 휘두른 검을 제가 이렇게 쉽게 쳐낼 수 있을 리가 없어요."

마기루카가 말하자 가슴이 철렁했다. 죄책감 때문이었다.

"그, 그건……."

"그렇게…… 그렇게 저와 경쟁하는 게 싫은가요? 메어리 님?"

마기루카를 보고 싶지 않아서 시선을 돌렸던 나는 그녀의 말을 듣고 무심코 그녀의 얼굴을 쳐다봤다.

분노한 것처럼 씩씩거리던 그녀가 돌연 아주 슬픈, 아니, 울 것 같은 얼굴로 나를 쳐다봤다. 평상시의 그 늠름한 얼굴은 온데간데없이.

그 얼굴을 보니 심장이 옥죄듯이 아팠다.

"마법 공부를 할 때 메어리 님은 아주 즐거워하며 누구보다도 먼저 새로운 마법을 습득했어요. 모든 학생보다 앞서 나갔죠. 그런데 제가 쫓아가려고 할 때마다 당신은 제게 길을 양보하고서 물러나버렸어요."

"그건……."

내가 언제나 하던 행동이었다.

마법을 익히고, 구사하고, 그리고 모두의 눈에 띄지 않도록 누군가의 뒤에 숨으려고 했다. 그 누군가는 나 다음으로 마법을 습득한 마기루카였다.

"그렇게 저와 경쟁하는 게 싫은가요? 전 경쟁할 가치도 없는 마법사인가요, 메어리 님!"

나는 마기루카가 그런 식으로 생각하고 있을 줄은 상상조차 못 했다. 무엇보다 친구와 경쟁할 생각은 털끝만큼도 없었다. 내 힘은 반칙이니까……. 나야말로 경쟁할 만한 가치가 없는 사람이니까……

처음이었다. 마기루카가 이런 식으로 화내는 건.

마기루카가 지팡이를 마구 휘둘렀다. 나는 그 기세에 휩쓸려 검을 놓치고 말았다. 그녀는 더욱 격렬하게 공격을 가했다.
평상시의 우아함은 찾아볼 수가 없었다.
이성의 끈을 놓아버린 것 같았다.
시합 전에 마기루카가 봐주지 말라고 했던 말이 내 머릿속을 스쳤다.
나는 그녀를 봐주고 말았다. 그것이 마기루카의 이성의 끈을 끊어버렸다.
그녀가 아무리 어른스럽다고는 해도 아직 12살짜리 소녀라는 걸 잊고 있었다.
나는 사피나의 기대를 저버리고 말았다.
그리고 마기루카의 기대마저도 저버리고 말았다.
자기혐오를 넘어 나는 스스로에게 분노가 치솟았다.
(뭘 하는 거야! 정신차려, 메어리 레가리야!)
나는 스스로 질타하며 마기루카의 공격을 한 손으로 막아냈다.
"!"
내가 너무나도 어이없이 막아내자 마기루카는 굳어버렸다.
"미안, 마기루카. 나는 너와 경쟁할 가치가 없다고 생각하는 게 아냐. 나와 함께 걸어가는 소중한, 소중한 친구라고 생각하고 있기에 너와 경쟁한다는 생각조차 해본 적이 없었을 뿐이지. 하지만 네가 원한다면 메어리 레가리야의 힘을 잠깐 보여줄게!"

바키이잉!

나는 그대로 쥐고 있던 지팡이를 보기 좋게 부러뜨렸다.
관객석 어딘가에서 비명이 들린 것 같았지만 무시했다.
"리벡탈의 수갑이여, 이 몸에게 향상의 빛을! 나의 피를 빨아들여라!"
부러진 지팡이를 내던지고서 마기루카는 뒤로 물러나 수갑을 하늘로 쳐들었다.
"간다, 마기루카! 너의 전력을 보여줘."
나는 건틀렛을 낀 손으로 주먹을 쥐었다. 그러고는 물러나려는 마기루카와의 거리를 단숨에 좁혔다.
"소드 오브 저지먼트으으으으!"
"디바인 브레이커어어어어!"
나와 마기루카가 동시에 외쳤다.
그리고 마기루카가 쏜 빛의 검이 내 주먹에 닿은 순간 무효화 스킬 때문에 파아앗, 하고 산산이 부서졌다.
"아니!"
빛의 입자가 흩어지더니 시합장에 반짝반짝 쏟아지기 시작했다.

시합장에 있는 사람들은 무슨 일이 벌어졌는지 전혀 이해하지 못했으리라. 아니, 마법의 빛 때문에 눈이 부셔서 아무것도 보이지 않았을지도.

나는 숨을 헐떡이며 몸을 가누지 못하는 마기루카에게 다가갔다.

"네 수갑보다 내 건틀렛이 더 뛰어났던 모양이네."

나는 손에 착용한 백은의 수갑을 움직이며 말했다.

(위험했다……. 갑옷을 다 안 벗길 잘했어. 이거, 세이브지? 갑옷 덕분이라고 해명해도 통하겠지?)

그러나 이것으로 끝난 것은 아니다. 평소였다면 이쯤에서 우리가 패배한 것으로 흐지부지 시합을 끝내려고 했겠지만, 이번에는 그럴 수 없다.

마기루카는 나에게 진지하게 호소했다. 나는 그 마음에 응해주고 싶다. 그래서 이번만큼은 승리를 양보할 생각이 없었다.

(하지만 그렇다고 해서 이 상황에서 승리 선언을 하는 건 좀 그렇겠지…… 으음 어쩐다…….)

나는 내심 갈등하면서 마기루카를 쳐다봤다. 그녀도 상황을 비로소 이해했는지 냉정을 되찾은 듯했다.

"아직 계속할 수 있어, 마기루카……. 지금의 너라면 날 이, 이, 이길 수……."

"이 시합 졌어요. 메어리 님, 항복할게요."

마기루카가 고개를 조금 기울인 채 시원스럽게 웃으며 말했다.

"마기루카……."

"후훗, 이제야 후련히 이 말을 할 수 있겠네요. 메어리 님한테
도 여러모로 사정이 있었을 텐데…… 응해줘서 감사해요."

"마기루카……. 아냐, 나도……."

마기루카가 앉은 채로 정중하게 고개를 숙이자 나는 애가 탔다.

"하지만! 그건 오늘뿐입니다! 다음에는 지지 않아요. 반드시,
따라잡겠어요!"

"……응!"

마기루카는 고개를 들고서 살짝 도발적인 표정을 지었다. 나
는 일어서려고 하는 마기루카에게 손을 내밀었다. 그리고 그녀
는 내 손을 잡고 일어났다. 그와 동시에 조용했던 주변에서 환
호성이 터졌다.

그건 마치 시합 종료를 알리는 신호 같았다.

시합이 끝나고, 전쟁의 천사의 가호가 사라지던 그때, 나는
환호성 속에 섞인 속삭임을 듣고 말았다.

"지금이야, 시작해!"

직후 시합장으로 무언가가 날아왔다.

그것이 야구공만한 반짝거리는 크리스털이라는 걸 알아챈
순간.

(어? 뭐지?)

"메어리 님, 떨어지세요!"

내 옆에 있던 마기루카가 나를 밀쳐냈다.

영문도 모른 채 나는 밀쳐지는 대로 그곳에서 떨어졌다.

"꺄아아아아!"

그리고 내 눈앞에서 마기루카가 비명을 질렀다. 그녀를 감싸듯 마법진이 전개되더니 주변에서 마법 스파크가 작열했다.

 21 모두를 믿고

  나는 그 광경을 미처 이해하지 못했다.

  마기루카가 허공에 뜬 크리스탈에서 뿜어져 나오는 스파크에 휘감긴 채 비명을 지르고 있었다. 바로 눈앞에서.

  그녀가 착용한 장신구들이 빛을 잃고 쩍 갈라졌다. 그와 동시에 크리스탈의 빛이 더욱 강해져 갔다.

  "마…… 마기루카……!"

  내 목소리가 떨리는 게 느껴졌다. 그러나 눈앞의 광경이 머릿속에 꽉 들어차서 정리되지 않았다.

  그리고 마기루카가 비명을 멈추고서 고개를 축 늘어뜨리자 나는 비로소 상황을 판단할 수 있었다.

  "마기루카아아아아!"

  나는 마법진 따원 아랑곳하지 않고 달려갔다. 그러고는 마기루카를 끌어안고서 마법진 밖으로 나왔다. 그러자 격렬하게 일던 스파크가 멎더니 마법진의 빛이 안정되었다.

  "마, 말도 안 돼! 의식을 치르는 도중에 데리고 나가다니!"

  시합장 안에서 그런 목소리가 들렸지만, 지금 나는 그런 걸 신경 쓸 겨를이 없었다.

  "마기루카! 정신 차려. 제발, 눈을 떠!"

  나는 제자리에 주저앉아 끌어안고 있던 마기루카를 살짝 내려놓고서 그녀의 몸을 세차게 흔들었다.

"윽……."

이윽고 마기루카가 고통에 겨워하며 얼굴을 찡그렸다. 감겨 있던 눈꺼풀이 살며시 떠졌다.

"……메, 메어리…… 님…….."

"다…… 다행이다…….."

나는 기쁜 나머지 눈물을 흘리고 말았다.

마기루카의 얼굴은 새파랬다. 명백하게 피폐해진 상태였다. 저 크리스탈이 그녀의 마력을 빨아들인 거다. 마력이 담긴 그녀의 장신구가 전부 부서진 것만 봐도 알 수 있었다.

마력이 급격하게 줄면 고갈 상태에 빠진다. 이대로 놔두면 죽을 수도 있다. 예전에 선생님이 알려준 내용이 떠올라 나는 소름이 돋았다.

(이대로는……!)

나는 무시무시한 생각을 떨쳐내고자 마기루카를 꼬옥 끌어안고서 체온을 확인했다.

"아직이야! 조심해, 메어리 님!"

자하의 목소리를 듣고 나는 뒤에 있는 마법진을 돌아봤다.

마법진은 지금도 빛을 발하고 있었고, 크리스탈도 허공에 머물러 있었다.

그 순간 크리스탈이 파아아앙! 하고 산산이 부서져 마법진에 쏟아졌다. 그러자 마법진이 발하는 빛이 더욱 강해졌다. 그리고 그 중심에서 무언가가 나오기 시작했다.

"뭐야…… 저건……."

마법진에서 이해할 수 없는 물체가 나오자 나는 무심코 중얼거렸다.

아니, 본 적이 있다. 실물을 본 적은 없지만, 영상은 본 적이 있다. 지금 그것이 마법진 속에서 떠올랐다.

저건 사람의 뇌다.

투명한 피막에 뒤덮인 그것은 사람의 뇌와 몹시 흡사했다.

그러나 사람의 뇌와는 비교도 되지 않을 만큼 거대했다. 그 아래에는 두 개의 눈알이 있었고, 척추인지 장기인지 모를 것들이 촉수처럼 꿈틀대고 있었다.

또한, 머리 위로는 날개처럼 생긴 빛의 고리를 두 개가 찬란하게 빛나고 있었다.

그 광경은 위화감을 넘어 엽기적인 수준이었다.

"쳇! 마력이 부족해서 불완전하게 소환됐어!"

"뭐, 됐어. 나오기만 하면 충분해. 그대로 폭주시켜. 그 틈에 우리는——."

그런 목소리가 귀에 들리자 나는 제정신을 차렸다. 그리고 그 괴물과 눈을 마주쳤다. 그 순간 축 늘어져 있던 촉수 같은 것들이 우리를 향해 일제히 밀어닥쳤다.

나는 순간적으로 누워있는 마기루카의 몸을 끌어안아 감쌌다. 그 순간 무언가가 금속에 부딪히는 소리가 연달아 울렸다. 고개를 들어보니 자하가 방패로 괴물의 공격을 막고 있었다.

"실드 배니쉬!"

자하가 외치자 도오오오오옹, 하고 충격음이 울리더니 괴물의 촉수가 튕겨 나갔다.

"메어리 님은 마기루카를 데리고 달아나! 시합장에 있는 사람들이 모두 피난할 때까지 내가 미끼가 될게!"

자하는 방패를 든 채 괴물을 노려보며 말했다.

괴물이 재차 공격을 가했다.

괴물은 주변에 여러 개의 마법진을 만들더니 공격 마법을 마구 퍼붓기 시작했다.

우리에게 날아오는 마법은 자하가 검과 방패로 막아주었지만, 그 밖의 공격들은 시합장에 그대로 쏟아졌다. 시합장은 패닉 상태에 빠졌다.

"크, 크라우스 님은?!"

나는 든든한 기사들을 떠올리고서 물었다.

"크라우스 님과 기사님들은 왕비님과 왕자님을 우선 피신시키고 있습니다. 지금은 그게 최우선이니 저희가 시간을 벌어야 해요."

사피나가 튜테의 부축을 받으며 내 곁으로 다가왔다. 사피나는 지금 가슴에 손을 댄 채 휘청거리고 있었다.

"사피나! 다친 데는 어때?"

"시합이 끝난 직후에 회복 마법을 받았습니다. 소란이 벌어지는 바람에 도중에 중단되기는 했지만 괜찮아요. 거의 다 치료됐으니까."

방긋 웃은 사피나의 이마에서 식은땀이 뚝뚝 떨어졌다. 회복 마법을 받았다고는 하지만, 아무 일도 없었다는 듯이 훌훌 털고 곧바로 움직일 수 있을 리가 없었다. 그녀가 무리하고 있는 것이 눈에 뻔히 보였다.

"여긴 저희한테 맡기고 메어리 님은 마기루카 씨를 데리고 도망치세요."

평소였다면 그 말을 순순히 따랐을 것이다. 그러나 지금은 그럴 수 없었다.

"무슨 소리야! 피할 거면 다 같이 가야지! 그럴 수 없다면 나도 싸울 거야."

"그럼 마기루카는 어쩔 거야? 땅바닥에 내팽개칠 거야?"

"그, 그건, 앗, 튜테가 들쳐 메고 도망치면."

내가 외치자 자하가 이내 딴죽을 걸었다. 나는 사피나를 부축하고 있는 메이드를 쳐다봤다.

"저기요…… 사람을 짐짝 취급하지 마세요. 저는 후툴리카가의 영애예요. 걸림돌이 될…… 생각은 없어요."

내 품에 안겨있던 마기루카가 고개를 힘겹게 들어 올리고서 일어서려고 했다. 나는 조마조마한 마음으로 그 모습을 지켜봤다.

"그래서 어쩔 셈이야? 우리가 할 수 있는 일은 뻔해. 그리고 방패가 더는 못 버틸 것 같아."

아까 전부터 빗발치는 공격을 계속해서 막아내던 자하가 초조한 듯 말했다. 아니, 아무리 위력이 작다고는 해도 저렇게 마법을 쉴 새 없이 날리는 저 괴물은 대체 뭐야? 내가 배운 몬스터 중에 저런 건 없었다고!

"지금은 메어리 님과 사피나 씨의 필살기에 도박을 걸어보죠."

"어?"

튜테의 부축을 받으며 선 마기루카가 말하자 나와 사피나는 동시에 반응했다. 아까 보기 좋게 실패한 기억이 떠올라 내 얼굴이 파래졌다.

"혼신의 힘으로 나인 블레이드 크로스를 날리면 저 괴물을 어떻게든 처리할 수 있을지도 몰라요."

"필살기라니 아까 그거? 나도 막아낸 기술인데 괜찮으려나?"

"그건…… 저기…… 실패한 거라……."

사피나가 말하자 자하가 가차 없이 지적했다. 그러자 사피나가 미안해하며 대꾸했는데, 나는 그 말을 듣고 몸을 흠칫 떨었다. 온몸에서 피가 빠져나가는 기분이었다.

"가속 아이템은 앞으로 한 번밖에 쓸 수 없어요. 저도 어떻게든 움직일 수 있을 것 같고요. 이번에는 실패하지 않습니다. 그렇죠, 메어리 님?"

"그렇다면……."

사피나가 나를 보면서 말하자 자하가 나를 힐끔 본 뒤 다시 괴물을 쳐다봤다. 그리고 나머지 사람들도 나를 쳐다봤다. 그 순간 심장이 옥죄듯이 아팠다.

압박감이 느껴졌다.

(어, 어쩌지? 모두의 기대에 부응하고 싶어. 하지만 또 실패하면 어쩌지……. 아니, 왜 약한 소리를 하는 거야. 정신 차려. 난 메어리 레가리야 공작 영애야!)

나는 눈을 감고 심호흡을 크게 한 뒤 다시 눈을 뜨고 모두를 쳐다봤다.

"알겠어."

목소리가 작긴 했지만, 똑바로 대답이 나와서 나는 내심 안도했다.

"다만 한 가지 문제가 있어. 마법을 발동하는 데 시간이 조금 필요해. 그러니 저 녀석이 움직이지 못하도록 해줬으면 해. 무모한 부탁이라는 건 알지만……."

"문제없어요. 저와 자하가 틀어막겠어요. 그러니 메어리 님은 저희를 믿고 마법을 써주세요."

"마기루카……."

저 괴물의 발을 묶어달라는 무모한 부탁에도 마기루카는 평소처럼 냉정하게, 그리고 상냥하게 웃으면서 대답했다. 그에 호응하듯 사피나가 내 손을 꼬옥 쥐었다.

"괜찮아요. 우리를 믿으세요."

(……믿는다.)

그 말이 연약한 내 마음에 불을 지폈다.

(모두를 믿고서 집중한다.)

그 말이 불을 더욱 크게 키웠다.

나는 모두를 둘러본 뒤 고개를 힘차게 끄덕였다.

"쓰러뜨리자! 다 함께!"

내가 외치자 모두 고개를 끄덕였다.

"아가씨……."

내가 등을 쭉 펴고서 고개를 들자 튜테가 땅바닥에 떨어진 내 검을 주워 내밀었다.

"……힘내세요……. 괜찮아요, 아가씨라면 할 수 있어요……."

튜테가 내 귀에만 들리도록 중얼거렸다. 그녀는 살짝 떨리는 내 손을 내려다보고 있었다.

내 비밀을 잘 아는 그녀는 내 마음이 연약하다는 것도 잘 알고 있다. 그래서 염려가 되어 용기를 북돋아 준 것이다.

그녀의 상냥한 마음씨가 아주 기뻤다.

"고마워. 나 힘낼게."

검을 받아든 나는 활짝 웃으며 튜테의 귀에만 들리도록 속삭였다.

우리는 다시 괴물과 대치했다.

가장 앞에는 자하, 그 뒤에 사피나, 그 바로 뒤에는 나, 가장 뒤에는 튜테의 부축을 받으며 겨우 서 있는 마기루카가 있었다.

괴물은 우리를 신경 쓰지 않는지 닥치는 대로 공격을 하고 있었다. 시합장은 점점 혼란의 도가니 속으로 빠져들고 있었다.

카리스 선배가 이끄는 졸업생 부대가 공격을 가했지만, 위력이 부족한지 피막에 흠집이 좀 났을 뿐 전혀 통하지 않았다.

마법도 날려봤지만 괴물은 마법으로 상쇄하든가 피해버렸다. 그 어떤 공격도 통할 것 같지 않았다.

"근데, 어쩔 셈이야? 난 지시에 따를게."

"자하 씨는 저 괴물을 공중에서 끌어내려 주세요. 그럼 제가 마법으로 저걸 꽁꽁 묶어두겠어요. 그 뒤에는 메어리 님과 사피나 씨가 끝장을."

가장 뒤에서 마기루카가 지시를 내리자 우리는 일제히 고개를 끄덕였다.

"자, 간다!"

"좋았어어어어!"

내가 외치자 자하가 울부짖었다. 그리고 그는 망설이지 않고 괴물을 향해 돌격했다.

(집중, 집중. 소닉 블레이드를 다섯 발 날리는 장면을 상상하며…… 냉정하게…… 냉정하게.)

시합 때와 달리 지금 나는 냉정했다.

(모두 시간을 벌어줄 거야. 나는 내 역할에만 집중하면 될 뿐!)

"카리스 선배, 물러서세요! 이쪽에서 공격합니다!"

자하가 전투를 벌이고 있는 선배들을 뒤로 물렸다.

자하의 기백에 반응했는지 괴물이 그쪽을 향해 공격을 가했다. 그는 괴물의 공격을 검과 방패로 막으며 더욱 거리를 좁혔다.

"어스 월!"

마기루카가 힘차게 외치자 자하의 바로 앞에 흙벽이 솟았다. 자하는 예상했다는 듯이 그것을 발판으로 삼았다. 아마도 전달 마법으로 타이밍을 알려줬겠지.

자하는 괴물보다 더욱 높이 뛰어올라 괴물을 향해 몸을 날렸다.

물론 잠자코 지켜볼 괴물이 아니었다. 괴물은 더욱 세차게 공격을 퍼부었다. 그러나 자하는 방패로 그 모든 것을 막아냈다. 방패 군데군데에 금이 가기 시작했다.

"지금껏 네가 날린 공격을 고스란히 돌려주마! 쉴드 배니쉬!"

자하가 외치자 방패가 빛났다. 그리고 엄청난 충격파가 괴물의 머리 위로 쏟아졌다. 땅바닥이 파이더니 괴물이 충격파를 견뎌내지 못하고 땅바닥에 처박혔다. 그와 동시에 방패가 쩍 갈라져 부서졌다.

"마기루카아아아아!"

허공에서 충격파를 쏜 바람에 몸을 어딘가에 지지할 수 없었던 자하가 충격파의 반작용으로 뒤로 날아가버렸다. 그는 날아가면서도 다음 사람에게 배턴을 넘기듯 외쳤다.

마기루카는 튜테에게서 떨어져 땅바닥에 처박힌 괴물을 노려

봤다.

"리벡탈의 수갑이여, 이 몸에게 향상의 빛을! 나의 피를 빨아들여라!"

마기루카가 높이 쳐든 수갑이 빛나기 시작했다.

"사우전드 크리스탈 엣지!"

마기루카가 외치자 괴물 아래 마법진이 나타나더니 수십 개의 굵고 기다란 얼음 가시가 확 솟아났다.

얼음 가시는 그대로 괴물과 함께 얼어붙으며 괴물을 땅바닥에 묶어두었다.

"바로 지금이에요. 메어리 님, 사피나 씨!"

마기루카가 우리에게 배턴을 넘겼다.

"간다! 사피나!"

"옙! 메어리 님!"

우리는 마기루카의 목소리에 호응하듯 큰소리로 외쳤다.

"나인 블레이드!"

나는 힘차게 외치고서 검을 힘껏 치켜들었다.

"가속!"

내가 치켜든 검의 궤적에서 방출된 파동이 다섯 개로 나뉘어 포물선을 그리며 목표를 향해 날아갔고 사피나가 그 뒤를 쫓듯 달려가기 시작했다.

괴물이 눈알을 돌려 사피나를 쳐다봤지만, 괴물의 눈은 사피나를 볼 수 없었다.

"크로스!"

사피나의 목소리에 맞춰 귀를 틀어막고 싶어질 만큼 날카로운 소리가 키이이잉! 하고 시합장에 울려 퍼졌다. 그리고 뒤늦게 충격파가 밀려왔다.

나는 무심코 눈을 감아버렸다.

몇 초 뒤 그토록 시끄러웠던 주변이 정적에 휩싸였다.

나는 눈을 슬며시 눈을 떴다.

가루가 된 무언가가 빛의 입자가 되어 사라져가는 광경을 발도한 채 지켜보는 사피나가 눈에 들어왔다.

"해낸 건가…… 어이쿠, 안 되지, 안 돼. 이상한 플래그를 세울 뻔했네."

나는 불쑥 튀어나온 말을 삼키고서 뒤에 있는 마기루카를 돌아봤다.

마기루카는 다시 튜테의 부축을 받으며 서 있었다.

그녀의 얼굴은 대단히 초췌해져 있었다. 무리했음을 알 수 있었다. 그래도 그녀는 웃으면서 나를 보고 고개를 끄덕여주었다.

"메어리이이 니이이이임! 해냈어요오오오오!"

뒤에서 환희에 찬 목소리가 들리더니 사피나가 태클을 날리듯 나에게 뛰어들었다. 긴장감이 풀려 몸에서 힘을 빼버린 나는 사피나를 받아내지 못하고 그대로 앞으로 고꾸라졌다. 그리고 앞에 있던 마기루카와 부딪치고 말았다.

""""우꺄아아아!""""

세 사람이 동시에 귀여운 비명을 질렀다. 나와 사피나에게 휩쓸린 마기루카가 보기 좋게 도미노처럼 쓰러지고 말았다. 참고로 튜테는 몸을 옆으로 홱 빼서 불상사를 피했다. 이 자식, 튜테.

"아이 참, 사피나 씨, 너무 까불었어요."

"에헤헤, 죄송해요."

가장 아래에 깔린 마기루카가 항의하자 가장 위에 있는 사피나가 살짝 부끄러워하며 사과했다.

참고로 지금 나는 마기루카의 가슴 쿠션을 만끽하는 중이었다.

"……부드러워……."

그대로 얼굴을 비비며 즐겼다.

"잠까아아안, 잠깐만요. 메어리 님, 무슨 짓이에요오오오!"

아까 전까지 낯빛이 나빴던 튜테가 돌연 귀까지 새빨개져 나를 쳐다봤다.

"참 활기차네…… 너희들……."

넝마가 된 방패를 질질 끌고서 우리 곁으로 다가온 자하가 어이없다는 얼굴로 말했다.

(아아, 지친다……. 엄청 피곤해. 주로 정신이……. 좋은 베개도 있으니 이제……. 안 돼, 안녕히 주무세요…….)

긴장의 끈이 완전히 풀린 나는 그대로 잠이 들고 말았다.

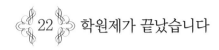
22 학원제가 끝났습니다

눈을 뜨니 낯선 천장이 보였다. 주변은 어두웠다. 순간 무슨 상황인지 이해가 되지 않아서 천장만 멍하니 쳐다봤다.

"깨어나셨어요? 아가씨."

근처에서 튜테의 목소리가 들렸다. 나는 안심하여 목소리가 들린 쪽으로 고개를 돌렸다.

"여긴?"

"학원 의무실이에요. 그 뒤에 아가씨께서 잠드시는 바람에 이쪽으로 모셔왔습니다. 다른 분들께서 아가씨께서 또 무리한 바람에 쓰러진 게 아니냐며 크게 당황하셨어요."

튜테가 내 윗몸을 일으킨 뒤 컵에 물을 따라주었다.

"고마워. 아, 그래서 다들 뭐 하고 있어?"

나는 물을 홀짝이면서 주변을 둘러봤다. 침대에 누워있는 사람은 나밖에 없었다.

"자하 님과 사피나 님은 치료를 받으신 뒤에 전하의 만류에도 학원제에 복귀하셨습니다. 마기루카 님도 조금 전에 깨어나셨는데 마찬가지로 복귀하셨어요. 모두 나중에 아가씨의 상태를 보러 오겠다고 말씀하셨습니다."

"그, 그래……."

"다들 야무지시더라고요. 그에 비해 다친 데가 하나도 없는 아가씨께서는 여태껏 푹 주무셨고…….”

튜테가 눈을 반쯤 뜨고 말하자 나는 귀가 따가워서 시선을 돌리며 물을 마셨다.

“그, 그보다 학원제는 계속 진행 중이야? 그렇게 큰 소동이 벌어졌는데?”

“예. 왕비님께서 기껏 흥행시킨 학원제를 이대로 끝내서는 안 된다면서 뒷일은 어른들한테 맡기고 신나게 즐기라고 말씀하셨어요. 그러고는 후야제 댄스파티가 잘 치러지도록 여러모로 원조를 해주셨죠. 지금은 전하를 중심으로 한창 진행 중이에요. 멋진 의상도 있고, 요리도 호화로워서 모두 신나게 즐기고들 계세요.”

“그런 소동을 겪었는데도 다들 활기차네.”

“다행히도 아가씨를 제외하고 다들 회복 마법으로 치유할 수 있는 수준의 경상만 입었거든요. 다른 분들도 이런 식으로 학원제를 끝내고 싶지 않았겠죠. 마지막에는 즐겁게 끝내고 싶지 않을까요?”

“그럴지도 모르겠지만…….”

나는 씁쓸한 표정으로 물을 마셨다.

“실례이긴 하지만 솔직히 안도했어요. 그 필살기가 실패했다면 최악의 경우에는 아가씨의 비밀을 만천하에 보여줘야만 하는 상황이 벌어졌을지도 모르니까요. 어쩌면 새로운 백은의 영웅 전설이 시작되었을지도.”

"큽!"

튜테의 말을 듣고 나는 마시던 물을 뿜어낼 뻔했다. 솔직히 그때 분위기에 휩쓸렸던 나는 그 가능성을 전혀, 요만큼도 염두에 두지 않았었다. 차라리 내가 혼자 돌격했다면 다들 고생할 필요가 없었을 텐데. 그걸 깜빡한 자신이 한심해서 모두를 볼 면목이 없었다. 하지만 한편으로는 튜테가 말한 최악의 사태는 피해서 안심했다. 나는 참 박정하네.

"아, 그리고 말이죠. 이번에 세운 공훈으로 아가씨, 마기루카 님, 자하 님, 사피나 님한테 포상이 나온다고 합니다. 자세한 건 나중에 말씀해주신대요."

"어. 진짜?! 혼자 포상을 받으러 가지 않아서 다행이네. 아싸!"

그 낭보를 들으니 침울했던 기분이 싹 사라지고 신이 났다.

(오예! 이번에는 공훈자 중 한 사람으로 취급을 해줬구나. 나 혼자만 받는 줄 알고 이제 끝장이구나 싶었는데! 신이시여 아직 절 버리지 않으셨군요! 고맙습니다, 신님! 아직 아슬아슬하게 세이프인 거죠?)

내가 마음속으로 신께 감사를 올리고 있으니 의무실 문이 조용히 열리더니 밖에서 모두가 들어왔다.

"앗, 메어리 양이 깨어났나 보군."

왕자님을 선두로 일행들이 안도한 얼굴로 다가왔다.

"앗, 아, 레이포스 님."

내가 황급히 튜테에게 컵을 건네고서 침대에서 나오려고 하자 왕자님이 손을 뻗어 제지했다.

"무리하지 말아. 뭐, 다들 듣질 않았지만."

왕자님이 못 말리겠다는 표정으로 뒤에 있는 친구들을 둘러 봤다. 나도 덩달아 모두를 둘러봤는데 도중에 두 가지 위화감을 느꼈다.

"건강해 보여서 다행이야."

"예, 걱정을 끼쳐드렸습니다. 그런데 자하 씨는 왜 뾰로통하고 있는 거죠?"

자하가 무슨 영문인지 불쾌해 보였다.

"아아, 신경 쓸 거 없어요. 메어리 님과 사피나 씨의 필살기를 보고서 그런 걸 자기한테 썼다고 저러는 겁니다."

내가 질문하자 마기루카가 어이없다는 얼굴로 대답했다.

"아아, 그런 괴물을 쓰러뜨릴 만한 위력이 있는 기술을 위험 천만하게도 자하 씨한테 썼으니."

나는 미안해서 고개를 숙이려고 했다.

"아하하핫! 아니다, 백은. 이 녀석은 그만한 기술을 봐준답시고 일부러 실패한 게 아니냐고 토라진 것뿐이다. 완전한 기술을 정면으로 받아보고 싶다고 하더군. 참으로 간이 큰 녀석이야."

토라져 있는 자하의 등을 팡팡 때리는 메이드가 하나 있었다.

그렇다, 두 번째 위화감은 이 호탕한 메이드였다.

"그거 진짜 실패한 거야? 사피나도 그러던데. 진짜 봐준 거 아니지? 메어리 님."

등을 얻어맞고 앞으로 나온 자하가 아직도 뾰로통하며 나를 쳐다봤다.

(진짜 이 전투민족 같으니. 내 걱정을 돌려줘.)

"그건 진짜 실패한 거예요. 봐줄 생각 따윈 털끝만큼도 없었다고요."

내가 말하자 자하는 "그럼 됐어." 하고 다시 웃음을 지었다.

"기분전환이 참 빠른 놈이로구나. 허나 마음에 들었다. 남자가 지나간 일로 구질구질하게 굴면 못 쓰는 법이지."

그나저나 이 메이드는 왜 여기 있는 거지?

"그런데 당신은 왜 이곳에 있는 건가요?"

나는 참지 못하고 메이드 옷을 입고 있는 공주님에게 물었다.

"아, 맞다. 메어리 님의 메이드는 여러모로 특이하더라고. 뭐라고 해야 하나, 친밀감이 느껴진다고 해야 하나? 메어리 님 취향이야?"

내 말을 듣고 자하 씨가 멋대로 끄덕이며 말했다.

"""어?"""

나와 마기루카, 왕자님이 자하를 쳐다봤다. 사피나는 이해를 못 하고 고개를 갸웃거리고 있었다. 다들 자하가 그녀의 허락을 받고 이런 태도를 보인다고 생각했던 모양이다.

"……잠깐, 자하 씨. 설마 이분을 제 메이드라고 생각한 건가요?"

"응, 뭔가 메어리 님 이야기를 신나게 하길래 나는 메어리 님의 새로운 메이드인 줄 알았는데?"

나는 아무것도 모르는 자하의 행동에 전율했다. 나는 부들부들 떨리는 손으로 그녀를 소개했다.

"저분은 레리렉스 왕국의 왕녀이신 에밀리아 레리렉스 님이에요. 제 메이드가 아니고요."

"""어?"""

"오오, 내가 소개를 하지 않았던가? 미안, 미안. 손에 땀을 쥐게 하는 전투를 보여준 주역이라서 들뜬 마음이 앞서 소개도 깜빡하고 말을 걸어버렸구나. 으하하하."

내 말을 듣고 자하와 사피나가 굳어버렸다. 에밀리아는 그런 자하의 등을 또다시 팡팡 때리며 웃었다.

(아, 사피나도 내 메이드인 줄 알았구나.)

나는 한숨을 내쉬고서 튜테가 들고 있는 물컵을 받았다. 그쪽으로 시선을 돌리니 튜테가 이마를 벽에 대고서 고개를 숙이고 있었다.

"메어리 님의 메이드는 특이하다……. 나도 특이하다……. 이상한 메이드……."

(아아, 튜테가 자하의 말에 충격을 받아버렸나 봐. ……지금은 내버려 두자.)

"죄, 죄송합니다. 왕녀님이신 것도 모르고 무례한 발언을."

동결 상태에서 회복된 자하가 황급히 고개를 깊이 숙였다. 뒤이어 사피나도 고개를 숙였다. 그녀는 아무 말도 하지 않았지만, 그런 생각을 품었다는 걸 사과하는 거겠지.

"하하, 됐다, 됐어. 개의치 마라. 지금 난 대단히 기분이 좋다. 그대들이 새로운 장난감──어흠! 재밌을 것 같──어흠! 여, 여하튼 개의치 마라. 난 그대들이 싸우는 모습을 보고 마음에 들었노라."

말 속에 불온한 단어가 섞여 있는 것 같았지만, 아무래도 저 말괄량이 공주님은 우리를 마음에 들어 하는 모양이다. 어쩐지 파란만장한 앞날이 기다리고 있을 것 같은 예감밖에 들지 않는데.

"저한테서 잔뜩 겁에 질려 도망쳤으면서……."

"응? 아아, 그거? 그건 내가 오해를 했다. 용서해라. 백은의 기사의 갑옷 안에 내용물이 있다니, 그럴 리가 없지! 그대는 하얀 악마가 아니다. 그러니 내가 겁을 먹을 필요도 없지!"

(아, 그러세요? ……이제 아무래도 좋으니 왕비님, 저 사람을 빨리 회수해주세요.)

내가 불쑥 흘린 말을 듣고 에밀리아는 의기양양한 얼굴로 말했다. 나는 깊이 생각하지 않고 그저 헛웃음으로 넘기기로 했다.

"어, 그럼, 메어리 양. 지금이라도 학원제의 마지막에 모두한테 얼굴을 보여줬으면 고맙겠군."

왕자님이 화제를 억지로 돌리고자 나에게 손을 내밀었다.

"예, 마지막 정도는 함께 하겠습니다."

갑자기 피곤이 몰려오는 느낌이 들었지만, 나는 왕자님이 내민 손에 손을 포개고서 침대에서 나갔다.

그리고 우리는 파란만장했던 학원제의 끝을 고하고자 행사장으로 향했다.

폐막

후야제가 끝을 맞이하려고 할 즈음, 별난 조합이 행사장 밖, 인적이 드문 정원에서 이야기를 나누고 있었다.

"크으~ 꽤 재밌는 축제였다, 왕자. 그대가 기획했다고 들었는데 솜씨가 제법이야."

"아뇨, 제가 책임을 맡기는 했지만, 발안자는 메어리 양입니다. 에밀리아 공주."

"오호, 그 아가씨가……."

에밀리아는 무언가가 떠올랐는지 씨익 웃었다. 그녀의 모습을 바라보고 있던 왕자가 못 말리겠다는 표정으로 가볍게 한숨을 내쉬었다.

"에밀리아 공주, 하나 물어봐도 되겠습니까?"

"뭐지?"

왕자가 갑자기 진지한 표정을 짓자 에밀리아는 희한하다는 표정으로 되물었다.

"어마마마와 함께 귀하를 노렸던 그 집단. 그리고 시합장에서 소동을 일으킨 그 괴물. 귀하는 그들이 누군지 짐작 가는 바가 있지 않습니까?"

몇 분 동안 침묵이 흘렀다. 에밀리아는 까불거리던 표정을 지우고서 메어리 앞에서 보인 적이 없는 의연한 표정을 지었다.

"억측이긴 하지만, 나까지 공격하려 했으니 그 소국의 과격파가 숨어든 게 아닌가 싶다. 그 녀석들은 우리를 눈엣가시처럼 여기고 있으니까…… 아니, 지금 한 말은 잊어다오. 증거도 없고. 일단 우리도 조사에 협력할 테니 보고를 기다리거라."

"하지만……."

왕자가 물고 늘어지려고 하자 에밀리아는 웃으면서 그의 등을 때렸다.

"그렇게 서두르지 마라. 뒷일은 어른한테 맡기고 그대들은 그대들의 할 일을 하도록. 저길 봐, 모두가 찾고 있군."

에밀리아가 턱짓을 한 방향을 보니 왕자의 든든한 동료들이 그를 찾고자 주변을 두리번거리고 있었다. 그중에서 의연한 척 굴면서도 어쩐지 불안해하는 백은의 영애를 보고 왕자는 웃음을 훗, 하고 흘렸다.

"……알겠습니다. 지금 할 수 있는 일에 집중하겠습니다."

"으음. 아~ 나도 여러모로 일을 저질렀으니 가봐야겠군. 그게 싫어서 도망친 건 아니지만……. 하아~ 이리샤 얼굴을 보기가 무섭네……."

"……그건 자업자득이 아닐까요."

에밀리아가 어깨를 축 늘어뜨리며 곤혹스러워하자 왕자는 그녀에게 인사를 하고서 동료들이 있는 곳으로 돌아갔다. 그리고는 행사장에 모인 사람들을 향해 파란만장했던 학원제의 폐막을 크게 선언했다.

처음 뵙는 분도, 오랜만에 뵙는 분도 잘 지내셨습니까. 이번에 「아무래도 내 몸은 완전무적인 것 같아요」 2권을 읽어주셔서 진심으로 감사합니다.

안녕하세요, 챠츠후사입니다.

이 책을 손에 들어주신 분들께 진심으로 감사드립니다. 이렇게 2권이 무사히 발매된 것은 모두 독자 여러분들 덕분입니다.

자, 2권입니다, 2권이요. 1권이 발간됐을 때는 하늘을 날듯이 기뻤는데 벌써 2권이 나왔습니다. 여러분께 보내드릴 수 있어서 기쁘기 그지없습니다.

돌이켜보면 자타공인 글 쓰는 게 느리기로 유명한 제가 한 해에 이렇게 1권과 2권을 집필한 것은 처음이었습니다. 솔직히 예정일까지 두 권 분량을 집필할 수 있을지 조마조마했습니다. 실제로 2권 마감일이 얼마 남지 않았는데도 분량을 다 채우지 못한 건 비밀입니다.

하지만 쓰면 쓸수록 저걸 쓰고 싶다, 이걸 쓰고 싶다는 유혹에 빠져 이야기가 점점 부풀었습니다. 이야기의 끝이 멀어져갔습니다, 하하하.

'넌 마감일까지 집필을 끝낼 생각이 있는 거냐!!' 하고 마음속으로 고민하기도 했었죠. 참 좋은 추억입니다.

결국, 완성도를 위해 편집자님께서 가필 수정을 해주셨고, 우쭐해진 저는 분량을 더욱 늘려버렸죠.

그래서 완성하고 보니 1권보다 장수가 늘었습니다.

이제는 여러 가지 의미로 조금 여유를 갖고 싶네요.

뭐, 악전고투를 겪었지만, 그럭저럭 괜찮은 수준으로 2권이 완성된 것 같습니다. 여러분들께서 즐겨주셨다면 다행이겠습니다.

이것으로 저도 봉인해두었던 모 온라인 대전 게임을 마음껏 플레이할 수 있습니다. 브라보~!

그렇게 생각했는데 꾸준하지 못해서 그랬던 걸까요? 그저 제 실력이 부족해서 그랬던 걸까요? 나 원 참, 처참했습니다.

한숨조차 나오지 않을 만큼 두 자릿수 연패를 기록하고 나니 헛웃음밖에 나오지 않더군요, 하하하.

하지만 포기할 수 없습니다! 승리는 끈기 있는 자의 것! 언젠가 승리를! 그렇게 생각한 뒤에도 한 달 넘게 승리를 거두지 못했습니다.

이제는 몇 연패를 했는지조차 헤아릴 수가 없습니다. 하하하.

그래도 밤을 겪지 않고 뜨는 해는 없는 법.

이겼습니다! 결국 그토록 바라던 승리를 거두었습니다! 만세!

크으~ 기쁘구나, 기뻐. 그 순간 달성했다는 느낌이 들었습니다.

작중에서도 메어리 님이 '포기하면 그 순간이 바로 시합 종료예요.'라고 말했죠. 요즘에 그 말이 참 좋다는 걸 새삼스레 실감했습니다.

자, 이야기가 길어졌습니다. 이쯤에서 이 작품이 나오기까지 도와주신 분들께 감사 인사를 드리겠습니다.

1권뿐만 아니라 2권도 편집을 맡아주신 마이크로 매거진 여러분, 헤매는 저를 인도하듯 여러모로 조언을 해주신 편집자 I님, 진심으로 감사합니다.

그리고 이번에도 멋진 일러스트로 이야기를 장식해주신 후미님, 진심으로 감사합니다. 표지에 그려진 멋진 메어리 님을 보고 눈이 휘둥그레져 무심코 눈알이 빠지지 않았는지 확인하고 말았습니다.

또 작품 속 캐릭터들이 의상을 맞춰 입고 있는 광경을 보니 감개무량했습니다. 컴퓨터 바탕화면으로 설정해두고서 매일 고마워요~, 하고 떠받들고 있습니다.

마지막으로 이 책이 출판될 수 있도록 애써주신 모든 분, 응원해주셨던 독자 여러분, 무엇보다 이 책을 들어주신 여러분, 진심으로 감사드립니다.

그럼 다음 권에서 여러분들을 다시 뵐 수 있기를 꿈꾸면서 이만 실례하겠습니다.

Douyara Watashino Karadawa Kanzenmuteki No Youdesune Vol.2
©2017 by Chatsufusa
First published in Japan in 2017 by Chatsufusa.
Korean translation rights reserved by Somy Media, Inc.
Under the license from MICRO MAGAZINE, INC. Tokyo JAPAN

아무래도 제 몸은 완전무적인 것 같아요 2

2019년 9월 25일 1판 1쇄 인쇄
2019년 10월 1일 1판 1쇄 발행

저   자 챠츠후사
일 러 스 트 후미
옮 긴 이 한수진
발 행 인 유재옥
본 부 장 조병권
담당편집자 조찬희
편 집 1팀 정영길 김민지 이성호 조찬희
편 집 2팀 김다솜
편 집 3팀 박상섭 임미나 김효연
라이츠담당 박선희
디 지 털 최민성, 박지혜
디 자 인 디자인플러스
발 행 처 ㈜소미미디어
인쇄제작처 코리아피엔피
등   록 제2015-000008호
주   소 서울시 마포구 토정로 222, 403호 (신수동, 한국출판콘텐츠센터)
판   매 ㈜소미미디어
마 케 팅 한민지 한주원
전   화 편집부 (070)4164-3962, 3963 기획실 (02)567-3388
　　　　판매 및 마케팅 (02)567-3388, Fax (02)322-7665

ISBN 979-11-6389-940-2 04830
ISBN 979-11-6389-523-7 (세트)